明人别集叢編

鄭利華 陳廣宏 錢振民 主編

劉崧集

鄭利華 鄧富華 點校

【三】

復旦大學出版社

槎翁詩卷之八

七言絶句

晚遊興福寺奉和從兄本泉韻

童童飛蓋出松蘿，公子多情奈晚何。灘下緑波濃似酒，月明更擬棹船歌。

過普覺寺訪青原定上人不遇

初聞伐竹登山去，復道燒香渡嶺行。晚入禪關渾不見，雨華堂上檜風清。

題聞子與池魚爲水所漂賦此以寬其意

忽聞秋水發龍灣，野浪平翻竹沼間。莫怪巨魚罾不得，便隨龍去若爲攀。

登白石塘高峰三首

西北羣峰勢最雄，雲霞倒影落塘中。幾年却上巖前石，坐看匡山出日紅。

其二

仙人手可接飛鴻，落日長天慘淡中。贛水直流三百里，越王臺下却如弓。

其三

金華金華相望高〔一〕，城中秋樹見毫毛。武山雲氣長來往，只駕仙人皮與陶。

【校勘記】

〔一〕上「金華」，萬曆詩選本作「玉華」。

題歐陽氏仲元墨梅

寫梅近説歐陽氏，中有蘭亭筆意存。昨日張家亭上見，令人忘卻水東村。

題梅圖爲萬砅賦

千載梅仙不可招，南昌宫觀草蕭蕭。歲寒圖畫今初見，依舊清風洒雪標。

題文溪道院四首

白石蒼苔一逕荒，鳥啼仙館落花香。新來禁得西林笋，更比琅玕數尺長。

其二

雨過池南緑漲肥，水沉香裊午風微。閒來自拾青松子，驚起梢頭獨鶴飛。

其三

桂花風定莫雲閒，夜静江聲鶴未還。天上月明秋似水，時聞玉佩出松關。

其四

門對龍灣雪未消，亂山寒日思迢迢。道人神氣如春酒，自倚梅花品玉簫。

題萱草葵花圖

緑葉朱英春正稠，丹心何事復忘憂。西風别有葵花在，猶戀餘暉照暮秋。

承王子與伯仲枉顧弊廬不果迎候奉次留題二首

汛掃柴門出候君，春泥野草緑紛紛。寧知夜半山陰雪，翻作江東日暮雲。

其二

春日尋芳偶未回，不知江上故人來。歸來驚見留題處，踏破林陰一片苔。

題墨蘭

誰擢幽蘭寘道傍，紫蕤緑葉迴蒼蒼。托根不是渾無地，已分真心到苑香。

題散蘭圖花葉狼籍若採而棄之者有松枝竹葉雜之蓋戲墨也進士劉仲炯以示余因爲賦此

曾向深山採蕙蘭，佩紉未試忽春殘。飄零亦有同心者，莫作尋常鬭草看。

偶閱胡思齊詩追憶故友范實夫李子翀〔一〕

曾共雲邊看晚晴，芙容峰下聽灘聲。當時范李今何在，愁向詩中見姓名。

【校勘記】

〔一〕「憶」字原脱，據蕭編本、萬曆詩選本、四庫本、永樂大典卷九百四補。

三月十日承辛侯好禮南赴臨汀艤舟寄詩而去

辛侯三月赴閩中，細雨輕帆颺北風。快閣磯頭不相見，獨留詩句上崆峒。

題曾道士嶺後退居

雞栖茅屋青苔上，犬吠白雲流水邊。白髮老仙人不識，草衣自種嶺西田。

出西巖下寄蕭翀

雲巖西麓石林開，便擬從君卜築來。亂後有田誰種得？好山過盡首空回。

和答陳宜山居寄示四首

橫江清吹發參差，無奈秋風寄遠思。誰似高情閒不厭，半年三度寄新詩。

其二

石門細草落松花，磊磊圓峰削翠瓜。夜久風泉聽不盡，獨看明月嘸流霞。

其三

山人出洞歸來晚，月上東厓一丈高。貪着臨流看清影，不知風露濕絺袍。

其四

青山何日許爲鄰？愧爾東南漂泊人。縱有桃源堪避世，已無漁子解知津。

和鍾廷方韻贈其弟廷享南歸

白羊南雞山木幽，二十年前曾此遊。東渡迴溪三十六，亂山元自不通舟。

其二

知君伯仲舊名家，學海新瀾未有涯。歸到巖前春酒熟，滿庭風雨看梅花。

夜宿城西聞雨有懷新堂瓦覆尚缺感賦二絶

草堂新構瓦難求，白日輝輝座上流。世亂苦無王録事，夜來聞雨不勝愁。

其二

架上殘書亂不收，短琴亦掛壁東頭。直愁沾濕無泥滓，尤恐堂坳作水流。

鷙鷹

秋風海上初來日，霜曉林梢獨立時。鵬鶚雲霄終自得，軒楹絛鏇未須期。

其二

霜落丹崖木葉稀，翩翩勁翮斂寒晞。五原殺氣憑陵急，林下鷦鷯只謾飛。

余兄弟因避亂山中復有衾枕團欒之樂喜而賦詩

幼小長歌棠棣詩，長城江海惜分離。誰知中歲團欒樂，正在深山避亂時。

癸卯歲日者推閏二月或傳閏三月

閏月推移定幾時，花晨上巳兩持疑。六年民物遭聾瞽，天道茫茫竟莫知。

舟出流江

乘流清夜下芒洲，盡敞篷窗看月鈎。灘面忽驚波轉急，青山無數泊船頭。

入峽潭

水上石山森劍鋩，水中石屋是魚房。秋來水落月未出，魚眼射波如火光。

聞劉友文病起二首

詩帙不來春又過，藥瓢應是日相親。無因爲報池南柳，長得新條長過人。

其二

俗李粗桃故近人，也應無處避埃塵。春風看盡亭前水，惟有鷗梟不厭頻。

題墨竹

羽衣何處采仙茆？海上蓬山紫翠交。帝子欲來風露冷，月中遥見緑雲稍。

題墨雀

乍逐微風度柳槐，又隨斜日噪樓臺。晴沙如雪江村路，何處飛來啄雨苔？

三月五日同鵬舉蕭茂材白水道人遊三華未至留宿山下袁氏明日雨作望三華在咫尺不能至乃冒雨步歸袁君追至山外不果留途中因賦柬同遊者〔一〕

三華山在亂雲間，晴日尋春雨却還。想見飛橋轉樓閣，碧桃花下水潺潺。

【校勘記】

〔一〕「三月」，蕭編本作「二月」。

過柳溪道院

岸上誰家掩素扉？鳥啼渾似惜春暉。日斜深巷無人過，時見梨花一片飛。

過江南高城訪孫景賢知事途中有作因録奉柬

屋有桃花深淺開，臨溪欲過復徘徊。誰知不是尋春者，自爲山人看竹來。

其二

渡江一望一咨嗟，水繞田園逕路斜。多謝野人相指引，青松嶺外第三家。

其三

家在松蘿杳靄間，屋西流水並沙灣。可憐萬里懷鄉意，日上高城望北山。

題雲松圖

何事攜琴更載書，青山深處是幽居。白雲日日巖前起，松下茯苓應可鋤。

下北巖適舉正鵬舉自溪上來迎道中賦此

步出北巖望平野，石角垂蘿青可把。多謝蕭鍾兩故人，相迎直過青山下。

五月二十二日晚來南溪諸友過武山避暑

曉上西華愛日涼〔一〕，松風如雪洒衣裳〔二〕。夕陽欲没月初上〔三〕，亂石滿山疑卧羊。

【校勘記】

〔一〕「日」，萬曆詩選本作「夜」。
〔二〕「如」，原作「欲」，據萬曆詩選本、四庫本改。
〔三〕「欲」，原作「如」，據萬曆詩選本、四庫本改。

題墨鷹

霜毛劍翮耀星瞳，獨立高林勁氣雄。青鳥低飛空側目，平原一擊待秋風。

白雲

一片白雲東去微，千片萬片相隨飛。野人望殺田頭雨，空逐逍遥神女歸。

雨來

雨來風葉亂蕭蕭，雲散青天轉寂寥。知有秋霖千萬斛，若爲忍死待枯苗。

月落

月落荒村夢自驚，隔窗人靜一燈明。狂風忽起樓西樹，聽得枯枝墜瓦聲。

題山水畫

遥峰隱隱白雲層，喬木春陰落紫藤。野客欲歸茅店晚，赤欄橋外見魚罾。

其二

江上山根帶石盤，長松箇箇挾風湍。飛雲又向山中起，閒倚茅亭只静看。

題墨蒲萄爲古心上人賦

移根何日渡流沙，萬顆神珠燭絳霞。巖底月明初入定，驪龍弄影落袈裟。

其二

龍髯飛動緑雲中，寒影扶疏出梵宫。數罷念珠心似水，幡幡貝葉動秋風〔一〕。

【校勘記】

〔一〕「幡幡」，四庫本作「皤皤」。

題竹石棘圖

山石确犖行路微，苦竹叢棘相因依。草根露寒蟋蟀語，有客秋暮懷當歸。

題折枝葵花梔子畫

山梔蜀葵何日栽，春深長是共時開。微風池館清無暑，曾看佳人並折來。

承蕭翀相過不遇留詩而去次韻奉答先時翀避地羅團聞已歸南溪

憶在南溪看武山，相攜長是月中還。自從西北兵塵起，望殺盈盈一水間。

其二

霜壓驚塵月滿山，雲中雞犬又東還。幾時踏雪攜青玉，來訪仙人石室間。

武溪道中望武山

虎峰龍洞互綿聯，長是高低落照邊。最愛武溪溪上看，錦屏一片倚青天。

數日風雪不見武山稍霽出溪上見雲氣鬱然喜賦一絶

武山秀色盡長松，曾宿泉亭夜聽鍾。溪上閉門三日雪，不知雲氣滿西峰。

題雪中歸獵圖

鷹犬蕭蕭得雋回，獨騎瘦馬下崔嵬。南山風雪黄斑出，不見將軍縱獵來。

竹笛

仙人夜半吹夏笛，嗚咽角聲長更微。雲鴈繞空愁不下，清霜稍稍傍人飛。

題風雨歸舟畫

狂風横雨滿江天，縱有高帆未可前。别浦寬閒須暫駐，莫教吹却釣魚船。

蘭舟詞 有序

有嫁女渡牛吼灘而溺死者，作蘭舟詞以悼之。

風蕩蘭舟觸石磯，白波如雪卷羅衣。香魂只在春江上，化作鴛鴦獨自飛。

以風雪不果遊龍門承故人羅允道寄詩相問依韻奉答

雪滿空山不可行，懷人幽興一時清。高堂正隔黄泥港，短屐難移冷水坑。

題秋江小景畫

美人鳴絃思瀟湘，斜飛金鴈不成行。夜深彈徹烏栖曲，月照寒江萬樹霜。

石橋道中

一樹棠梨溪水頭，飛花片片逐溪流。行人過盡斜陽暮，何處飛來雙錦鳩？

訪胡隱君山居

屋後青山亂入雲，屋前春樹緑紛紛。松窗曬藥無人到，時見西巖過鹿羣。

蕭翀常早起讀書畜鳴雞於樓上以爲候爲賦一絶

高樓籠雞聽早鳴，夜長愁誤讀書程。不道州城烽火後，更聲長是不分明。

度三華飛仙橋因憶往年同遊者

步轉危橋入紫烟，曾登絶頂望飛仙。五人同賞今誰在，試數重來十五年。

題桃源仙隱

昔人築此事朝真，鑿谷開林結構新。亂後已無桃李樹，惟餘松柏款青春。

書山中老人語

山下新亡惡少兒，林間挾彈少來時。昨朝鸛鶴争飛過，定結春巢向近枝。

戲題蕭子所書舍

尋山衝雨過甘溪，欲訪蕭郎路轉迷。閒殺門前春水緑，釣竿還在栗原西。

雨中見杜鵑花

去年曾看杜鵑花，醉出春林日已斜。今日北巖山下路，獨衝烟雨過僧家。

送家

九客俱辭一客留，出門相送問重遊。夜來共對西樓月，不道今朝有别愁。

蒼石硤中見道人庵居隔水山花盛開

蒼石硤中花藥欄，舊時草屋傍巖安。道人去後松橋斷，縱有花開隔水看。

石塘山家

隴麥高低逕路斜，小池楊柳帶人家。東菑午餉柴門静，一犬籬根卧落花。

玉隆山晚望

山路初晴槲葉香，青林赤磧帶橫岡。玉隆山後平田少，柳下人家是石塘。

題墨鷄

風翮霜毛勁氣多，清秋一點過新羅。飛栖不定還驚顧，奈爾山田野雀何。

春晝

池南欹柳燕將雛，門巷新晴轉緑蕪。花隔小窗人不到，一簾香霧鬬樗蒲。

聞吹笛柬蕭翀

武山曾共賦仙遊，按節傳觴夜不休。恨殺春寒花雨濕，時時吹笛上西樓。

見城西有撤民居爲城濠者

昔人城裏築基牢，撤屋新來又作濠。濠底土爲城上土，到頭誰下復誰高？

中酒

銀燭頻燒夜宴遲，晨光忽覺轉簷枝。幽人欲起還中酒，卧聽西齋讀杜詩。

題觀泉圖

披圖如見錦袍仙，正詠銀河落九天。百疊雲屏烟霧裏，石梁聽雪定何年？

題折枝梨花

最憶梨花白雪香，春深千樹鎖昭陽。畫圖驚見東風面，獨擁紅綃試淺妝。

重過高城孫景賢寓舍

孫公墩在水南村，亂後重來已閉門。壁上殘詩猶可讀，令人還憶醉時尊。

題雙竹

天星墮地氣如虹，深映蕭蕭玉一叢。草滿漢宫秋露冷，金莖雙出月明中。

題鄧尚詩稿

經旬不見鄧郎過，入手新詩意氣多。政是珠林秋雨過，水清沙白見微波。

題盧仝煮茶圖

沙泥搨額最堪悲，紗帽籠頭又一時。可憐畫史尋常意，不寫當年月蝕詩。

重過義山堂憶蕭晉兄弟與清江劉仲修同飲園空室中今十年矣感念存歿爲之黯然

溪泉依舊石泉通，故舊飄零土室空。却憶清江劉處士，曾同絶頂坐松風。

王山蕭氏館中感舊

館中嘗畜白鴈，今已燬，惟一杏樹存耳。

金粟莊前白鴈翔，十年㲹㲹見諸郎。重來往事那堪賦，依舊當門杏葉黄。

入山登絶頂望珠林故里

十載安危此地分，豺狼一旦自成羣。烽烟江上愁回首，只向深山望白雲。

入深山度嶺聞故人劉方東寓里良寺喜有相因之地

萬折千縈度遠山，舉家筋力盡躋攀。喜聞故友山中近，却望前峰一解顔。

聞東鄉婦女爲亂兵驅掠南上甚衆

華屋娉婷步履輕，亂來幾日竄荆榛。官兵驅入牛羊隊，直過江南聞哭聲。

其二

朝火南村暮北村，千家今有幾家存。君看道路纍纍者，總是承平長育恩。

見山中結草爲舍者

結草爲寮石作床，和雲和月卷衣裳。秋風華屋成塵土，却望青山是故鄉。

其二

已挽卑枝當屋椽，更班枯草作寒氈。從今莫彈南飛鳥，客土安巢未有年。

夜驚

雞喧犬嗥牛夜鳴，空村月落旅魂驚。何人敲竹争防虎？坐聽山風過五更。

出村

偶沿流水出孤村，遥見人家欲斷魂。屋上野狐嗥不去，土垣插棘半無門。

過老虎口

負嵎妥尾兩蹄蹲，秋草斑斑見石根。雞犬已空人散久，猶張饞吻向荒村。

憶家藏舊書

萬卷家藏史與經，翻床毁櫝總飄零。可憐閒殺箋題手，無復林間拾露螢。

聞思庵中有羅漢柏二株一花一實或以爲有雌雄云

團團異柏名羅漢，來往山中忽見之。東樹作花西樹子，從教枝葉定雄雌。

余憂憤中戲作墨龍于報恩寺之西壁明日余兄子中復圖於東壁有高視闊步之意或請余弟子彦贊之子彦笑而不言因賦一絶以見意

東壁圖龍勢最雄，氣連西壁雨雲通。葛陂一杖無人識，雙劍飛來野寺中。

感懷寄友人二首

十年離亂今年甚，盡室飄零秋雨時。百里荒山行欲暮，望人烟火望晨炊〔一〕。

其二

八月南奔未授衣，忽驚霜露滿柴扉。弊裘已落他人手，憔悴蘇秦未得歸。

【校勘記】

〔一〕下「望」，萬曆詩選本作「問」。

西鄰

門前紅葉寒初落，窗下青烟濕不飛。賴得西鄰老翁健，荆薪長日送柴扉。

病中喜蕭翀送買鹽錢一百

四鄰寂寂晝無烟，一榻寒風擁被眠。十日開門驚剥啄，故人還送買鹽錢。

題墨竹贈楊煉師

瀟洒高標早出塵，歲寒空谷見斯人。紫霞洞裏吹簫處，閑殺桃花萬樹春。

題歐陽仲元所寫墨梅

最愛同年歐進士，寫梅筆意自成家。君看半幅横枝景，猶是春前雪後花。

得舍弟子彦贛州消息

衝雪殘年事遠行，若爲留滯過新正。室家零落田廬廢，一紙書來萬感生。

夜宿闊塘與陳有慶别

夜宿塘西山館中，可憐愁雨又愁風。一瓢春酒千行淚，明日行人獨向東。

山樓偶題

東南争戰定何如，二月農民少定居。獨上西樓坐寥闃，四山烟雨一床書。

尋春

顛雲横雨挾風塵，終日尋春不見春。雞犬已空桑柘廢，清明誰是踏青人？

入山

二月攜家又入山，紛紛争戰往來間，草堂落盡梨花雪，過却清明未擬還。

見種松苗者

少壯從軍事戰征，東南十載廢春耕。老翁遠作諸孫計，閒種松苗待太平。

春望

荒城人散草如烟，豺虎西來望市廛。腸斷城南望城北，春深無計得歸田。

南園

南園桃李舊凋傷，作意迎春向艷陽。十日寒風三日雨，翻成狼籍送年光。

癸卯兵亂吾州文廟祭器樂器散逸無遺

百年禮樂化齊民，孔廟彬彬器數陳。籩笠飄零鐘磬毁，逾河蹈海更無人。

題三岡寺

石橋流水帶人家，紫殿春陰闔岸沙〔一〕。啼鳥數聲山雨歇，門前落盡白桐花。

【校勘記】

〔一〕「闔」，萬曆詩選本、四庫本作「閤」。

石鼓坑田舍

松林日暮雨凄凄，十里陂田五里泥。一月離家歸未得，桐花落盡子規啼。

望仙壇嶺

東望仙壇第一峰，倚天秀色盡寒松。春來山下多風雨，黄土潭深有卧龍。

夜聞布穀

夜半山中布穀啼，離人歸路夢中迷。深鄉三月青苗老，猶有荒田未得犁。

觀插秧

村北村南春雨多，千聲布穀奈君何。稚子不知征戰苦，把秧猶唱太平歌。

聞歐陽仲元入南門山

路入南門曉看山，金鍾石下轉松關。溪深惡木多蒙密，却採芹花日暮還。

田舍早起

東林鳥鳴風蕭蕭，西林月落星寥寥。老翁開門飯牛起，緑苗滿田白水摇。

雨晴

三月雨晴風日侵，山下田田流水深。稻苗一片青如織，花鴨來時無處尋。

田家謡

伐木修城更運糧，科銅採箭又徵鎗。畊牛掠盡丁男死，不信官田不解荒。

重遊李良感賦

寺後青峰梵閣陰，寺前流水稻苗深。重尋稚子牽衣處，栗葉青青雨滿林。

題泰源堂壁上墨龍蕭煉師畫

白鶴仙人劍氣雄，蜿蜒鱗甲動秋風〔一〕。何年飛上精藍壁，海藏神珠徹夜紅。

【校勘記】

〔一〕「風」，萬曆詩選本作「空」。

題牧牛圖

牧童食牛仰牛載，穩踏牛頭上牛背。却笑金鞍躍馬人，時時失足墮風塵。

題枯蓮水禽圖

緑房秋老驪珠黑，青篛霜餘翠羽乾。歌罷採蓮人不見，雪姑飛去水雲寒。

題子昂趙公竹石圖

叢竹娟娟露葉翻，高情長是憶王孫。喜從石上看書法，不獨牆陰見雨痕。

題秋江晚渡小景

滿山黄葉亂秋晴，風款横江一棹輕。老屋溪南歸未得，十年風雨最關情。

題竹石圖

雲根雪骨立峥嶸，誰種琅玕緑乍成。安得長竿三百丈，爲君横海掣飛鯨。

題石上鶺鴒圖

石盤鱗鱗水溪急，鶺鴒飛來水中立。前飛回首定相呼，寒枝月明愁影孤。

題馬圖

霜蹄霧鬣聳權奇，乍摘金鞍汗血垂。海外貢來偏愛惜，監官引過不教騎。

題江天小景

斷岸遥山翠欲漫，冥鴻飛去楚天寬。何年結屋長松下，坐聽江聲五月寒。

出長逕藍陂

行人三五度回溪，亂後人家井竈迷。蒼耳黄蒿無路入，斷垣細雨鵓鳩啼。

度嶺

蘆葉蕭蕭亂壓頭，石攢山擁路如鈎。陰沉不見天邊日，鳥自喧啾水自流。

茆坪

斷壠荒岡少樹林，翩翩何許一幽禽。欲栖不定還飛去，白葦黄茆秋正深。

小莊

老虎廟前溪水長，白羊坪下晚山蒼。到家尚遠心先近，指點行人問小莊。

猪龍潭　有序

石上有虎與人迹，或傳伏虎禪師騎虎至潭口，逐一猪入水，化爲石人，疑爲龍云。

猪龍已化潭中石，石上空餘人虎迹。老僧騎虎不曾歸，溪水潺潺山葉飛。

老兵

丁男戰死藉名存，主將呼名更點屯。白髮滿頭筋力盡，却教隨伴守營門。

與郭約別

火燒橋畔草離離，野水寒山日暮時。已渡前溪更回首，知君獨立尚歸遲。

東原對月

土屋無風尚不關，屋前遥見兩青山。瓦盆盛酒茆鋪席，何日柴門望月還？

寄湛上人

當時曾共北沙遊，把酒哦詩賞素秋。十載故人零落盡，東山依舊説湯休。

流江春日

山遶平原屋遶山，兩溪流水結迴環。綠楊如畫花如錦，長日鳥啼烟霧間。

過郎湖

山中春鳥夜相呼，岸上誰家酒可沽？風露滿船眠不得，長歌乘月過郎湖。

酒醒

野人亂後無歸處，惟有尊前似故鄉。昨夜流江水亭上，五更酒醒月如霜。

紀夢

風雨瀟瀟雞亂啼，十年春夢使人迷〔一〕。環波亭下東湖路，依舊荷花水滿堤。

【校勘記】

〔一〕「十年」，四庫本作「去年」。

題上元周伯寧所贈僧惟善山水小圖

北苑南宮意所親，早於揮灑見天真。僧郎前月金陵去，卷得淮山一片春。

出水口望牛頭諸峰不見

萬壑千林掩翠岑，出山自淺入山深。桃源未必真無路，正恐重來自莫尋。

早次楠木塘

月隱前峰霧不開，杉林十里路縈迴。多情楠木塘邊水，相送行人出嶺來。

過山塘坂

山塘坂上路如弓〔一〕，步入巉巖曲折中。野鳥亂啼寒日暮，滿山紅葉動秋風。

【校勘記】

〔一〕「山塘坂」，原作「山堂坂」，據四庫本及詩題改。

題竹石贈王伯初

知君高節抱幽貞，爲寫修篁石上生。却憶瑶琴清奏罷，滿天風露聽秋聲。

觀野燒

歷歷烈烈風火飛，前山後山相映輝。春來雨打黑灰落，山下麥田應解肥。

題石泉山人隱居

問尋隱者憶重論，路遶荒田水遶園。何日山中收藥去，滿林脩竹不開門。

題李復中所畫髯龍圖

海外飛騰地軸傾，五雲雷電遶神京。鼎湖天遠人難見，彷彿龍髯下太清。

攬鏡初見白髮

悠悠四十六年春，攬鏡驚看白髮新。已分逍遥酬日月，東風何用妒閑人。

二月二十日述懷

別時曾賦落梅花，江上風寒燕子斜。過郤清明三日雨，荼蘼亭上客思家。

望横塘諸山懷玉性蕭先輩

白髮曾聞一老翁，巍科當日仰高風。鄉人遥指讀書處，多在林間野寺中。

端午月夕

蒲觴飲罷不成歌，閒步林陰愛緑莎。記取長塘初五夜，月明偏傍屋西多。

絶句

水蛾撲撲飛烟暝，田狗荒荒吠月明。絳帳十圍人半醉，青燈一點夜三更。

食楊梅

去年南富楊梅熟，曾折青枝露顆垂。今夜長塘燈下醉，獨看紅顆憶青枝。

夜過南溪聽吹夏笛

依舊當年一笛吹，山寒雲破月光遲。滿堂賓客今誰在，無限傷心只自知。

憶平原

瀟瀟山雨夜鳴雞，夢裏懷歸意轉迷。林下今年寒更早，誰拈黄葉止兒啼？

送劉海鵬之金陵三絶

鳳凰飛集五雲間，送爾長歌入楚關。明日駕帆淮水上，便從雲氣望鍾山。

其二

宫亭水落鴈南飛，寒日蕭蕭錦樹稀。二月東風江浦緑，却攀楊柳待君歸。

其三

荷葉陂頭流水聲，月華霜氣兩淒清。自憐委翅蓬蒿底，不得相從赴遠征。

初入荷葉陂看月

十年跋足走風塵，到處青山是主賓。武姥巖前前夜月，多情何事苦隨人。

十一月十四日入葉坑

山下泉車盡日聞，山頭茶樹緑成雲。幾時荷葉陂頭住，學種山田四十斤。

十二月十日出金原道中

水南羈客望春歸，日暮茗園野燒稀。知有陂塘應不遠，一雙野鶴傍山飛。

題瘦馬圖 有序

余友大梁辛好禮題云：「曾奮沙場朔漠功，病毛如蝟氣如虹。一株官柳西風下，猶紀當年百戰中。」乃其暮年由贛赴汀時，於王府推坐中醉時所賦也。余悲其辭，因追和以傷悼之。

當年毛骨聳奇雄，曾奮沙場百戰功。萬里渥洼歸未得，却將憔悴托秋風。

同王伯圻諸弟登眺宅後林谷茂鬱可愛因題谷中松竹二首

離離四五百竿竹，落落二三千尺松。深結秋陰應憩鶴，高蟠雲氣欲成龍。

其二

碧嶺穹林相倚傾，隔溪啼鳥唤春晴。松間石上堪題句，怕有人來識姓名。

寄家書

匆匆濡墨寫憂端，憑仗東風寄便翰。政使書回春未暮，也應無處倩人看。

蝶

花間撩亂作團飛〔一〕，草際悠揚獨自歸。惱殺吴姬描不就，忽隨扇影上春衣。

【校勘記】

〔一〕「撩」，原作「掩」，據萬曆詩選本、四庫本改。

題宣和㶉鶒畫

汴水西頭鼙鼓聲，寶箋香翰尚娱情。可憐㶉鶒空毛羽，不解傳書到北京。

春日謾興柬鄒使君

暖風疏雨浄塵埃，林下幽居鎖緑苔。昨日桃花渾落盡，去年燕子却飛來。

題楊自明萱草鶺鴒圖

鶺鴒相顧復相依，萱草花開滿石磯。不似秋來沙上鴈，天涯風雨更分飛。

入苦竹潭聞笛

江上何人吹笛聲，水雲風樹兩凄清。幾時載取禾川酒，苦竹潭心看月明。

入天河

日落狹潭風湧波，汎舟從此入天河。虚疑天上無人到，百疊青山路更多。

墨潺山中聞鴈

千山萬山雲霧堆，一聲何處鴈飛來。盤迴欲下還驚起，月照寒潭一線開。

藥湖書所見

石根寒沼時時落，嶺上荒田寸寸鋤。已圍蕎麥防飢鹿，更插杉條護凍魚。

其二

敗葉草荒餘箭眼〔一〕，殘兵衣禿見刀瘢。蕭條香火楓林静，散漫人烟草閣寒。

【校勘記】

〔一〕「葉」，萬曆詩選本作「堞」。

題古城畊釣圖爲王子讓賦

兩角黄牛一釣竿，古城幽處足盤桓。亂來稅水仍輸秸，留取溪山畫裏看。

題松竹居士集 有序

居士姓王氏，名世澤，廬陵宣溪人。爲靖州太守之令弟。其詩類有唐人風韻。其諸孫禮以示余，因題絶句于後而歸之。

靖州令弟蚤稱賢，小隱哦詩數百篇。松竹已荒文采在，清名留與後人傳。

余留宣溪曠氏幾半月于别也承惟寧惟南伯仲率諸客送余江滸停舟賦詩眷眷有留戀之意明日到流江書此寄謝

十人送行一人去，船頭舉手沙頭語。船開山轉水急流，望不見君君更愁。

其二

停舟不發更歌詩，歌未成章意已悲。注目滄波相別處，斷腸荒隴獨歸時。

雨坐候故人不至

冬青葉上雨瀟瀟，虛館山寒坐寂寥。還説南村收穫去，可能留客待明朝。

燈花

閉門坐待月光斜，應念行人未到家。好是客窗殘酒醒，一簾風露看粉花。

重遊洞玄壇

河水西邊萬木羣，三間茆屋祀真君。仙家闃静無塵榻，自掃青苔坐白雲。

題墨竹贈同升

郎石溪頭君故家，前朝文物自清華。幾回想踏橋邊石，翠竹瀟瀟覆白沙。

題明皇優戲圖

臂袒紅衫側皂冠，翩躚趺舞樂初攢。笛聲一片宫前起，應説秋風蜀道難。

寄示楊生元哲

昨見王郎問吾子，山居鍊得好詩材。青年未必仍多病，却怕風寒不出來。

其二

我到流江一月餘，相思長把案頭書。門前幾樹垂楊柳，比似別時今更疏。

見池上梨花

梨花一樹照清池，煖雪晴風二月時。忽憶小園曾種得，今年應發兩三枝。

春日見豫樟落葉有感

豫樟凝緑雪霜中，何事春來一轉蓬。自是新條更舊葉，不關摇落是東風。

題宣和墨禽

君王無那汴宫春，八寶箋明墨羽新。寂寞金輿灤水外，繡禽楊柳入邊塵。

金沙盛開

金沙花發繞亭東，萬朵籠鬆滿障紅。安得移樽唤歌舞，爲君醉倒錦屏中。

春夜論詩和王子讓三首

明年期看上林花，烽火中原起嘆嗟。舊業可堪淪草莽，高懷元不累塵沙。

其二

江草青青江水生，故人相見總憐情。雲來雨去青天裏，一日陰晴幾變更。

其三

古今作者自聯綿，白首窮愁也可憐。須信乾坤同照耀，肯教光景付流連？

夜雨

一夜山中聽雨眠，重簷深院燭花偏。珠湖灘下水三尺，不知流却木蘭船。

寄羅惠卿

園西翠韭千畦密，屋後紅椒萬本疏。日晏荷鋤歸未得，林風吹亂讀殘書。

戲咏紅錦帳

紅錦帳子薄於紗，四壁清風汎綵霞。昨夜月明春夢熟，誤吹長笛入桃花。

偶見

槐樹陰陰雨滿池，晚風灧灧緑生漪。槎頭出水纔三尺，便有蜻蜓立許時。

池上偶賦

畫欄碧樹午陰斜，小扇微風拂帽紗。最憐一時春水緑，不教五月看荷花。

溪上晚眺

槿花蓬門處處同，行人橋外各西東。荒原斜日牛羊下，一路西風蒴藋紅。

珠湖

珠湖湖裹蚌生珠，野老傳言定有無。昨夜月明湖上望，一川寒色秀菰蒲。

初聞木犀

老桂初開試一枝，吹香時有外人知。深林盡日何當見，自是秋風不敢私。

其二

連雲長愛緑團團，一片清陰九夏寒。自有秋香三萬斛，何人更向月中看。

秋夜送伯衢別

山風吹落桂花枝，江上停杯欲別遲。半夜酒醒柔櫓發，一篷烟雨過平陂。

出石門灘舟行書所見七首

石門灘下浪如雷，西岸人家夕照催。亂石滿江灘路淺，唱歌踏水負薪來。

其二

石潭秋水漾清萍，兩岸青山夾去津。鈎箭纏絲挾長弩，柳陰時見射魚人。

其三

龍福渡頭灘最高，斷橋崩石鼓秋濤。小船不敢當江下，獨傍洲灣送短篙。

其四

秋雨生苔緑正肥，江心石面暗浮衣。漁人網罟應難下，野鴨鸕鷀滿釣磯。

其五

馬頰廟前江水長，馬頭石下緑潭光。出山估客來求卜，抛紙放船澆酒香。

其六

沙岸崩時惟見石，江流曲處却逢山。荒林野屋元星散，古路行人自往還。

其七

放船出峽遇回風，石角參差盡向東。貪看好山如走馬，不知波浪入船中。

過平陂望南平王廟

陽臺石下水離離，夢閣猶傳故老知。千載神遊竟何往，滿江明月照荒祠。

題温日觀蒲萄

老人醉墨走蛇虯，風露瀟瀟數葉秋。無復駞囊盛馬乳，却教圖畫憶涼州。

五嶽道士攜至故人梁仲聞詩因和奉答

朝真壇上月明時，白鶴歸來見好詩。三月青塘芳草路，十年風雨最相思。

題雪竹

篔簹谷中三日雪，深林無人鳥飛絶。翩翩翠袖出巖阿，路轉風迴聞珮玦。

題雨竹

滄波石面晚陰涼，翠篠娟娟過雨香。何許鷓鴣啼不斷，黄陵祠下是三湘。

題石竹

翠葉枝低雨過時，釣臺石上影離離。記得月明江浦夜，舟人解唱竹枝詞。

題墨竹

石邊修竹兩三竿，渭水蕭森暮色寒。會見秋風吹結實，鳳皇吹下五雲端〔一〕。

【校勘記】

〔一〕「吹」，萬曆詩選本作「飛」。

爲郭吟所題竹

長豐隱者年八十，種竹滿林皆老蒼。莫將翠玉輕裁管，留取長竿釣渭陽。

賦南園敧笋

穠花嫩蕊各争春，乳燕鳴鳩亦惱人。偃蹇南園敧竹笋，獨依榛藋蔽閒身。

題伯衢扇

華山收雨兩江晴，夏竹屯雲一徑清。門外緑陰眠野鹿，隔簾時聽打棋聲。

題扇畫

玉露凋傷赤岸楓，寒江月落鴈呼風。誰知茅屋荒山夜，亦有長吟抱膝翁。

聞鶯

霧雨初晴萬竹低，鶯聲彷彿度前溪。忽然飛去無人見，却在緑楊深處啼。

觀禾川新漲

勝鄉三日雨如秋，兩江新水拍山流。長杉短筏不敢下，怕有蛟龍乘夜游。

江上聞鶯

宣華西上是敖城，江水弓彎復鏡平。五月行人西嶺下，滿山青樹只聞鶯。

謾題

爲謝高陽舊酒徒，相逢從此莫言酤。野鳥不知官禁苦，向人猶自説提壺。

奉和吟所翁二首

蒼顔皓首一癯翁，談笑衣冠有晉風。昨夜卷書燈下看，眼明猶自辨魚蟲。

其二

林間浄掃白雲眠，蕭散寧爲外物憐。自説東華年少夢，千金歌舞看花前。

松棚

高架松棚蔭緑苔，忽看片影上層臺。可緣畏日翻嫌月，併隔清光不入來。

湖上曲

湖陰微雨裛新妝，隔浦風來水氣香。閒凭船舷不歸去，緑荷花底看鴛鴦。

其二

緑荷繚繞水爲城，十里紅雲照眼明。不知昨夜花開滿，清曉船來不可行。

其三

郎船夜傍隔溪雲，清曉看花不見君。自撥蘭橈唱歌去，却嫌荷葉混羅裙。

其四

新蓮乍出即昂頭，葉底紅菱不解浮。菱角沉泥終暗老，蓮花落盡即漂流。

其五

鸂鶒雙飛亂緑蘋，畫船終日倚湖濱。泥中踏藕何由得，水上看花惱殺人。

其六

自入花叢擘翠房，散抛蓮菂水中央。秋來無奈相思苦，心苦愁多不敢嘗。

其七

淡淡紅妝慢慢歌，畫船如月蔭高荷。雨來不怕羅裙濕，貪看湖光舞翠娥。

其八

獨自沿流出浦遲，迴船何事不相期。滿房蓮子誰心苦？落盡秋花君始知。

夜半

風滿松林水滿池，幽人看月未歸時。山禽夜半啼如鬼，童子熟眠渾未知。

訪杜巡檢不遇留題早禾官舍〔一〕

早禾渡頭不相遇，青山巖前還獨歸。想見它山逐狐兔，蒼鷹掠地馬如飛。

其二

候吏庭閒散緑苔，銀鞍何處未歸來。寒塘九月風烟淨，惟見夫容一樹開。

【校勘記】

〔一〕「早禾」，疑作「旱禾」。下同。

石鼻潭

清潭百尺緑渟渟，潭上青山立翠屏。安得扣舷明月下，放歌垂足踏寒星。

和溪道中

深深黄竹兩三家，丘隴高低徑路斜。犬吠柴門楓葉下，一籬寒日蔓絲瓜。

雨坐讀史記憶子中兄茆堂已開北渠賦此奉呈三絶

中園風雨一茆茨，土壁沾濡嘆地卑。昨日開渠北簷下，已通流水過南池。

其二

嬌兒忍冷戲牀前，貪笑癡啼也可憐。烏柏林空紅葉濕，蕭蕭烟火對愁眠。

其三

雞犬蕭條少四鄰，孤村風雨自荆榛〔一〕。愁來愛讀平原傳，濁世翩翩一偉人。

【校勘記】

〔一〕「荆榛」，原作「荆棒」，據萬曆詩選本、四庫本改。

溪上晨起承舉善鍾茂才書自白馬源來問近作因賦二絶〔一〕

山鳥一聲當翠微，野人初啓竹間扉。日輪欲上天東角，滿地白烟皆倒飛。

【校勘記】

〔一〕「賦」，原作「問」，據萬曆詩選本、四庫本改。

其二

入山方恨故人疏，喜得朝來一紙書。十日閉門仍斷酒，誰憐多病馬相如？

過東門故居廢址感賦

快閣東頭是故家，兒時插竹更移花。只今門巷無尋處，半落江流半岸沙。

蔣崦道中

寒江水落鴈團沙，碧嶂霜餘樹隱霞。行客忽驚冬欲盡，道傍初見報春花。

和蕭翀江上紀别二絶

霜落烏啼知夜長，驅車欲别更徬徨。明年何處來相覓，楊柳青青馬跡塘。

其二

北巖雲氣上岧嶢，却望歸雲度野橋。誰在西樓吹夏笛？鴈飛不盡海天遥。

望月吟

一二初三眉黛横，佳人夜夜望瓊英。無端數到團圓後，圓不多時缺不生〔一〕。

【校勘記】

〔一〕下「不」，四庫本作「又」。

聞百舌

此去風光日尚微，已聞百舌弄春暉。江南二月多冰雪，塌翼垂頭何處飛。

大寒雨

陰雨先晨作大寒，東歸道路恐難乾。故園梅樹花開未？猶擬春前十日看。

遇周道士

洞玄道士周方外，昨到宣華絶頂回。巖上欲尋山橄欖，忽逢虎迹却歸來。

早朝七首

奉天門外唱班齊，霧隱迴廊月正西。警蹕傳聲團扇出，文樓撾鼓報雞啼。

其二

禁樹晨霜欲下時，垂鞭馬上怯先知。午門月落聞金柝，城上風迴見畫旗。

其三

曉日曈曨射赤墀，侍臣奏事退班遲。龍旂鳳扇參差出，又是彤墀下直時。

其四

聖主潛心古帝王，武樓降輦步長廊。壁間不遣丹青涴，盡揭先儒衍義章。

其五

警蹕初傳夜未央，朱衣當殿簇班行。忽宣内使移宫炬，分照儒臣讀奏章。

其六

東苑金河水慢流，水邊芳草弄輕柔。晚涼小蓋諸王出，争控雕弓試紫騮。

其七

天設皇居象紫庭，文昌執法粲羣星。午門東北紅雲起，遥見鍾山萬丈青。

英德江上

臘月炎州霜霰稀，清江白日燕交飛。四千餘里金陵路，何日征人度嶺歸？

廣州雜韻

垂根榕樹三千尺，結子芭蕉百萬頭。異味薦盤隨地有，繁陰壓屋半天浮。

其二

趨蹌木屐兒童慣，織作蕉絲婦女能。老去只疑鹽是雪，寒來不信水成冰。

其三

峒商販米籠千頭，結竹浮江下廣州。擊鼓燒香南海廟，買羊沽酒市街樓。

其四

炎州果木人難識，詰問慚爲口腹勞。滋味却緣相濟好，也拈柑橘食羊桃。

其五

天邊日出霧難收，海上潮來水逆流。一自征夫下番去，南風日日誤登樓。

其六

筋竹長篙鐵木船〔一〕，兩檣夾立引藤牽。越童狎水仍輕悍，蕩槳踏歌驚晝眠。

其七

越王臺榭已成原，漢殿空餘鐵柱存。莫倚兵戈憑海嶠，好勤忠孝答乾坤。

【校勘記】

〔一〕「筯竹」，原作「觔竹」，據萬曆詩選本改。

宜陽里過雷家寨

五指山前落日黄，雷家寨下野田荒。時平村堡無防警，緣水人家自繞牆。

甘棠里遇山人粟千鍾見道傍奇峰問其名舉無知者戲贈一絶

行盡翁源山萬重，高人喜遇粟千鍾。可憐老却觀書眼，不識雲間一箇峰。

下人陽烏石二瀧初聞猿聲二絶

萬石崩騰互犬牙，兩山盤沓欲横遮。瀧流直下三千尺，不見船頭見浪花。

其二

白日青崖烟霧生，深林絶磵少人行。殘年烏石瀧頭路，聽得山猿第一聲。

過德慶憶萬户劉公衡

錦裹石前江水流，故人曾此戍康州。當年旌節隨雲散，山鳥山花識舊遊。

過梧州懷廣西僉憲王子啓胡子祺時分按各郡

蒼梧浦口暫停舟，聞在潯州與賀州。無限好山雲霧裏，爲君惆悵一回頭。

至容州將赴北流聞陸川道梗題綉江亭

都嶠山前望北流，丹砂勾漏若爲求。陸川更在浮雲外，落日旌旗生遠愁。

宿胡塘村

南上荒原路欲迷，數家茆屋背清溪。夜深月落千峰暗，時有山禽樹上啼。

粉壁道中

樹杪高崖盡插天，巖腰墜石半侵田。火燒山木斷平路，騎馬亂行江水邊。

入高州界值雨

路入高州石徑微，紫崖崩處黑雲飛。行人初發青山下，盡折芭蕉作雨衣。

化州聞戍卒夜歌

化州城上月如秋，聽着歙歌人自愁。何日歸帆向東去，陵羅江上正西流。

題遂溪同由驛

山晚鴉啼木栅城，征人暫駐馬前旌。荒原漠漠風沙晚，猶隔雷陽二月程〔一〕。

【校勘記】

〔一〕「二月」，萬曆詩選本作「二日」。

望海

獨上高原望海堤，黄雲白浪使人迷。無端路近青銅港，流水三條盡向西。

過雷陽有懷永年胡倉使奉寄二絶〔一〕

去年與子南京别，知領鹽倉白石場。萬里相尋不相見，獨騎官馬過雷陽。

其二

欽廉西望路悠悠，海角亭中足勝遊。聖化只今無遠邇，嶺南風土是中州。

【校勘記】

〔一〕「胡倉使」，原作「相倉使」，據萬曆詩選本改。按，宋濂宋學士文集卷三十六思遠樓記載胡永年「起家爲吉水幕職，遷海北鹽課司白石倉副使」。

題鶺鶵圖爲都事李鴻漸賦

鶵居鶩食見天機，躑躅蓬茆顧影稀。長憶野田秋日晚，馬頭驚起一雙飛。

吴司令友云於磨勘公廨隙地鑿兩池以種蓮而植柳其上五月過之見柳陰荷花盛開既恨不能久留又歎不能數往因賦二絶奉寄

小小池陂兩斛泉，也教插柳着春烟。粉牆過午新陰合，時有清風一洒然。

其二

聞有高荷相次開，緑雲深護紫霞杯。公曹清切人難到，自繞池邊去復來。

題沈子仁青山白雲圖

野橋流水亂浮花，深巷垂楊淺蔭沙。祇恨小船呼不應，隔江茆屋似吾家。

題推篷觀梅圖

憶昔推篷泛雪漪，一花半蕊見横枝。誰知天上春消息，不在清江爛熳時。

題扇

清溪緑漲岸西東，五月荷花似錦紅。安得水亭楊柳畔，疏簾小扇坐薰風。

偶賦

内官宣進瑞瓜詞，閶闔門深晝影移。東苑紅橋楊柳下，曾因待詔立多時。

漁村圖

湛湛長江上有楓，偶然相遇兩漁翁。明日何由問踪跡，五湖烟浪杳茫中。

九日寓因勝寺有懷晚上人渡江未歸（一）

上人九月過開沙，門掩虚庭白日斜。好是重陽最相憶，隔牆無路看黄花。

【校勘記】

〔一〕「晚上人」，萬曆詩選本作「曉上人」。

題日觀墨蒲萄爲東山泰上人賦

巨然山水校毫毛，靈徹詩歌費煉陶。何似老禪三昧手，雲飛風卷拗蒲萄。

十月十五日早離鎮江

禪林聞有諸方勝，吏事嘶無半日閒。京口五更雞唱亂，又衝殘月過金山。

題墨梅爲省掾郭尚文賦

曾向花前倒酒巵，茆堂雪月澹相宜。一從省掖看圖畫，長憶故園花發時。

墨梅爲掾史梅季和賦

仙人粲粲雪肌膚，風格天然韻更殊。月落嶺南啼翠羽，春深洛浦弄明珠。

其二

昔年禹廟閟神功，遺榦槎牙自一叢。彷佛蒼龍鱗甲動，倒翻雲影下晴空。

正月元旦奉陪車駕蔣山寺祠佛夜歸追賦五絶

内官飛騎入松林，寺裏華鍾吼法音。五百高僧齊上殿，紅袈裟裏間泥金。

其二

香臺百尺擁雕欞，一朵青蓮出紫庭。龍輦先登開善塔，鸞旗猶駐翠微亭。

其三

四蔭襴衫四帶巾，十人齊舞獻華珍。微雲獨洒山中雨，麗日昭回雪後春。

其四

泉溜盤迴石磴間，松枝如壓盡彎環。禪關猶揭前朝字，最愛襄陽第一山。

其五

旂檀霏霧繞龍衣，皮弁如星貫日輝。金綵連函烟裹散，鼓鐃千騎月中歸。

初嘗杏

南京杏子紅如火，四月初嘗味正齊。忽憶故園桃李熟，茅堂西畔壓枝低。

題秋江釣圖

江雲漠漠雨霏霏，釣魚船邊秋鴈飛。九月京華看圖畫，好山何日賦將歸？

題雲閒圖爲高員外賦

影落松林初散漫，陰浮野水暫稀微。時來天上從龍去，五色祥光夾日飛。

題山水圖奉别沈都事彦祥之廣西

海上風清入桂林，好山何處一登臨。都門四月相攜别，不盡長江望遠心。

題司丞張孟兼白石山房圖

太常天上綴清班，家在金華紫翠間。昨日朝回見圖畫，雙松正對石門山。

題墨梅贈友人歸毗陵

一枝寒影弄芳菲，無數幽香上客衣。好似水邊晴雪後，醉吹玉笛送春歸。

題秋江垂釣圖

湛湛長江上有楓，江平日落見飛鴻。安得酒船三百斛，荷花蕩裏釣秋風。

題雪山飛瀑圖〔一〕

釣船閒倚落星灣，飛瀑高懸紫翠間。風雨不來雲氣淨，絶勝湖裏看廬山。

【校勘記】

〔一〕「雪山」，萬曆詩選本作「雲山」。

宗啓劉君由泰和知縣入爲工部侍郎先時縣丞陳舉善爲作山水圖以識別及會京師劉屬題詩其上余邑子也故云

贊府澄江送别時，曾揮健筆寫淋漓。只今西掖看圖畫，江雨山雲總去思。

題墨菊圖爲楊員外公輔賦

道人滴露調香墨，寫出秋花一兩枝。愁絶淵明愁未醒，短籬沽酒月明時。

題練帶桃花扇面爲都府斷事官韓敬明賦

仙鳥飛來練帶斜，踏翻雲影碧桃花。誰今天上傳消息〔一〕，春到瑶池阿母家。

【校勘記】

〔一〕「今」，萬曆詩選本、四庫本作「令」。

題甘溪歸養圖爲蕭國録子所賦〔一〕

先生歸隱甘溪日，七袠高堂雪滿簪。不待鼎珍陳至禮，便如飲水也應甘。

【校勘記】

〔一〕「蕭國録子所」，原作「蕭國子録所」，據四庫本乙正。

文登縣

海島沙寒倦馬嘶，風潮雪暗水禽啼。去京已是三千里，家比京城更在西。

自濟南堰頭開舟溯黄河西上

小清河入大清河，混混船頭湧濁波。已過回灣五十里，華山猶自鬱嵯峨。

其二

東望華山西碏山，河流奔放兩山間。岸沙疏惡居人少，時見魚罾占一灣。

東河道中〔一〕

北上桐城日未斜，人烟蕭瑟半風沙。客懷千里愁冰雪，三月東河見柳芽。

【校勘記】

〔一〕「東河」，萬曆詩選本作「東阿」。下同。

茌平縣

山東征客幾時歸？榆莢成錢草試衣〔一〕。政自羈愁無着處，馬頭忽見雉雙飛。

【校勘記】

〔一〕「試」，四庫本作「似」。

清明日所見

初日榆林聽鳥鳴，微風拂面曉烟輕。紙錢麥飯誰家子？忽憶清明上塚行。

其二

毿毿榆柳帶烟蘿，落日荒原狐兔多。斷港已無流水過，行人猶説古黄河。

高唐州

三月春光欲暮時，故園回首意兼悲。道傍楊柳心枯盡，猶有青青到遠枝。

癸丑除夕口號柬古英上人

燕山城裏逢除夕，子自無家我亦僧。一種鄉心難與説，閉門各自對青燈。

正月二十六日得表弟梁遠南京消息且云比江西來者皆未有書感而賦此

書發南京已歲徂，開緘驚喜忽長吁。誰知路比燕山近，更説新來一字無。

余自去冬閏十一月遣人還泰和迎候舍弟子彦與家人偕來今經九十餘日矣未知果來否偶燈下獨酌有懷愴然援筆題此俟余弟至而共讀之時正月二十七日夜也

南北相望路七千，南風只有中鹽船。故鄉消息何時發？縱得書來是半年。

其二

稚子家人俱可憐，江南烟水路綿綿。開船好是燒燈後，下馬何由醉眼前。

其三

轉覺别來俱老大，四年不見奈愁何。直須燈下狂呼酒，比較何人白髮多。

其四

昨日通州好語傳，淩開已見上河船。船中怕有南來客，直遣相迎河水邊。

其五

更憶舍南篁竹邊，長公相對結茅椽。有時躡屐窺園去，長日抛書枕石眠。

其六

自起牀頭數俸錢，倩人買秫釀冰泉。牡丹開日應須到，浄掃西軒待醉眠。

其七

羣烏亂鳴蒼柏顛，南窗對酒一悽然。不知今夜燕臺月，何處荒江照客船。

偶書

不見梅花思黯然，蕭蕭塵土入新年。白楊枝上垂纓絡，正是燕城二月天。

題李兵曹竹石圖奉寄中翁長公

自捲新圖寄長公，幽篁古木兩三叢。燕城六月塵如海，得似南窗卧竹風。

題江亭秋望圖

江亭秋望渺衡湘，碕岸楓林帶夕陽。欲採蘋花愁遠客，白鷗飛去水茫茫。

題春江載酒圖

錦石瓊沙不涴塵，桃花楊柳滿江春。畫船載酒遊何處？絶似風流賀季真。

過萬歲山下

海子空將萬歲山，廣寒殿在碧雲間。巖前無數長松樹，惟有飛鴉日暮還。

初晴

微雨初晴不作泥，牡丹花發石欄西。公庭過午文書静，坐聽林鳩自在啼。

核桃樹

葉底青絲乍委纕，枝頭碧子漸含漿。燕南山北家家種，不比齊東棗栗場。

庭下牡丹盛開感賦二首憶徐吕二僉憲分巡未還

十年不見壽安紅〔一〕，三月燕城霧雨中。未省何人舊栽得，斬新雨露鬭春風。

其二

紺芽翠葉藹離離，喜見新年發數枝。無酒無朋難獨賞，每來花畔立多時。

【校勘記】

〔一〕「十年」，萬曆詩選本作「廿年」。

觀城外練兵

年少粗豪喜戰功，短袍新賜錦重重。對箭戳鎗誇得雋，騙騎官馬去如龍。

種柳

繞城密密插垂楊，近水仍添四五行。莫遣行人來繫馬，更教遮護起藩牆。

海子橋晚眺

海上青山山上雲，空青錦繡自成文。廣寒西下紅橋晚，兩岸荷花一逕分。

題黄淵静贊禮墨竹紈扇

瀟洒頌臺贊禮郎，手持紈扇白於霜。只今寫得篔簹竹，清晝無風也自涼。

秋日燕城雜賦五首

南城土垣故不塌，西宫渠水自相通。野蘆花似楊花白，蕊木葉如楓葉紅。

其二

菜根磊磊紅蘿蔔，草子嶄嶄白蒺藜。東薊直通齊化外，南城更在順承西。

其三

長帘賣酒誇江米，小檻分魚説海鮮。羊市角頭逢賈豎，蓬萊坊裏問神仙。

其四

城中十井九苦水，城外四圍三面山。俠客已無多伎倆，燕姬那得好容顔。

其五

官馬清晨去打圍，馬前鷹犬去如飛。平原日落烟塵起，野兔山雞倒載歸。

秋雨口號

滿城風雨冷凄凄，白楊葉飛鳥亂啼。馬蹄暗踏十街水，車轂深埋一尺泥。

其二

直北風來厲作威，吹沙挾雨半空飛。行人不慣張油蓋，茸帽氈衫信馬歸。

命童子買酒看後庭晚菊

自數青錢送酒家，瓦瓶細細注流霞。牡丹芍藥從渠有，莫負庭前瘦菊花。

何日

楊葉落盡桑葉稀，烏鵲夜啼風掩扉。長年塞北風霜早，何日江南遊子歸。

秋意

簾外纖塵寂不驚，滿庭秋意坐來清。閒門白日無人過，犬吠階前落葉聲。

十月對菊

杏梨三月鬬芳華，不見深冬梅與茶。欲識幽燕風景異，菊花開後更無花。

狂風

陟頓風來刮地吹，排窗推户更掀帷。居民土壁圍烟火，暖坑敧眠自不知。

寒夜

馬齕枯荄寒夜長，風如箭鏃射陰房。不知門外三更雪，誤起開門看月光。

歲暮戲柬天英上人

殘年寄食尚天涯，風裂禪衣面撲沙。還憶故山晴雪裏，閒拖錫杖看梅花。

題棧閣晴峰圖

曾聞劍閣上青天，棧道縈紆路幾千。更過隴頭聽流水，白雲西下自秦川。

題畫

九華日照緑楊川，三峽雲深瀑布泉。安得草衣騎白鹿，碧桃花底訪神仙。

四月承叔銘僉憲二絶句問西廳牡丹開未併寄罌粟令予種之以娱目因戲用韻以答之

惆悵乘驄客未回，杏花落盡牡丹開。西廳吏散文書静，幾向花陰立紫苔。

其二

囊盛罌粟寄來遲，種得花開定幾時。賴有戎葵高一丈，淺紅深緑總宜詩。

既四月末予西軒牡丹一枝最後開與戎葵掩映特盛時叔銘適自保定歸隱若有相待之意因命酌快賞叔銘再用前絶句韻爲寄興不能已仍用韻奉答併憶吕本拙僉憲按事中山未還歸日當共一笑云

戎葵花早牡丹遲，剛值先生下馬時。不便破除千斛酒，也應勾引數篇詩。

其二

有客邯鄲久未回，西廳無奈好花開。當筵縱賞何由共，日日開軒掃翠苔。

叔銘以紈扇索予題詩因戲作叢竹于上仍繫以詩〔一〕

家住江南青竹林，别來無日不關心。偶然寫向齊紈上，便欲移床坐緑陰。

【校勘記】

〔一〕「戲」，原作「賦」，據萬曆詩選本、四庫本改。

題古木幽篁圖

瓊枝翠葉静爲鄰，秀色娟娟絶點塵。日暮天寒羅袖薄，可憐空谷有佳人。

秋日見鴈有感

居庸關前秋草新，桑乾河畔是通津。可憐無數沙場鴈，箇箇南飛背着人。

送别叔銘僉憲出順承門

送客出城秋已凉，太行南上楚天長。順承門外斜陽裏，蕎麥花開似故鄉。

題晦庵先生書畊雲釣月四大字墨本爲王敬之知事賦

十角黄牛兩具犁，山南山北趁幽棲。杏花開後菖蒲出，春雨鵓鳩相應啼。

其二

獨移蘭棹釣滄灣，風細波澄夜景閒。却渡九溪歌九曲，不知月上浸亭山。

七月一日得大兄去年九月寄書來其午魏直夫來自京師聞大兄哀訃而未領家問是夕燈下且信且疑輒賦絶句以寫悲愴

西風和雨入長楊，的的青燈伴夜長。一紙鄉書三四讀，不知清淚濕衣裳。

夜宿雄縣東館會文學李秀士自云嘗從游圭齊歐陽文公及臨川曾子固清江胡居敬二先輩之門其風流醖藉有足觀者於是予去鄉七年矣爲之慨然明日書此識別〔一〕

瓦橋東館晚停驂，喜遇幽人慰盍簪。間説從游往年事，滿庭霜月夢江南。

【校勘記】

〔一〕「圭齊」，四庫本作「圭齋」。

出雄縣望西山賦一絶寄吕繼道僉憲〔一〕

順承關外酒闌時，駐馬相看各自悲。多謝青山三百里，送人直過易河西。

【校勘記】

〔一〕「雄縣」，原作「雄絲」，據萬曆橋徠軒重梓本、四庫本改。

望漢獻王陵

單家橋下雪横冰，草樹連雲掠凍鷹。漢業已荒河水在，行人遥指獻王陵。

夜宿逯家店

柴門下馬日平低，葦席蓬窗壁乍泥。寒夜老翁看客慣，青錢問酒過村西。

入德州界

霜結沙塵凍不飛，榆林風定日熹微。客程已入山東境，漸喜居人識面稀。

過茌平懷馬賓王

昔賢經濟未軒張，末路低回祇自傷。斗酒新豐聊濯足，令人長憶馬賓王。

高唐州道中

北風吹沙官道長，兩傍楊柳間榆桑。何時走馬重來此，要看清陰六月涼。

碌獨

碌獨雙輪至日斜，北風竟日卷黄沙。已添衣上塵三斗，誰料胸中書五車。

觀野燒

牧童敲火枯柳根，青烟獵獵起荒原。回風吹入蓬科去，燒却東家桑棗園。

野老

野老當門喜客來，旋燒新炕斫桑柴。自言土惡無甜水，五里分泉夜却回。

至甜水鋪夜宿水惡不可飲早起趨高唐州

驅車甜水鋪前宿，燎火夜乾衣上霜。忍渴不眠愁水苦，五更乘月過高唐。

入東平渡北關外長橋見採樵冰上者

橋跨平湖一境開，羣鷗欲下正徘徊。蕭蕭蘆葦層冰上，猶有樵人踏雪來。

出東平南關始聞周侍郎賓自京還家而不及相見賦此寄意

聯桂坊前君故里，匆匆車過不曾知。逢人相問憑相謝，正是南關大雪時。

東平道中問酒不可得

寒鴉啄雪行且飛，東平道上行人稀。炕頭黄酒那得買，冰下鯉魚空自肥。

夜宿司徒鋪以送徒喧雜鍋釜不空童僕不及炊爨而去因憶嶺南舊事謾賦

憶從繡水入高州，篁竹蕭蕭萬嶺秋。道上行人敲石火，截筒炊飯也風流。

余自北平赴京十二月五日道出濟寧會伯高齊君於公館君本唐縣人素擅顧吳之妙草草爲予點真觀者咸以爲肖而余獨覺其老醜也臨别賦絶句三首奉答併柬趙晉卿夏時佐曹伯仁三先生

慶都山人齊伯高，袖有五色之仙毫。李白樓前忽相遇，便呼銀甕出蒲萄。

其二

我本山林麇鹿姿，多君點染出清奇。不知老去愁多少，但覺秋霜滿鬢絲。

其三

昨夜南關對月時，客心如水向南馳。京城此去猶千里，歲晏還家未有期。

夜宿城南天井閘候水憶孟鄰王貳守時許爲余寫弄琴小像未至賦此以寄并柬府公趙大參秉彝

京國南還水路遥，城陰復此駐蘭橈。可憐關外重重閘，不放河流過魯橋。

其二

目送飛鴻手撫絃，十年幽事已茫然。誰知昨夜南歸夢，猶在雲山野水邊。

出趙村閘爲魏鑑題墨梅一首

憶在江南處士家，每從雪裏見横斜。北來十月燕山下，却憶梅花似雪花。

南陽河口曉望

北風打頭船進遲，南陽河口正流澌。玉皇廟前楊柳樹，行人却望憶來時。

過谷亭二首

小龍渦接大龍渦，谷亭閘口水穿波。寄語南船緩來上，北船東下正如梭。

其二

谷亭亭子大河邊，赤鯉黄魚不論錢。水上浮淩高一尺，朝來槎住北來船。

過黄河見隄岸有古墓雙石表感賦

河隄石表古來存，知爲誰家守墓門。舊塚已虚人世换，年年烏鳥當兒孫。

題雞鳴臺

雞鳴臺下水禽啼，韓信城邊雪滿堤。千里行人愁夜半，一船明月過河西。

即事

水禽如雪憩浮澌，流下前灘漫不知。岸轉舟迴忽驚起，口中銜得錦鱗魚。

黄河道中

一河盤注兩隄間，十里應多北曲灣。南艦經年中鹽去，北船盡日送軍還。

沙河閘

數家茆屋是沙河，廢閘當河亂石多。大船東下好扶舵，泗水西流當奈何。

過留城

荒城如斗半蒿藜，千古全功孰與齊？須信君恩本天道，如何自挾請封齊。

過恭城望九里山

滿河冰片挾舟行，洲渚參差互送行。九里山晴春意動，買魚酤酒過彭城。

將至徐州見人種樹者

舟下徐洪凍已開，故園遠在贛江隈。家家春近栽楊柳，江上行人且未回。

臈月十五日夜徐州洪對月

徐州洪上月團團，浪打孤舟客影寒。料得人家今夕語，一年十二度相看。

泊徐州洪鄉人有攜酒相餉者喜而賦此

碧甕盛來琥珀光，感君遠意不能忘。情知歲近歸期遠，且對尊前説故鄉。

雪中見鴛鴦感賦

白頭鴛鴦飛且號，雙雙銜雪下江皋。吴娃不省風波苦，只想花門繡羽毛。

淮安舟中夜聞吴歌戲作二絶

淮安城下霜月明，淮河船上唱歌聲。誰遣此歌今夜唱，聲聲即是怨郎行。

其二

望郎歸近怨郎行，一步闉門萬里情。辛苦寄書河北去，人言却在武昌城。

觀鑿冰捕魚者

湖淀野人工捕魚，隔冰見魚冰下居。持斧鑿冰刺魚去，鑿痕團團如井注。

題關山秋霽圖

關門迢遞通何處？野寺依稀記昔年。未擬爐峰看瀑布，直疑劍閣上青天。

由邳州入房村

沙薄霜乾草不深，蕭蕭榆柳冷無陰。村園門巷皆雞犬，比似江南少竹林。

其二

層冰兩岸戲龍鱗，先放河心一道春。借問驛船行得未，南京楊柳待歸人。

過南陸山中

鳥過平原霜草齊，雉飛兔走各東西。何由調取腰門箭，細割肥鮮酒自攜。

馬上望泰山口號

古色蒼寒倚太空，旁無附麗屹當中。要知獨拄東南角，不是人間培塿雄。

入濟南城

步入齊城見石麟，荒涼莎草欲無春。北風着意如相識，吹雪花來候遠人。

鳳村阻雪贈曲秀才

欲度成山泛海槎，鳳村夜半雪飛花。何由倒捲滄溟水，净洗扶桑看日華。

其二

北海東逢曲秀才，鳳皇聞到此山來。春風好種梧桐樹，早晚飛鳴上紫臺。

河上謡

青楊溝下是黄河，三月春深風浪多。河中石子白磊磊，河水自渾君奈何。

其二

河流曲曲是盤鈎，東北西南不定流。何似客行西北去，回頭一向望南州。

其三

馬家淺上船難泊，徐州洪下好相尋。水急莫嗔郎性惡，灘淺不如人意深。

其四

家住黃河相見灣，灣頭道路古來難。十度船來九度見，郎行自隔萬重山。

其五

河上丈人河上居，楊柳青青三月初。少年挾箭去射鴈，婦女踏罾能網魚。

其六

臨河照影插花枝，莫道渾濁不相宜。試把郎心比河水，顧盼分明當自知。

過邵伯得風喜賦

長洲短岸去匆匆，坐看雲霞西復東。最愛歸船勝走馬，不煩鞭策只乘風。

其二

南上河裏三百里，買魚沽酒二三程。小篷短棹泛攲側，卧聽風聲與水聲。

聯句雜體 附

遊金精夜宿桃閣余與鄭同夫張燈置酒且飲且吟命田仲穎書之余二人飲益豪吟益奇趙伯友從旁醉卧聞喧笑聲忽躍起大呼好句好句仲穎亦時時瞌睡不麠羅孟文從旁大笑不已道士姜近竹以繼燭不給先退矣迨明綴之得五十韻

木落秋容浄，天高日氣清。乾坤澄玉色，雲霧豁金精。招隱懷蘩桂，劉。尋幽想茯苓。委蛇緣澗壑，鄭。迢遞出郊坰。赤嶺酣朝旭，劉。青峰帶曙星。篔簹交石崦，鄭。蘿薜蔭林亭。峽口聞清唱，劉。崖陰見耦耕。洞猿啼石裂，鄭。山鶻掠雲平。劉。瑶草迷玄圃，琪花藹赤城。鄭。老君巖崱屴，劉。仙女沼泓澄。鄭。玉几栖崖穩，劉。金床映户熒。仙桃寧有種，鄭。石鼓自無聲。蓮墜飄銀漢，劉。松蟠偃翠櫺。緣簷風鐸亂，鄭。挂壁雨瓢輕。木鶴遥占斗，劉。銅龍並拱衡。殿標唐歲月，鄭。地擁漢精靈。鳳詔雲霞焕，劉。龍章日月精。搴帷瞻綽約，鄭。隔水望娉婷。劉。奕奕青霞服，飄飄赤羽旍。鄭。采鸞朝解佩，騎虎夜吹笙。縹渺何由遇，劉。荒唐孰可名。悲歌傳下土，鄭。遺迹渺飛軿。劉。王紀長沙系，兵行百粤征。鄭。委禽懷戀戀，鑿石感錚錚。劉。仙偶真難匹，師昏竟莫成。斷雲空有望，鄭。流水故無情。已矣遺祠廟，蒼然肅殿楹。劉。莓苔沾玉座，塵網拂珠纓。鄭。明鏡沈秋澗，殘棋委石枰。劉。尋真憐夢窈，撫字覺心驚。鄭。映日蠶崖瘦，緣雲鳥道横。劉。躋攀愁獨坐，歌嘯混同行。鄭。剪燭當清漏，移尊近翠屏。劉。絶襟從客醉，移席任渠争。鄭。酬唱兼諧謔，登臨任送迎。劉。孟文頻絶倒，仲穎故沈冥。鄭。思苦心應嘔，眠遲眼屢瞠。劉。吟教劉楚啞，聯到趙壎醒。鄭。月冷茶烹栗，霜寒瓜剖瓊。劉。風從鍾後息，泉共醉時聽。鄭。磨石須題姓，劉。臨池欲寫經。鄭。繼膏愁道士，授簡愧諸生。劉。林鳥寒初定，巖扉夜不扃。鄭。栟櫚高瑟瑟，黄竹亂琤琤。劉。天地真漻泬，朋遊此合并。鄭。百年成過鳥，一夕感浮萍。劉。野迥参初轉，鄭。庭空露向零。劉。長吟倚空闊，吾欲訪蓬瀛。鄭。

露坐南城石橋與鄭同夫羅孟文聯句

雲遮月微明，羅。月澄露初泫。劉。川蓉淡水物，荷氣沿階蘚。鄭。更深喧漸息，慮滌情自遣。劉。宿鳥寒不飛，羅。流星下遥巘。鄭。

湖亭午宴與曠逵歐陽銘蕭曙聯句三十韻〔一〕

林館衆緑浄，微風濯煩歊。曠。眷言集羣彦，清讌永崇朝。歐。禮尚匏樽儉，懽逾錦瑟調。蕭。初筵陳旅語，雅韻接仙韶。磊落高懷瀉，疏狂逸興飄。劉。炙鮮香溢鼎，注玉色翻瓢。曠。斟酌煩童豎，歌呼狎友僚。歐。楊梅紅欲滴，山韭翠初挑。蕭。坐倦輕絺解，吟酣小扇摇。劉。雲窗塵不到，雪椀暑全消。曠。憩渚仙禽迴，穿簷海燕嬌。飛飛渾不定，歐。矯矯詎能招。蕭。慈竹秋陰近，宫槐暮色遥。劉。居便人事簡，貧愛客情饒。閉户仍投轄，攜壺更解貂。曠。習池寧足戀，謝墅故難邀。歐。自撫便便腹，誰呼褭褭腰。蕭。青雲期放曠，白髮任飄蕭。劉。楚也泥途迹，銘乎玉雪標。曠。那能終隱逸，端可上雲霄。歐。萍梗嗟良會，蓬蒿托聖朝。蕭。赤心元皎潔，丹禁自岧嶢。劉。伏諫青蒲切，趨班玉筍超。曠。雞鳴天闕道，龍躍海門潮。歐。結駟陪官署，聯鑣出使軺。蕭。北遊尚塵土，幽事且漁樵。劉。勝會寧辭數，狂歌故不驕。曠。杯行須泛泛，瓶罄莫寥寥。歐。蘇圃連花塢，徐亭帶柳橋。蕭。它年留雅韻，應得繼風謠。劉。

【校勘記】

〔一〕「曠逵」，原作「曠達」，據本集卷首目録改。

湖上聯句

次公不解飲，越石最能詩。讓。短句從誰賦，空觴衹自持。楚。晴雲低過雨，斜日上高枝。劉。近寺鍾聲起，歸鞍未可期。蕭。

湖上聯句同常允讓黄肅伍理

疏雨湖邊過，讓。涼風柳下來。肅。隔堤漁網出，理。別浦酒船回。楚。遠樹來江闊，肅。殘雲帶暝開。理。曾臺歌吹發，猶恐暮鍾催。楚。

池上聯句

池館月初上，幽人時獨行。楚。焉知竹林下，有此木屐聲。霖。

白雲軒聯句 有序

至正丁酉夏五月二十有二日，大梁常允讓、盱江黄肅邀余訪伍理於東湖之上。時暑雨初霽，緑陰正繁，坐白雲軒中，酌酒論文，情興洽甚。允讓嘆時事之方殷，感朋遊之不偶，乃相屬聯句，得十二韻，宛轉成篇，音韻諧適，仍命曾沂就景爲圖。圖成，録詩其上，非敢以誇時彦於方來，亦將以識嘉會於斯日也。

瀟灑青雲彦，幽居隔柳樊。常。湖陰通曲徑，苔色上高垣。簾捲南薰入，窗含夏蔭繁。劉。脱巾投玉麈，移席倒匏樽。黄。涼雨荷香度，晴雲樹色屯。芙蓉交翠葉，伍。薜荔引芳根。常。雪蠒烏絲細，霜毫玉筯完。劉。籠鵝從换帖，愛鶴敢乘軒。黄。休日欣良覿，高懷得細論。伍。堆盤朱實潤，溢砌紫蘭翻。屬坐儀如鳳，揮觚健勝猿。常。雄文三峽水，壯志九溟鵾。劉。酒暈開愁頰，茶香醒滯魂。黄。風塵江海暗，戎馬道途喧。杜子無家久，張君有舌存。丹心依魏闕，伍。清夢繞天閽。寥落悲時事，飄零愧弟昆。常。盍簪萍梗日，曳履縉紳門。劉。句壓彌明鼎，宴同桃李園。黄。銀屏酣坐穩，鸚鵡可鯨吞。伍。

晚涼同常伯敬黄子邕過楊伯謙湖上書舍值伯謙出未歸子邕買酒小酌聯句

酌酒湖陰晚，劉。移床竹逕涼。黄。高荷凌水碧，常。幽草入林香。劉。問字過從數，常。聯詩嘆語長。黄。却懷楊憲史，騎馬出東坊。劉。

同禮部主事張孟兼國録蕭子所焚香夜坐同賦線香聯句二十韻

齋居澹心情，分火試香縷。張。纖纖五綵纏，炯炯衆星吐。劉。初聞疑襲芳，細辨須按譜。張。千條揉金枝，百和雜瓊乳。劉。本非龍涎收，豈與雞舌伍。張。烟聯玉繩直，霧裊金莖古。劉。月斜忽逶迤，風度自飄舞。張。氤氳起絲髮，宛轉散毛羽。劉。眩眸訝窺管，拂鼻欲停麈。張。麝臍遠近發，狼燧高下舉。劉。繰車不可收，著草遠堪取。張。焰含怪鎗殳，燼過惜糾組。劉。焦頭恍莫救，燃指粲可數。張。蕭莖引初焫，艾劑消微炷。劉。袖攜憶朝回，灺落驚夜午。張。蘭膏既異資，庭燎亦殊炬。劉。吟長搜韻險，坐久攬懷苦。張。雲冷博山空，劉。城樓已三鼓。蕭。

玉兔泉 有引

洪武五年秋九月十又五日，日入酉，余與仲子璲過張録事孟兼於成均，秉燭對坐。孟兼方命侍史汲玉兔泉瀹茗。俄熊參軍鼎、劉職方崧、周虞部子諒皆集，相與談詩，至愜心處，輒抵掌笑謔。呂太常仲善聞之，亦驩然來會。既啜茗已，孟兼出新造玉兔泉銘諷之，且曰：「今夕何夕，勝友如雲，不可無以爲娱，請舉泉聯詩，何如？」衆皆曰然。余年有一日之長，俾題其首句，餘則以次而續，鬬險據勝，閧閧弗能休。至二鼓詩成，各擁枕就榻。逮雞再號，風雨棲迷，僕夫載途〔一〕，官事有程，皆不告而去。余亦騎驢去朝天矣。明日，孟兼將屬璲作小楷繫詩於銘左，徵予爲之引。於戲！人事聚散，如風中飛花，其迴旋飄泊，曷嘗有一定之迹。今幸得與二三君子岸幘詠詩，驩然而一笑，豈非天哉？然此七人之中，楚産者大半，獨余父子與孟兼居越西，相距僅半舍〔二〕。它時或抽先後簪而歸，支九節笻訪孟兼白石山房，遡咏諸賢立霄漢上，欲一見不可得。取此卷閱之，恍如聚首成均時，寧不有慰於寂寥之鄉耶？孟兼、子諒、仲善皆以字名。熊君字伯穎，劉君字子高，余則南都散吏金華宋景濂也。

成均地何靈，聖澤資灌沃。濂。兔奔兆奇徵，井渫發新斸。鼎。自非三窟深，孰湛一泓緑。孟兼。儲精本從金，生色絶勝玉。子諒。霜唇蘸寒飲，雪毳翻夜浴。崧。釀洌補酒經，沐丹驗仙籙。仲善。杵舂蟾宫棄，珠噴鱣堂觸。璲。孕月生陰津〔三〕，觀天漏晴旭。濂。水澄毛骨竪，鑑徹須眉燭。鼎。娩名徒自奇，檜行穢難贖。孟兼。雖涵東郭狡，難洗上蔡辱。子諒。引滿瓶未羸，探幽綆頻續。崧。流甖滲銀床，出竇濺瓊粟。仲善。醉沃日暈花，凍吸指連瘃。璲。濡毫乃自潤，照影從人欲。濂。光沈天上魄，祥啓地中躅。鼎。摘辭挹餘清，盥薦侑佳告。子諒。劍刺非貳師，池移豈身毒。孟兼。燕支愧淫陳，鹽鹵鄙富蜀。崧。不動疑雪窐，長搖笑風橐。仲善。天光一眼開，雲影片鱗束。璲。劇燕覺瘳瘝，歷足想彳亍。濂。鬵沸虎爪跑，蚪吸猿臂曲。鼎。潔士濯冠纓，渴卒卸刀韣。子諒。精當卯君降，液或井宿督。孟兼。誰知鍾阜分，脈與伊洛屬。崧。錫名爾固佳，戰句吾何局。仲善。聯將指鼎比，疾勝擊鉢促。璲。驚風落燈燼，斜月墜檐曲。濂。靈源詎能窮，短詠聊可録。鼎。

【校勘記】

〔一〕「僕夫」二字原脱，據宋濂潛溪先生集卷一玉兔泉聯句序補。

〔二〕「相」，原作「廂」，據萬曆詩選本、四庫本改。

〔三〕「孕」，原作「朵」，據宋學士文集卷十六玉兔泉聯句引改。

北園池上聯句

池上月涼秋似洗，逵。城頭漏轉夜如年。佑。枳林不動風初定，諶。草葉低垂露正圓。楚。移席偶臨流水坐，逵。鈎簾還對落星眠。佑。幾時吹笛芙容底，更向龍灣棹酒船。楚。

聞黄子邕數日出飲不歸因與劉鼎子鉉張智子明聯句戲柬之併寄楊憲史伯謙

三日不見黄子邕，使我茆塞于心胸。鼎。書床虚連竹色浄，酒罣閒覆柳陰濃。楚。每於月下重相憶，何事湖邊獨不逢。智。急欲移書楊憲史，山房須遣白雲封。楚。

南園聯句同王佑曠逵劉霖蕭諶

絡緯聲如勸飲，佑。篔簹青好題詩。逵。風轉銀燈不動，楚。月來瑶席頻移。諶。草色亭西晚逕，佑。水聲籬外秋池。霖。此夕龍灣佳會，南樓千載襟期。楚。

詩歌補遺

詩歌補遺

五言古詩

秋興〔一〕

蜩蟬本忘世，風露興高潔。奈何抱枯條，時去亦悲咽。關河道路阻，風雪衣袂裂。已謂向華紛，如何更離別。

【校勘記】

〔一〕原題作秋興五首，其餘四首已見萬曆三十八年真如齋刻本槎翁詩卷二秋興四首。

（以上一首據蕭翀編明刻本劉職方詩卷二補）

七言古詩

陪虞檢校燕蕭一誠書樓即席上芙蓉花賦得玉字

層樓壓城俯沙麓，上客飛觴度瑶曲。晴雲冉冉駐芳筵〔一〕，秋水亭亭濯紅玉。鴈鴻此日號朔風，驄馬何時出南陸？酒闌興極江霧寒，月出笳鳴楚山緑。

【校勘記】

〔一〕「冉冉」，原作「再再」，據乾隆重梓本改。

（以上一首據萬曆二十五年刻本劉槎翁先生詩選卷四補）

長短句

雙翠軒詩爲劉汝弼賦

雙翠軒，聞在鄱陽萬斛山下宫亭湖水之東偏。疏窗碧户照雲日，美人在望何娟娟。問之此軒奚以名，云有雙檜者，乃是昔人手植之所成。百年雨露見翹蔚，萬井烽火遺峥嶸。鄉鄰父老共歎異，摩挲重説當年事。屋角仍瞻秀色存，道傍更喜清陰庇。宜爾劉氏賢子孫，卜築來依承清温。不知虬龍骨鬣幾千尺，但見旌幢矗矗並立當高門。朝吟雙檜間，暮宿雙檜畔。願親强健長相保，得似蒼根與脩幹。憶我往年湖上過，東望鄱山千翠螺。碧天無雲夜寥泬，明月正湧黄金波。此時懷君雙翠好，不得停橈訪烟島。題詩遠寄軒中雲，歲晏端期拾瑶草。

（以上一首據洪武三年刻本雅頌正音卷四補）

五言律詩

山中早發

二月容州路，千崖霧氣饒。草香初乳鹿，樹緑總鳴蜩。曉集寒烟聚，春田野火燒。無人問來往，溪水日瀟瀟。

題陳贊府山水畫贈皂江高君永齡

江水年年緑，江花處處春。忽聞折楊柳，還憶渡江人。楚館尋芳早，吴堤送别頻。蒼茫圖畫裏，此意獨相親。

（以上二首據蕭翀編明刻本劉職方詩卷五補）

五言排律

解姪出館玉隆山下因示八韻

□去事齋居，操持好在初。故鄉無厚業，敗篋有殘書。夜寢燈遲滅，晨興髮早梳。詩囊應合滿，酒醆故宜疏。鼎薦緣中實，鐘鳴應體虚。麒羈寧似犬，龍化本由魚。蕩蕩青天出，悠悠白日除。承家端望汝，逝此莫躊躇。

過都嶠山八韻

都嶠仙人府，玄清帝子家。層峰聳龕骨，欹洞偃鯨牙。石潤明丹雪，林深隱絳霞。金蓮開八壘，玉樹散千葩。煙擁香爐正，風騰蓆帽斜。藤垂九天葉，松落萬年花。已幸瞻靈館，無由憩使槎。它年校仙秩，來此問丹砂。

（以上二首據蕭翀編明刻本劉職方詩卷五補）

七言律詩

過故人湯子敏松石山房併憶其弟子敬

向來攜酒共追攀，此日看雲獨去還。不見山中人半載，依然松下屋三間。峰攢仙境丹霞上，水遶漁磯緑玉灣。卻望夏洋懷二妙，滿崖霜樹曉斑斑。

贈豫章東溟上人與進士胡斗元同賦

延慶寺前秋暮時，緇衣林下偶幽期。晴窗舊録高僧傳，夜榻新題進士詩。苔滿石幢春雨暗，竹深金磬晚風遲。何年遠汎滄溟水，盡識魚龍變化奇。

挽謝君章

萬里江南一布衣，早將佳句動京畿。徒聞子敬遺琴在，不見相如駟馬歸。朔雪恐迷新塚草，秋風愁老故山薇。玉堂知己能銘述，猶得精魂慰所依。

同虎仲威夜宿曠氏小樓得月字

豫章城西日欲没，罷酒酣歌出城闕。江閣朱簾晚更垂，城樓畫角寒初發。啼烏野樹集輕霧，過鴈凉雲動華月。未瞻北斗上燕并，獨倚南天滯吴越。

春晚奉同王子讓王進士江上臨眺因賦奉柬

升堂酌酒詠風騷，坐石看雲散鬱陶。雨隔數峰分晚翠，江蟠千樹折春濤。深林款款微飈度，極浦亭亭落日高。鄉國何因同感慨，山川自昔重英豪。

分題得金魚洲送别

金魚洲近太平坊，江水中分石磧長。鷗鷺汀沙時駐影，蛟龍窟宅夜浮光。秋風淅淅兼葭老，春雨青青杜若香。惆悵歸帆從此别，獨登高閣望蒼茫。

題山水畫

江上青山山外峰，水邊亭榭記行蹤。天垂瀑布青雲斷，日射滄波紫霧重。松掩鶴巢翻薜荔，柳欹漁艇並芙蓉。抱琴已歎歸來晚，何事幽人獨不逢？

蕭居仁以山中抱琴圖寄曠維南索賦因題其上

石潭漁者舊相知，示我新圖有遠思。春日青山宜對酒，晚涼幽榭好題詩。橫江日落樵舟放，雙闕天清瀑布垂。獨上層峰望南野，抱琴何處寫深期〔一〕？

【校勘記】

〔一〕「寫」，萬曆詩選本作「覓」。

奉柬劉方東

妻子飄零去故鄉，喜逢故友向山莊。敢同王粲依劉表，自擬馮驩托孟嘗。石菊作花秋又老，嶺猿啼月夜偏長。向來翠竹江村路，載酒終期問草堂。

訪王子讓大村幽居借書戲題壁間

村前流水宛如環，村後荒城隱可攀。當户雨苔雙石峻，隔江烟樹數峰閒。杖藜麥隴秋霜後，樽酒茅堂夕照間。聞有古書人少見，柴門客去又長關。

有懷鄒明府九洲溪居

流水橋東楊柳磯，今年却恨往還稀。草生沙嶼鵝兒出，花落林塘燕子飛。石上幽人看奕坐，竹邊稚子抱書歸。秋深有意尋招隱，定攬池荷學製衣。

送王子與徵士南歸

萬里金門召説書，一官不拜賦歸歟。極知聖主恩榮重，自信儒生計策疏。三月鶯花辭上國，十年水竹愛閒居。眼看逸翮翔廖廓，慚愧駑駘駕鼓車。

崧臺

西上崧臺望海濆，孤城迢遞帶斜曛。凌羊峽近遥通汐，銅鼓山高半入雲。拂地榕根天上落，滿城蕉葉雨中聞。十年争戰空憔悴，喜見春迴錦繡紋。

舟中題山水畫屏

天邊無數小雲岑，江上誰家翛竹林？苔引松根行石面，樹分藤影到潭心。月明維嶺吹笙過，花落桃源艤棹尋。幽興衹今嘶濩落，倚篷相對暫開襟。

承練教授伯上由南岡市出州途中有作寄示依韻奉賦

龍洲春浪緑逶迤，腸斷行人欲發時。芳草獨當沙際出，閑花偏向雨中宜。極知庾信詩能賦，謾笑劉伶酒自隨。寂寞珠林舊茅屋，可能維楫赴幽期？

（以上十五首據蕭翀編明刻本劉職方詩卷六補）

題連子琦澹如齋

澹如扁刻照齋居，舊是豐城學士書。京國早聞辭厚禄，侯門不見曳長裾。晴烟薜荔青山下，秋水芙蓉白露初。愧殺驅馳車馬客，白頭無夢到田廬。

夜宿金精分韻得洞字

栟櫚蕭瑟霧寒重，複閣盤虚翼丹鳳。道士初歸獅子岑，遊人夜宿陽靈洞。巖腰水落潛龍起，谷口月上啼烏動。醉眼當歌祇自憐，明朝出峽誰能送？

贈畫師楊德洪

楊生家住金精下，慣寫金精雲霧圖。樵子行邊林木暗，女仙飛處石壇孤。生綀亂雪看頻染，白壁横秋莫謾沾。瘦我未應吟解苦，也煩貌得置巖區。

題李志謙書舍

温家亭子三江口，坐對東風兔子寮。錦石白沙寒歷歷，碧雲紅樹晚蕭蕭。簾虚易覺天光切，衣潤常疑霧氣飄。賴有石門支遁在，題詩長日出溪橋。

遊觀山寺和王子啓

高城北巖石塘西，千丈青山佛屋齊。龍峽横開蒼玉潤，蛙泉深注白虹低。晚烟鍾動花間出，細雨詩成竹上題。見説溪邊古松樹，春深長是鶴來棲。

匡山砦中奉和梅南劉府推韻呈公望楊主簿

天際驚雲逐暮鴉，草間行逕折秋蛇。眼穿户牖通羊角，膽落風霆撼虎牙。流水柴門思故里，春風燕子屬誰家？碧油幢下談經處，夜夜飛霜拂劍花。

送虞管勾還省

城西樓觀賞清秋，獨恨當時不共遊。吟把芙蓉偏照眼，坐傾桑落漸忘憂。舊家文物青城曲，客路風波贛水頭。此日重逢還惜別，幾時隨鴈過南州。

奉答康尚忠併留别小春諸友

亂來萍跡渺東西，風雨殘年客路泥。千里敢希元伯友，一貧長愧杜陵妻。江梅待雪花初亂，壠麥含烟葉未齊。此去林居春事早，看雲應是憶春溪。

過董正心先輩故居周眎遺址瓦礫蕭然因賦詩以寓追悼

昔年古屋總成塵，兵後重尋淚滿巾。花落短垣猶有廟，草侵廢址已無鄰。雲中詩帙銜青鳥，火裏丹經駕赤麟。董杏已荒諸弟散，孤墳何處闕荆榛？

奉酬曾昌儋同知寄詩干文紀乃祖御史遺事

湘城西望邈仙宫，華翰飛來麗采虹。溝下久拚成棄斷，爨餘誰遣問焦桐？經時花落催詩雨，何日船開出峽風？世德遠傳終不泯，未應圭璧待雕礱。

送周啓周之贛謁顔都事

贛水層灘障遠波，送君南上意如何？圖書曉逐龍光動，舟楫時衝虎穴過。此去登樓應作賦，閒來擊劍謾悲歌。故人幕府應多暇，五月清尊映緑荷。

奉寄劉子琚併柬其兄子綸時築館于山中將迎李提舉就居

猶憶當筵説劍歌，相思長日把雲蘿。黄金白璧亂來散，緑水青山歸去多。行楫屢傳經崦曲，飛書終見起巖阿。殘年二妙何由覿，上禄雲深雪滿河。

寄謝同游諸君子

草滿柴門晝不開，喜聞維楫故人來。江頭送酒穿林竹，寺裏題詩破石苔。斜日

鳧鷖寒影亂，斷雲鴻鵠暮聲哀。蕭閒自極登臨興，飛蓋南溪莫謾催。

飛蓋南溪莫謾催，夜深仍許泛舩迴。珠林星斗参差掛，石塔雲霞掩冉開。白紵

露寒驚蕩槳，華燈風細接銜杯。剡溪寂寞稽山遠，留取清名照草萊。

贈劉以謙

志士長懷物外情，喜從三十著才名。讀書窮巷螢孤照，采藥深林鹿共行。淮甸

小山叢桂晚，天台流水落花晴。秋餘頓豁穿雲眼，夜夜思君似月明。

送王子與赴艾氏書館

曾共南園倒玉壺，又從北郭賦驪駒。筵前綉句傳鸚鵡，館下書生説鳳雛。江轉

麻洲春水闊，山浮天玉暮雲孤。極知江左風流在，莫爲登臨起嘆吁。

送楊以誠遊青華山謁張天泉

青華遠在青塘曲，子去尋師幾時還？丹井灰沉春水黑，石門花發暮雲閒。思親尚覺懷甘旨，學道誰知信苦顏。傳得玄文應自寫，長歌騎虎入深山。

春雨宴鄒氏春雨亭得日字

江皋春寒風雨疾，亭下波洄沙溆出。漁舟獨往定何年？尊酒相逢在兹日。錦鱗衝岸草芽短，黄鳥翻巢樹枝密。龍灣西上好栖閒，長憶從君種苓术。

奉答王希顔秫塘山中寄示之作

鳥啼林館落花深，長談閒居物外心。老去鹿門非舊隱，愁來巴里足新音。鏡中白髮霜初破，帳裏青燈月共臨。寄遠謾勞春興發，何時載酒出山陰？

題蜀口歐陽氏三峰堂

蜀口洲前江水長，三峰西望渺蒼蒼。清秋雲起蟠金影，白日霞舒吐玉光。華嶽天高森並立，蓬瀛水淺屹相望。醉翁千載環滁意，宜爾承宗興不忘。

送别黎文舉歸萬安山中

亂後逢君鬢已皤，蕭條鄉國奈情何。日光南射椒園嶺，雨色西浮蜀口河。百里謾懷行處遠，三年長恨别時多。桐原舊隱何時到？亦擬從君剪薜蘿。

送韋纘之雲亭陳氏館中

曾過江南聽早鶯，林間亭館似蓬瀛。元方自昔多風度，公幹于今負隱名。楊柳葉齊深巷晚，芙蓉花亂碧溪晴。松醪百甕頻多釀，早晚相從醉月明。

題朱錬師貧樂窩

貧樂窩中絶世塵，逍遥羽褐故忘貧。黄金可煉心常懶，白雪能歌氣自神。一榻清風眠徑竹，半鐺明月煮溪蓴。山中舊隱無人到，種得桃花萬樹春。

贈三華山胡法師

三華滴露篆飛符，洞府乘龍夜可呼。天上雨雲垂白晝，山中雷電繞清都。翻瓢有客應行馬，執翿何人更舞雩？下界豐登功不宰，獨騎朱鳳奏笙竽。

贈趙推官

淮海東遊記昔年，翩翩幕府起才賢。向人白髮風塵裏，照世清名玉雪前。燈影夜迴悲舞劍，酒香春動惜離筵。别情歸夢還相似，白下門東萬樹烟。

（以上二十五首據萬曆二十五年刻本劉槎翁先生詩選卷六補）

承王召南送春衣

十年風雨困蓬蒿，感慨將軍意氣豪。久向雲中占寶劍，忽從江上送綈袍。馬隨使節穿紅樹，鶯聽吹笙下碧桃。武姚金華泉石好，來遊還許望旌旄。

梅間爲張漢英賦

雨屋烟村雪後山，聞君清隱在梅間。移床待月應頻坐，曳杖尋春却自還。偃幹不知巖石古，生香長愛水雲閑。青苔一徑通幽處，何日從君扣竹關？

聞客夜談豫章諸友感念存殁爲之悵然余同年貢士譚埴客授南昌紫陂劉氏劉同氣以兵相仇埴與其禍是尤可哀也因賦詩以寓意

豫章一别四年過，嘆息風塵竟若何？南省只今開虎衛，西江何處覓漁簑？林花春動雲霄近，湖柳秋來霜露多。腸斷譚郎冤血冷，紫陂空送夕陽波。

夜宿西樓柬蕭居仁

西樓抱被對愁眠，敗壁虚明露滿天。野燒忽從山頂見，寺鐘偏向水西傳。荆榛瓦礫孤城裏，江海交遊十載前。謾説烟波無便楫，夜來歸夢到林泉。

題熊克庸齊居山水圖

省郎齊閣看圖畫，最愛中峰萬丈青。漠漠烟雲開意氣，亭亭巖石静儀刑。竹間石徑穿蘿薜，松下晴絲引茯苓。安得結茅當勝處，長年來此勘遺經。

賦相石

宋文丞相勤王兵敗，走興國，元兵追至空坑，忽有巨石自墜塞道，追者不能越而退，後人爲築亭石上，命曰「相石」云。

追騎東來咫尺間，六丁撝斥下孱顔。義旗有道從容去，雄劍無光悵望還。拔地雲凝千古怪，當關壁立萬夫閑。誰爲滅宋鐫巖石？羞殺當年海上山。

觀富田新城

山根流水截飛梁，城面青山壓女牆。梁棟又開丞相宅，旌旆還擁狀元坊。竹垣繫馬遺祠廢，茅屋團兵舊圃荒。俯仰百年成永慨，角聲如雨怨斜陽。

過崇先寺拜信國公像

丞相祠堂野燒空，猶存遺像寄禪宫。弟兄豈計安危異，孫子終懷祭祀同。黄葉斷垣烏繞樹，緑蕪深院馬嘶風。可憐華表歸來恨，城市纍纍落日中。

同鄒孟信過三教寺納凉

短垣無地避炎蒸，閑過溪南訪野僧。十二板橋流水上，幾行秋樹白雲層。飯牛掩袂嗟何及，汗馬搴旂愧未能。聞説五原金氣盛，飛揚誰遣縱韝鷹？

遊三教寺有懷鄒縣尹

田繞山門石徑荒，柏林斜日照迴廊。吴鐘已去遺空簴，唐殿猶支見壞梁。三洞白雲秋杳杳，九州流水暮蒼蒼。同遊最憶興山尹，寂寞橋西舊草堂。

拜掃姥原雙企祖塚次朱孔立韻併柬鄒縣尹

銜悲東上姥原岑，舊路重來恍莫尋。石磴莓苔秋雨滑，墓門荆棘野雲深。龍蛇起伏山如畫，狐兔侵凌泪滿襟。多謝故人攜酒送，奠餘猶得慰愁斟。

與子彦弟夜宿具翕堂時北岸寇警方急起眎月色感而賦詩呈子中大兄

烽火横江照早秋，虚堂連枕夜悠悠。風聲忽向松間起，月色偏於竹上浮。早歲杯棬成永感，中年戎馬動離憂。白頭會見昇平日，共守遺書老故丘。

謝鄠縣尹送米

故人憐客困長途，遠致香粳溢野厨。稚子歡呼攜匕筯，家人笑喜問盤杅。交情可重連城璧，光價還輕照乘珠。落筆已慚顔帖後，爲君鼓腹愧侏儒。

與舍弟采山果南富嶺西遇雨暮歸

遠尋野果山中去，日暮還家雨拂衣。甘苦同時瓊液滿，青黄照袖玉珠肥。商巖雲斷靈芝老，同谷天寒橡栗稀。眼底愁憐小兒女，能飣早已候柴扉。能，音耐。

投迹

投迹深山感世危，山中生事儘相宜。泉分蒲磵長流水，薪拾松林自落枝。野客談玄猿共聽，鄰僧送酒鹿同隨。祇憐稚子勞喧聒，晏歲還家未有期。

出梁村路經老虎口因憶馮嶺入瀘源龍上有龍腰龍尾之險異時欲往而未能乃兵亂未已將遂初願顧視虎口良用惕然

馮嶺當年願卜鄰，里良此日暫依仁。山名虎口偏愁客，路入龍腰好避人。失時鯤鵬終自奮，忘機魚鳥謾相親。乾坤納納風塵際，獨立蒼茫一愴神。

校理家具

欹簷墜瓦罥垂蘿，隳突還驚暴客過。竈下酒壚傾已久，溝中書帙污偏多。果園樹偃生新草，萍沼魚飛失舊波。自是貧居向蕭瑟，亂餘多病奈愁何。

六月九日宴陳文彬席上賦

華堂六月清無暑，況是冰壺照眼寒。花氣濃薰金錯落，松陰靜覆玉闌干。仙人意氣迴笙鶴，才子詞華引鳳鸞。共說錦江花似錦，題詩還許醉時看。

會飲鍾惟賢書舍因憶其亡弟惟一

昔年知己半凋零，喜見鍾郎眼尚青。風雨時能問行李，烟塵只憶嘆流萍。清秋題句揮雲錦，上日開筵倒玉瓶。忽憶季方悲斷鴈，夕陽惆悵倚江亭。

寄孫伯虞

江上年年芳草生，懷人無限別離情。林花落雪風驚樹，野鳥啼春烟滿城。郡國久傳徵北海，衡門虚擬賦西京。緑荷亭館東湖曲，長憶攜尊看晚晴。

和蕭德輿寄示二首

祈招誰遣詠愔愔？長夜思君月滿林。寶劍必騰龍虎氣，瑶琴終奏鳳鸞音。閒居興與青山遠，故里春隨白髮深。江上重遊嗟濩落，感時直欲淚沾衿。

三月題詩寄客居，感君高致重璠璵。江雲冉冉侵花暝，山雨瀟瀟映竹疏。對酒空悲南國鴈，傳書長羡北溟魚。陽春一曲應難和，欲報瓊華愧不如。

送別蕭尚貞

已隔浮雲望武岡，又沿流水入嚴莊。閒居自愛青山好，獨往空悲白髮長。溪上緑蒲新酒熟，城西芳草故畦荒。十年漂泊嗟塵土，珍重遺珠照乘光。

寄同年劉雲章

故人迢遞别經年，亂後相思獨惘然。馮嶺烟青愁寓舍，密湖水暖喜歸船。山林心性終閒得，館閣文章莫浪傳。直上龍門看明月，銀河夜夜接遥天。

聞舍弟東歸消息喜聚居有期

行李何時出虎城？江東戍卒正南行。故鄉已作三年别，遠道猶淹十日程。照水鬢稀驚老大，凌雲筆健喜縱横。堂前先已栽慈竹，好向東頭着數莖。

嘗豌豆

丹葩碧蔓錦糢糊，食實驚看節物殊。已喜堆盤承翠羽，何勞剖蚌得明珠。故人凝望憐青眼，稚子貪饕愛碧腴。安得麥前收百斛，便從舍後闢荒蕪。

去年

去年桃李雨前開，日日西園去復來。樹下有時攜稚子，草間無地着尊罍。只今自笑同浮梗，此際誰憐長緑苔？過却清明更愁寂，櫻桃落盡未應回。

戲咏爉鵝

金頭紅掌詫鮮嘗，鹵腊登盤味更長。毛羽已隨春雪化，骨脂猶挾曙烟香。松肪冷削金刀潤，蘭液寒凝玉椀光。數紙黄庭應不换，須臾千斛送璚漿。

答湯子敏惠扇

故人贈我洪都扇，正及清明二月餘。花底不教供撲蝶，竹間端合伴翻書。愁來憶共清尊滿，病起驚看白髮疏。塵土眯人難自障，此身猶擬托樵漁。

三月十五日陪南溪諸公載酒渡溪至山下掃墳

晴日出烟三丈高，踏青相喚過東皋。亂紅點地忽飄雨，新緑滿山如湧濤。幾處松間登麥飯，何人地下醉時醪？若爲招得浮丘伯，乘月吹笙戲碧桃。

春望

江上新晴散錦濤，龍門西上石林高。青山草樹生鱗甲，白日雲霄見羽毛。閉户著書悲寂寂，臨岐驅馬歎勞勞。東遊擬問任公釣，一掣何由舉六鰲？

承劉子琚吴孟勤惠書併扇賦此奉答

江浦春歸草色闌，故人高誼動雲端。兩章明月三秋迴，一扇清風九夏寒。黃鳥窺巢烟滿樹，白鷗銜棹雨鳴湍。栖賢亭上衣冠盛，長憶青峰對酒看。

去秋承王希顔自贛歸舟經白沙祠有詩相憶比會延真約以卜鄰江上兹春尋往聞又復西上矣賦詩二首奉寄併答往還〔一〕

憶在城西白鶴壇，看君醉筆寫琅玕。廬山坐對風烟古，贛石愁聞道路難。青眼陳蕃邀下榻，白頭貢禹笑彈冠。春風門巷空相覓，又報書船逆上灘。

【校勘記】

〔一〕此題下原有詩二首，第一首已見萬曆三十八年真如齋刻本槎翁詩卷六。

秋日聞鶯

江頭燕子已先歸，猶有黄鸝戀翠微。謾喜桂松交户牖，不愁風露襲衿衣。飛潛舊信心情異，涼暖偏驚節序非。莫倚如簧泥歌舞，空山彈射未全稀。

承王伯衢剪送芷花賦此奉謝

東庭花發爛葳蕤，剪送驚看一兩枝。碧色最宜朝露洗，幽香偏惜晚風吹。道人辟谷凝冰骨，仙子乘雲見玉肌。從此小窗人不到，一瓶秋水對題詩。

詠敝扇

紙膚剥落骨支離，曾見團圓入奉持。色暗已添塵慘淡，香銷猶帶酒淋漓。雲埋寶鑑光初破，霜壓金蕉葉漸披。幸自一枝高節在，清風依舊似當時。

度溪入梅演山中

梅演山前梅演洲，千峰如錦照江流。沙汀淅淅蒹葭老，石壁蕭蕭藤蔓秋。鴻鴈欲隨疏雨至，蜩蟬又報夕陽收。關河千里催摇落，宋玉愁多愧遠遊。

寄杜巡檢

脩竹荒園小逕通，茅堂掛劍雜懸弓。釣魚池上芙蓉雨，繫馬橋西楊柳風。諜弭赤囊敲朴外，詩成綵筆笑談中。知君滿釀梅花酒，歸路能忘一醉同。

見道傍早梅

一樹寒芳照水涯，殘年風雪正交加。可緣根底先知暖，故遣枝條早放花。折寄未逢南使驛，繞尋多趁野人家。玉堂消息終調鼎，暫爾風塵莫嘆嗟。

贈鍾萬

當年花樹照高門，世業猶傳墨榜存。文物灰飛成異代，風標玉立見諸孫。芝蘭入室終俱化，桃李逢春故不言。珍重林栖培健翮，清秋雲漢看飛翻。

題松雪翁書杜少陵城西陂泛舟詩後

城西陂上泛舟時，麗藻猶傳杜老詩。皓齒青蛾俱寂寞，錦箋香墨故淋漓。昆明劫火空千變，合浦遺珠自一奇。珍重綺囊閉光彩，直愁風雨化蛟螭。

謝吴明理送箨冠

錦箨裁冠製作工，新傳來自贛城中。斕斒洒墨留餘暈，岌嶪凌雲見古風。白羽無塵便静對，烏紗如霧愛輕籠。他年六逸堪圖畫，竹底琴尊記一翁。

送黃伯輝侍親歸豐城

江波飛舞送揚舲，夜聽慈烏酒半醒。已報上書辭吏牘，即看衣綵拜親庭。雲開忽過靈槎港，月出先瞻寶氣亭。青笋白魚催入饌，起居長日候清寧。

伯衢侍親自金陵歸以所賦還鄉樂見示喜賦奉答

千里從親跋跲勞，淮雲江雨暗征袍。重湖浪息蛟龍怒，故里春迎烏雀號。澤國月光浮越練，寒城雪色瑩吴刀。愁來細詠還鄉樂，肯向明時嘆不遭？

雪

流江江頭三日陰，夜半風高愁雪侵。鳥去沙汀空白水，鶴盤江樹失青岑。村原烟火千家静，江海旌旂萬舸深。政自欲歸春又近，梅花歷亂不堪尋。

晴

已過大寒寒氣饒，却望遠天天色驕。日華乍從雲際出，雪片復向風中飄。青青可愛盧橘葉，短短只憐楊柳條。迎春好在珠林下，看山直度白家橋。

（以上四十六首據萬曆二十五年刻本劉槎翁先生詩選卷七補）

三衢徐節婦詩

甓隕瓶沉恨有餘，矢心白首事嫠居。已看賜錦分雲漢，復道旌門照里閭。日暖萱花承雜珮，春陰慈竹護輕輿。況聞禄養縈瀧水，光寵行沾紫誥書。

題錢叔昂畫杏林圖寄江陰林元英

林君聲價重三吴，家有奇書祖跗區。夜月雲窗聞擣藥，秋風仙市識懸壺。有時自唱採芝曲，到處人傳種杏圖。東望海門波浪白，若爲服食致靈蒲。

送劉寬仁以徵士赴京告老還鄉

都門相送擁雕鞍，欲説家書慘不歡。上苑春歸還獨别，故園花發與誰看？金河水緑水先暖，玉署天高雪共寒。若見故交憑寄語，旅遊今已負漁竿。

十二月十六日早朝雪霽月色澄朗喜賦

皓月窺雲界玉爐，迴風吹雪上金鋪。旌旗掩冉中天曙，樓觀高寒北斗孤。綵鳳絳紗團座扇，銅龍清漏咽宫壺。舉頭最愛鍾山色，百萬瓊林繞帝都。

十九日早朝大雪

千門風雪動蕭森，雙闕嵯峨倚太陰。衛士暗驚旌節重，侍臣先覺殿墀深。幻成雨粟輸中野，散作飛花滿上林。此日宵衣正勤厲，不須黄竹起哀吟。

晚朝左掖大雪

晚朝左掖下鑾坡，急雪揚風滿御河。紗帽紋深吹更有，錦衣光炫拂還多。飛入禁垣迷粉蝶，集來宮樹徧瓊柯。兵曹退食慚無補，聊逐羣公散珮珂。

題青溪釣隱

長干東上是青溪，雲引長橋水拍堤。楊柳畫樓秋雨暗，荷花深蕩晚烟迷。酒船漫想時相過，釣具何因日共攜？回首天門春正麗，鳳凰飛下五雲西。

正月二十日雪早朝

天上春光幾日歸，早寒猶自怯朝衣。風從閶闔門前起，雪向罘罳網裏飛。瑶塔峰連青欲近，金河水漲緑初肥。橋東無數垂楊樹，會聽鶯聲繞禁闈。

題吴友雲所畫蒼山雲松圖

吴君文采瑩銛鋒，碧嶂新圖紫翠峰。玉峽天清懸瀑布，金臺秋浄立芙蓉。寒光遠注千林雪，秀色深蟠萬壑松。更愛酒酣揮妙句，行間字字走蛟龍。

題吴友雲所畫鍾山春曉圖次鍾字韻

丹壁青林深幾重，高連霞彩遠連松。半巖泉勢遥□練〔一〕，六代山名尚紀鍾。野樹拂雲栖鸛鶴，石藤纏霧□虬龍〔二〕。何因指點尋真路？爲借仙人九節筇。

【校勘記】

〔一〕「□」，乾隆重梓本作「白」。

〔二〕「□」，乾隆重梓本作「隱」。

夜宿龍窩

草汀蘆蕩冷蕭蕭，夜泊龍窩向寂寥。隔浦船歸人語近，中流風度月光摇。自憐車馬勞行役，豈有涓埃答聖朝。西望女山青一點，神京佳氣正岧嶤。

寄王徵君子與并懷乃弟子啓廣西僉事

飛霞庭上持杯處，南浦舟邊送別時。春日獨懷楊柳曲，秋風兩見菊花枝。金門待漏聯班早，畫省從公退食遲。千里報書驚晏歲，嶺南桂樹最相思。

叔明徐僉憲示其先君仁可解官感懷之作因追和以致意叔明前爲監察御史云

先生拂袖東嘉日，時事蕭條入咏嘲。千里烟塵蚍起陸，五更風雨鵲驚巢。山中碧草迷新塚，澗底寒松識故交。已見豸冠承令澤，吉占何待索瓊茅。

承康丈履謙寄贈畫水一幅賦此奉答

舊圖誰爲寫滄浪，緘束煩君遠寄將。入座波濤猶洶湧，照人玉雪自清涼。一泓浸月兼秋浄，萬里經天到海長。已掛西軒雙柏下，曲肱高咏興難忘。

寄北山上人南岳冰雪庵

南岳峰前舊寶坊，北山新築小禪房。泉分一鉢清冰供，日照千巖白玉光。天女散花衣乍濕，野人煨芋火猶香。憑誰問訊山中景，爲報松枝偃數行。

聞伯兄中翁有水竹居之樂賦此奉寄

問訊村南水竹居，别來風物定何如。金絲挺簳當秋密，玉版抽萌過夏疏。徑底雨苔沾短屐，林間風葉亂殘書。白頭相見知何日，萬里看雲獨愴予。

過高麗廢寺感賦二首

昔年胡梵禮朝坊，此日弓刀鍊作場。金震碓聲騰寶地，爐噓赤焰照陰房。野池古水空秋雨，庭樹昏鴉自夕陽。經藏已摧僧久散，鄰兒猶學禮梁皇。

殿栭掩紺瓦飄青，鐘磬猶疑空外聽。丈室每留蕃衲住，窮碑多勒漢臣銘。火筒已鑄幡竿鐵，甲片新裁梵葉經。何物不關興廢事，西山依舊屹帷屏。

東園杏花盛開三首

二月東園杏作花，人言公館似仙家。繁英滿樹堆輕雪，細蕊攢枝引絳霞。喜有垣牆深院落，幸無車馬混塵沙。欲攜尊酒來相看，忽憶同遊感鬢華。

穠杏數株相映開，荒園長日少人來。公府客愁時暫醒，邊城春色曉相催。崢嶸自出青雲上，璀璨深憐白雪堆。奈可東風儘吹送，莫教容易委蒼苔。

往歲花開上帝京，今年花發在燕城。花邊暫去還相憶，樹下閑來每獨行。對酒情懷傷老大，禁烟時節近清明。故園佳植應難得，何日移根慰遠征？

夜坐

拒馬初收掩外庭，氈簾不動壓疏櫺。爐邊香燼化輕雪，釜底寒煤撒亂星。歲晚懷人嗟浩渺，夜寒顧影惜零丁。何由作得還家夢，風葉烏啼不可聽。

三月二十日憶子彦弟

四弟南歸已判年，夢回猶憶在床前。夜寒鼠囓姜肱被，春盡魚生太乙編。防刖可能甘抱璞，遺安應解力耘田。最憐寂寞西齋晚，沽酒無人數俸錢。

八月二十五日夜偶閱地圖至西川崇慶州因憶子啓王太守感賦〔一〕

最憶當筵氣似虹，錦袍玉立倚東風。坐中百韻連章送，歌底千鍾一笑空。燕塞寒驚霜草白，蜀江秋隱露花紅。何時歸問龍灣曲？共作魚竿老釣翁。

【校勘記】

〔一〕「西川」，原作「西昌」，萬曆三十八年真如齋刻本槎翁詩卷六有同題詩一首，兹據改。「崇慶州」，原作「重慶州」，四庫本槎翁詩集卷六有同題詩一首，兹據改。按，王子啓曾任崇慶知州。

舟次耿山夜宿

茫茫平陸帶長河，浩浩長風起素波。水氣挾霜寒更早，雪光乘月夜偏多。行人利涉懷舟楫，漁子求鮮急網羅。南望鍾山天咫尺，五雲城闕正嵯峨。

和陳敬則寄贈三首〔一〕

十年京國聽朝雞，南北驅馳信馬蹄。夢入風沙驚地遠，恩承雨露覺天低。山城載酒憐新賞，江駟迴舟憶舊題。歸問故園今老大，衡門如水暗蒿藜。

【校勘記】

〔一〕此題下原有詩三首，第二、三首已見萬曆三十八年真如齋刻本槎翁詩卷六。

十三日過金相寺脩省先塋和舍弟子彦教授韻

金相西偏古墓頭，弟兄來此拜松楸。百年上塚青山在，萬里還家白髮稠。深林月黑猿猱夜，絶壁風高虎豹秋。宗祧有靈文澤遠，後來努力繼垂休。

十六日同舍弟子彦過彭坑先塋祭掃承雲從羅隱君有詩依韻奉答

西風颯颯起松楸，十里荒山入舊遊。野樹青黄雲氣合，石潭金碧夜光浮。松間賭酒看棋局，江上垂綸憶釣舟。最是夜凉清不寐，坐看天浄火星流。

過天塘原訪曾朝用田舍答羅雲從

耕雨新亭俯碧溪，秋風禾黍屋東西。林間鳥鵲烟霞暝，沙際牛羊草樹低。授簡高人華翰濕，行觴稚子翠襟齊。無端醉裏尋歸路，流水桃花思欲迷。

題龍洲羅氏合葬新阡

江繞漚潭去不回，新阡還遶舊池臺。青青汀草隨愁長，寂寂園花帶淚開。雙匣久傳龍化去，孤城重想鶴飛來。行人下馬看題碣，落日荒凉照紫苔。

入湖感賦

山擁匡廬連五老，天開巨浪限三苗。地卑總匯南州水，江遠難通近海潮。戍卒尚吹蘆管曲，行人初駐木蘭橈。向來血戰鯨鯢死，千載朝宗屬聖朝。

湖上望匡廬追憶古人

挂席南湖十日程，凌磯遡港極迴縈。雲澄雨霽山初醒，岸闊風高浪自驚。中允才名高近代，番君臣節重西京。後來疏放俱陳迹，不盡懷賢萬古情。

送菊山黄道士朝覲後還九宫山

九宫仙人家翠微，口吟洞章披羽衣。待詔暫趨金馬去，尋真還駕玉鸞歸。磵邊鮮菊秋露晚，石底黄精春雨肥。祇恐雲栖渾不定，天書又報下巖扉。

（以上三十三首據萬曆二十五年刻本劉槎翁先生詩選卷八補）

五言絶句

古意[一]

團團手中扇，日日長相見。誰遣秋風來，芙蓉滿涼殿。

【校勘記】

〔一〕此題下原有詩二首，第二首已見萬曆三十八年真如齋刻本槎翁詩卷七古意六首。

（以上一首據蕭翀編明刻本劉職方詩卷七補）

入三德院

古殿生春草，荒園日暮時。鐘樓殘壁上，半是昔人詩。

題莫慶善翎毛戲墨[一]

山鵲羽差差，飛來踏柳枝。春鳴應有喜，憑報玉人知。

【校勘記】

〔一〕此題下原有詩四首，其一、二、四首已見萬曆三十八年真如齋刻本槎翁詩卷七題莫慶善翎毛戲墨三首。

題半軒先生梅竹二圖

嫩蕊紅椒暖，新梢碧玉寒。隴頭無驛使，誰與寄來看？

其二

風葉晴初亂，烟梢濕未乾。復愁江上雨，壓損釣魚竿。

扇景

垂釣磻溪上，清陰九夏寒。他年兆熊卜，來此覓魚竿。

（以上五首據萬曆二十五年刻本劉槎翁先生詩選卷十補）

七言絶句

題墨龍

八十一鱗金甲光，西捲弱水東扶桑。羲和按轡作霖雨，矯首中天朝玉皇。

（以上一首據萬曆二十五年刻本劉槎翁先生詩選卷十一補）

阜城道中早行即事

飛鳥無聲萬木僵，黄沙蔌蔌響微霜。一翁驢背聯拳坐，鬚上堅冰數寸長。

（以上一首據萬曆二十五年刻本劉槎翁先生詩選卷十二補）

題南嶽廟壁

南嶽廟前千萬峰，愛此鬱鬱一喬松。人言下有青石井，六月風雨騰蛟龍。

（以上一首據清歐陽駿修、周之鏞纂同治十二年刻本萬安縣志卷十八補）

廣州雜咏〔一〕

椰杯深貯荔枝漿，桂酒新調蘇合香。啖客檳榔紅齒頰，唤人鸚鵡緑衣裳。
越童蕩槳唱蠻歌，山女簪花艶綺羅。沙港閣船湖退早，蜃灰塗屋雨來多。
峭壁崩崖江水邊，深山日暮見人煙。滄波杳杳連三峽，寒艸清清自一川。

（以上三首據錢謙益編清順治九年毛氏汲古閣刻本列朝詩集甲集卷十四補）

【校勘記】

〔一〕此題下原有詩四首，其一亦載徐賁北郭集卷十廣州雜咏和劉主事子高，見附録四。

槎翁文集

槎翁文集卷之一

銘

道心堂銘

雩陽丘弘道，以「道心」名其堂，將致察於是而有所存警也。南平劉楚聞而尚之，爲作銘曰：

維皇降衷，心實具諸。虚靈體一，知覺則殊。其殊伊何？曰理曰氣。正由理出，偏以氣累。混而無别，性乃汩昏。所知覺者，私欲是存。粤古聖人，揭諸大典。曰惟道心，微妙難見。彼人心者，易陷而危。曷以持之？精一是師。慨世之人，耳目口體。欲動情勝，越常敗禮。失而勿持，火烈水流。溺焉熾焉，禽獸是侔。所以君子，必畏而慎。如號三軍，奉帥之令。卒不亂驟，馬不縱馳。凡百進退，視此指撝。嗟凡有生，聲色飲食。形氣所資，孰外而植？惟情之發，視理所同。嚀爾弗受，鑽穴勿從。是謂道心，雖微而著。性命之原，形氣之主。丘君作堂，在雩之濱。觀水有術，觀山體仁。務茲仁智，企彼先覺。歸而求之，典謨庸學。維孔作則，維伋述義。擇而執之，惟一無二。大哉心乎，惟道是尊。君子伊止，學問伊源。勿謂受授，舜禹爾汝。塗人一致，敢告斯語。

鍾銘

惟丙午某月，贛寧都州尹廬陵王某作銅鍾于□之洞玄道院〔一〕，其制樸，其聲宏，將以祀虛玄而示無極也。前進士南平劉楚爲之銘。銘曰：

繫王侯，慕道詮。液剛堅，範虛圓。蟠螭懸，金奏宣。發鏗闐，格神天。鎮洞玄，千萬年。

【校勘記】

〔一〕「□」，康熙本作「州」。

硯銘

西昌普照僧某，因亂兵發經藏基，獲古硯，青質白章，有異像焉。劉某爲之銘曰：

歙陽斲腴青且兹，規爲周涂水所瀦。以墨研之堅而濡，有像白皙眉目都。攝衣趺坐乃浮屠，得之藏基自其徒。雲蒸雨行文字敷，歷萬千劫涅不渝。

紙帳銘

余留王氏館中，設紙帳焉。余甚愛之，以其起居寢息恒於焉依，有相長之義，乃作銘云：

奕奕乎其能覆也，濯濯乎其不可污也。邪氣不得以奸其間，則守之固也；采績不得以施其華，則質之素也。賤而可尊，幸不爲女紅之蠹也；卷而可舒，亦幽貞之度也。

紙扇銘

爾形若圓，爾行則方。清風載揚，君子是將。明粹之文，正直之德。蓋庶幾未嘗易操於凄凄，而矜容於赫赫者也。

界方銘

爾爲正，罔或不正；爾雅直，罔或不直。式勿偏陂哉，惟正直是力。

養志堂銘

孰不事親？惟养不易。心通氣孚，乃可無二。其養維何？匪酒食是承。將順悦懌，服勤烝烝。吾父之父，爲吾之祖。吾一事之，順而無迕。我時在傍，翁曰予孫。爾事爾父，庶幾紹存。翁既耄終，父乃捐世。永懷先人，欲養曷致？朝升于堂，暮降于庭。顧瞻涕洟，怛其惸惸。嗟爾孝子，類也宜錫。存固所忻，亡勿過戚。

惟親之志，不在一身。亦以賢碩，覬其後人。豈無書琴，亦有桑梓。所敬所愛，曷敢不以？立身事君，彰顯揚榮。庶無虧辱，以忝所生。是曰養志，養之大者。俗降禮渝，達焉斯寡。鄞有王氏，世有孝孫。我銘其堂，永旌德門。

吾存堂銘

往年永和蕭尚賓父〔一〕，志儒而業醫，嘗自題其畫像贊，有曰「寧爲忠厚，不爲浮薄。吾心所存，自有真藥」，固摘「吾存」二字以名其堂，且曰：「吾將以示後之人焉。」他日，其子書字同文者，果能世其業以大厥家，則其存之遠可徵矣。余辱與同文遊，因其來請文也，迺爲之銘。銘曰：

相古有術，爲函與矢。孰無良心？存乃殊以。君子慎之，自任爲難。曰存者吾，伊人匪瘝。於惟蕭氏，術本醫濟。由宋而元，十有三世。惟尚賓父，侃直有文。伊像有贊，由衷所云。寧爲忠厚，不爲浮薄。以茲自存，云胡不樂。推其存者，本諸生生。匪由外鑠，與天同行。彼或去之，我則存只。存之者何？以此天理。如傴斯伸，如瘖斯吟。春融物滋，藹然吾心。鳳山峨峨，螺水浩浩。既樂既壽，內充旁造。我銘斯堂，辭不盡意。式陳前聞，以勗來裔。

【校勘記】

〔一〕「蕭尚賓」，原作「蕭賓尚」，文中有「惟尚賓父」，兹據乙正。按，歐陽玄圭齋文集卷六讀書堂記載：「廬陵永和蕭尚賓爲醫十有一世。」

星虹硯銘

温潤而栗兮，方直以平。令質斯藴，至文是經。其環亘者如虹，晶熒者如星。爰濡翰以致用，宜守静而引齡。是爲余季彦文之硯，而崧爲之銘。

梧陽齋銘

盧陵朗石曾同升謂同郡劉楚曰：「先世有梧陽齋者，吾曾祖父游息之所也，今毁矣，某將葺而復之，以無廢我先人之志。子知我者也，盍惠以銘乎？」辭不可，乃爲之銘曰：

維古君子，學必有所。藏修以居，高朗是與。觀諸生物，必得其方。如彼梧桐，于山之陽。維兹名齋，本始周雅。我琴我書，爰樂其下。木之斯植，匪梧曷崇？地之所憑，匪陽曷從？至和所被，生意畢達。天行春融，風動雲發。侯條侯枚，乃玉乃金。蓁蓁其葉，淒淒其陰。所以君子，令德是倣。匪卑污殊超，匪樲棘異養。宜爾不匱，先志遹追。爰新構之，乃更揭之。有蔚其林，有朗者石。必敬必恭，庶幾念昔。後此作者，炳其圭璋。雝喈有聞，維時之光。

箴

稽古箴

昔聞馬父論商頌那之詩，有曰：先聖王之傳恭，猶不敢專稱，曰自古，曰在昔，曰先民。則先民者，豈非尤後世稽古之士之所當師法者乎？廬陵晏質彦文，以「稽古」名齋，其志可謂大矣。其友西昌劉崧，喜而爲之箴曰：

學有先後，匪由生知。所以爲學，必古是稽。所稽伊何？道德文物。禮樂制度，粲在典策。誰其肇之？不曰先民。堯舜周孔，卓哉聖神。顧瞻古先，曰世寔遠。予末小子，敢異其軌？先覺先知，百世允師。載考載惟，邁往力追。精神對越，表裏洞達。不違始終，寧昧毫末。如水有源，如木有根。淳厖盛大，正氣所存。友有晏質，式慕古先。仰而稽之，惟精惟堅。爰構齋居，揭以稽古。動静食息，惟古是矩。有儼其容，有蔚其文。逝將絶軼，□□前聞〔一〕。毋徒嘐嘐，毋若唯唯。伊古不遠，求之在邇。古豈無初，後亦□今〔二〕。庶幾定志，不愧斯箴。

【校勘記】

〔一〕「□□」，康熙本作「不墜」。

〔二〕「□」，康熙本作「猶」。

仰齋詩

宣溪曠懷得故宋丞相文山信國公燕獄中所集杜句五言絶句一百首於其母文夫人，蚤受讀而感焉。夫人，丞相曾孫行也。上距作詩時八十有八年，而翰墨猶新，編帙具在。懷懼其藏之弗謹，乃構齋居爲崇笈以庋之，而揭之曰「仰齋」，示高山仰止之意也。雩陽提舉李公既爲之記矣，里生劉某復申之以詩。詩曰：

於烈信公，昔狥國時，遺其後人，于獄有詩。其詩伊何？篇什則百。摭而衍之，杜氏是索。當其命辭，如出己情。心口相應，條理自成。始傷開邊，終憤入獄。激辭陳義，風振霜肅。懷也克敏，蚤企外家。攜書來歸，母教所加。有秩其編，宜敬勿褻。爰構齋居，以皮以列。永言藏之，曷以名齋？不曰仰止，先民所懷。譬彼高山，屹焉在上。引領跂足，巖巖是仰。麟拘于柙，鳳罹于罦。筆鋒墨陣，百世不渝。公血在燕，公詩在吉。精通海嶽，誠貫月日。啓而誦之，忠義所存。豈無他人，矧爾外孫。宣溪沄沄，華山頟頟。篇翰斯儲，神明是宅。玉潤珠光，永愼厥藏。毋使雷電，六丁取將。凜其直筆，允矣詩史。載陳忠孝，以勸臣子。

美危孝子詩

廬陵危可久，性至孝。歲乙巳，郡城大饑，可久出，營粟于城西三十里之横溪，既暮弗得，念父失所待，欲他適，又恐貽其憂，乃匍匐而返。及涉小溪，忽巨魚躍入襟抱間，持之以歸，急沽酒爲壽，招鄰翁共食之。親則大悦，以爲天之賜也，若有感之者。好事者因繪爲圖以傳，而敏修彭先生爲之序其事甚悉。其友人劉荆生復追咏之以詩。詩曰：

吾聞至人之信可以及豚魚，後來王祥與姜詩，得魚奉親事匪虚。念此危生孝且窶，遭此歲大饑，手持黄金糴無所。朝辭老親出門去，暮及横溪淚如雨。親之饑兮孰予哺？褰予裳兮返予濟乎中渡。忽撥刺以上躍，波騰沓而中開，口噞喁而欲語。嗟爾孝子其何來，吾寧抱持以歸止。上堂見親親色喜，囊中有魚乃無米。魚可食，酒可酟，唤取鄰翁相與娱，今日可飽不願餘。嗟哉危生天所矜，感適所遇非其能。我願四海長豐登，煮魚炊飯甘旨并，順孫孝子日烝烝。

題王克温江亭宴别圖

至正癸巳，東南亂作，惟吉、贛僅自保。前黄州録事宣差玉珊克温與其弟克初寓全侯許，嘗泛舟出贛灘，與故人會宴萬安之江亭。時西夏謝珣在座，因寫爲圖以贈之。後克温既没，而克初猶能寶藏斯圖至今，間出以示余。余因憶往年觀克温舞劍於焦瑜座中，其風流悲壯，猶可想見。撫視遺墨，感念存亡，輒題短篇，以識殊慟。

灘水日浩浩，江亭已荒荒。誰知圖中景，猶見黄州狂。事往空復春，鴈飛不成行。安得挾浮雲，從之舞干將。

頌

興國陳令尹德政頌

癸卯夏四月，南平劉楚遭兵亂，奔逐蕩析。聞鄰邑興國有賢令尹也，自其鄉匍匐百四十餘里往觀政焉。入其境，田野治而民自謂未嘗見吏也；入其關，商旅嬉而民又謂未嘗見盜也。老者盱盱，幼者于于，居者以愉，行者以舒。既而遊於學，聞絃誦之聲；適於市，聞輿人之歌。乃踴躍感歎，自傷僻遠，不得爲其民以少溉一日之惠，則又欣欣然竊爲興國民獨得賢令尹喜且賀之。於是稍摭輿人之歌，略比其音節而爲之頌焉。頌曰：

菜田之畇畇兮，我則治之。孰貸我牛與種兮，陳侯是資。居室之翹翹兮，我則修之。孰畀我椽與甓兮，陳侯是周。野有猛獸，噬人血顱，孰與逐之？有仡其徒。羣狐睢盱，或窺我室，孰與拒之？有截其屹。我有瘡痍，侯摩撫之。我有苦飢，侯來哺之。訓我子弟，養我父母。以燕則佚，以善則不侮。爾工爾賈，爾田爾舍。聞聲超風，咸至庭下。庭絶吏符，曾不逮呼。役有定程，賦無宿逋。侯馬來止，在泮之沚。鼓絃咏詩，樂爾君子。侯車出遊，在彼中洲。擊節揚旗，安歌以休。牢有羊豕，池有鰋鯉。伊民之生，維陳侯之惠矣。贛有十邑，維陳侯是茂。民曰噫嘻，昔未曾有。朝有衮黼，廟有鼎彝。毋詔公歸，伊民之師。灨江沄沄，方嶺奕奕。我輯輿歌，永播無斁。

枯桂復榮頌

吉水周氏前庭有桂樹二本，鉅各數尺圍，高翼重簷，廣蔭數畝，相傳殆二百餘年，蓋其上世手植故物也。往年兵亂遭焚煬，其枝葉柯幹舉爲煨燼，獨其下數尺遺枿，嶄然如欹橛立鐵，嵌巖偃竦，又空洞殘薄，僅存皮介。或醜其狀，欲夷之，又不忍而止。洪武三年春，其東偏一本忽萌蘖怒舒，苞挺叢出，鮮妍葱秀，迸出枯朽。識者曰：是將爲興文之兆歟！是秋，周氏之賢俊曰仲方者，果以明經貢春官，明年策上第，天子親擢爲侍儀使。予時備員兵部，辱有同朝之好，而獲聞是桂之復榮也，竊欣慕焉。及覩前進士張潔所爲記，又知君子之學充行醇，其出而羽儀天朝，以克當斯兆也有徵矣。爲之頌曰：

緊木之生，一氣所鍾。由本而枝，有悴有隆。譬之令族，世葉攸屬。中焉或微，其盛必復。有煒周宗，大于宜田。雲仍若林，其麗百千。睠庭之陽，有蔚者桂。厲陵風霜，傲閲年歲。孰焚其廬，而燬其株。條肄不遺，兀焉委枯。含華蓄英，久鬱未奮。宜爾孫子，式際昌運。運符其昌，士拔其良。菀載□□，□□□□。□□□□，□□□□。薰噓至和，復此枯朽。如春之蒸，如雲之凝。□□□□，□□□興。滋之醇慈，培以仁厚。芬敷材達，君子是懋。匪惟家祥，實邦之光。維檟維楨，視此頌章。

驅燕解

有燕巢于齋居之内楹，既葺而完矣，而齋居之几席、盤杅、書籍，賓朋之衣冠帶舄，往往被其沾污。初以爲適然，久之乃散漫狼籍，不可禁避。或愠而欲驅之，或憐而欲存之。

二人者，蓋互執之而莫之能決也。愠者曰：「今兹齋房，函丈四阿。衿佩聯接，琴書森羅。我服皜皜，我冠峨峨。彼飛往來，騰力擲梭。從而穢焉，於子如何？」矜者曰：「天之生物，各有定所。惟燕之依，必堂必廡。豈比鷃雀，林栖草乳。此而不存，於胡能處？」愠者又曰：「君子慎居，正潔自持。青蠅營營，維玉之疵。若將浼焉，去之奚疑。未聞污人，而可近之。」矜者又曰：「人物雖殊，生聚則同。觀其經營，手口鞠窮。啄滓銜污，葺毛綴蓬。鷇伏未育，毀徹以從。君子秉心，則恐靡同。」愠者又曰：「伊物之智，宜擇静便。修廊高墉，爾不彼遷。顧乃緝緝，穢我几筵。物雖宜愛，亦不苟然。豈有去害，而曰違天。」矜者又曰：「人生處濁，何穢何清。裸裎何浼，唾面何驚。混而處之，乃一乃平。」愠者又曰：「人爲物靈，與物異趨。益者宜狎，損者宜除。故蘭生當户，不得不鋤。豈有君子，而同羣合污？」二人者，蓋鄂鄂然數反覆矣，而猶不可以窮也。

劉子乃進而解之曰：夫尺有所短，寸有所長，毋泥所蔽，毋狥所强。故仁不必煦嫗，義不嫌損傷。含垢匿瑕，敗類亂常。保己防微，終焉永臧。於是決巢破壘，滌几振裳，闔門謝燕，守吾貞常。彼矜者以悟，愠者以宣，游泳齋居，清風穆然。

詰鉅樟文

予齋居東南叢石間，有豫樟數本，三四尺圍，高可數丈，皆秀聳壯碩，遠歷年所。先時兵興，公府裝造戰艦糧艘以漕海泛江亂河渡淮者以千百計，於是濱水近郊之材，斬伐日罄，乃發匠石轉入深僻，搜窮抉隱，始有操斧斤執尋引過而睨之者。衆惜其奇古，既不忍伐，又不能止也。徐而顧視其下，則有穿穴洞決，蠹蝕内訌，癭節離奇，膏液滲漉，曰：「是不可用矣。」乃存其特，以表叢薄。劉子見而歎其以才累而以疾免幸也，乃爲文以詰之。

吁嗟鉅樟，鬱鬱乎數十百年之養而不薾也，童童乎數十百里之望而不褻也。蟠青蒼以傲兀，萬牛伏而摧車。何喪亂之爾遭，礪萬斧以來加。忽龍瘻而虎悴，色黯慘其無華。雨淋淋以晝泫，風颯颯而吹沙。乃爲之告曰：將拏雲呼風以特立於山林乎？將爲艦爲艘以浮游於江海也。將摇撼震動爲士馬之所踐蹙、芻糧之所梱載乎？寧含精息蔭以下食於泉源而上庇於雲漢也。將漂浮泛濫於流波乎？寧抱疾纏痼以休於寂寞也。將衝激摧裂於沙石乎？寧懷垢匿瑕以休於巖壑也。天之生物，百用斯備。用失其宜，材或爲累。貪榮利往，所喪多矣。所以君子，退思守己。且吾聞昔有佯狂爲奴、吞炭爲啞、托盲以辭聘者矣，則爾鉅樟，雖支離其形、空洞其中，又何辭焉？不然，漆割以堅，蘭焚以香，較其所存，孰短孰長？抱痟保終，其又何傷？

題辭爲陳宗舜作

吾郡前進士村民陳先生，以卓犖不羈之才，蘊俊偉非常之學，自其少日，已擅雋聲，有一擲百萬之豪，有一筆千鈞之勇。奈何時遭屯否，達兩舉以無成；疾抱聵聾，繼三徵而不起。因循歲月，漂轉蓬萍，誰不念之？噫其老矣。故飯疏飲水，常役役乎風雨道途之間；然戛玉鏗金，亦卓卓乎言語文字之妙。言就爾宿，□寓鏡方將二十餘年；豈不懷歸，望禾川動二三百里。況故址把茅之未辦，亦親喪淺土之未營。雖丈夫未嘗屈己以求人，在君子能不動心於知己。遇曼卿於江上，豈無贈麥舟者乎？念杜甫於瀼西，當有送草堂資者。是故年弟，特著題辭。所冀時賢，共成樂助。

贊

神農嘗藥畫像贊

史稱神農嘗百草始有醫藥，尚矣。或謂其嘗藥一日而七十死，豈其然哉？漢孔氏謂其書名三墳而不傳，獨圖經爲醫家所宗不廢，豈亦猶後世務耕而托爲神農之言者歟？不然，必有所傳矣。夫子序書，斷自唐、虞，而易繫謂神農氏耒耜之利取諸益，日中爲市取諸噬嗑，豈聖人於生民既有以厚之，尤必有以衛之者歟？史又謂神農人身牛首，衣鳥獸之皮，豈去古未遠，冠服之制固有未備歟？豈惟是哉，凡醫家陰陽氣運之説，主治湯液之論，若素問等書，亦必有待乎後之聖人而始備。夫開天立極爲萬世利者，豈一事之盛而一聖之功哉？故曰：神農氏没，黄帝氏作，而首聖之功不可及矣。渝川孫昂爲王仲璞寫神農像，仲璞工於醫者也。南平劉楚謹述而爲之贊曰：

伊古聖神，爲民立命。始嘗百草，以濟夭病。草木金石，名各有定。寒温平毒，物無遁性。主治惟君〔一〕，臣佐從命。啓鑿之源，執命之柄。茫茫三墳，大道莫竟。圖經所傳，斯述之聖。其功萬世，仁溥德盛。望之如神，孰敢不敬！

【校勘記】

〔一〕「惟」，原作「帷」，據康熙本改。

十三人贊

孔子曰：「天下有道則見，無道則隱。」又曰：「君子疾没世而名不稱焉。」余故自至正壬辰遭亂，至甲辰十有三載，如筠陽劉樞、劉機，龍泉章善，新建鄭大同，靖安舒慶遠、胡斗元，高昌玉珊，西域德禮悦實，高安李朋，吉水蕭彝翁，清江楊士弘，廬陵曠達〔一〕，豫章萬石，西昌康震，吉水劉文昌，廬陵趙睿，皆忠義文行之士。或僭爵食禄，或草野布衣，或功業未就，同罹禍毒，其悲憤赴死與憂患無聊以没者尤相望。嗚呼！千載之下，庶幾或有因余言而得其爲人者，其逢時不淑，不亦交可感哉！著贊姑以予之所知者爲目，敍贊則以其人没之先後爲次，而非有所擇也。

惟益津劉，本契丹氏，遼微元興，籍以兵系。由春及樞，四世五侯，相繼佩符，開府吉州。自吉改筠，推任兄子，己子後之，樞實元嗣。有仡其勇，軀幹軒軒。當其赴急，馬不及騎，弓不待韃。二十年間，征閩戍廣。東南烈烈，風振霆響。乃壬辰春，輿疾赴召。省臣告嚴，寇越江表。五十四日，分拒圍中。寇既遄沮，率師南攻。通道豐城，接戰披靡。乃中流矢，而病其髀。裹創出戰，以憂憤終。爰命弟機，嗣領軍戎。又後五年，機守筠堡，夜殲于盜。嗚呼天道！

章立賢氏，龍泉南城人。以文學教授鄉里，策名縉紳。在癸巳春，寇攻劫縣聚，往説城守，宜堅拒勿去。守陽諾之，終乃宵遁。君大罵之，誓不見賊，竟赴水以殉。父子姑婦，一家相繼，今存者惟其子。

豫章鄭氏，系出高密。有同夫者，濯濯令質。讀書西山，時來城中。拜范司幕，惟卓行古文是宗。復游臨川，見虞翰林，危太樸奇之，與揚搉古今。家有藏書，軒曰書帶，取不其山名草名，以著世愛。雄文雅翰，出自羣公。爰勒諸石，以傳無窮。

或薦茂材，歷教兩州。既視選于京，歸遘時憂。乃傾財結義，禦輯鄉里。省臣嘉之，署富州知事。曾幾何時，家燔子殲，竟以憂死。

惟伯源甫，靖安世家。父以郡官致政，名揚清華。在至正更科，以易首薦。分教虔學，士習丕變。遭壬辰亂，起義于鄉。兵潰援絶，家燬貲亡。竄騰空巖間，飢餓以僵。時有胡貢士，亦以義應，事敗無成，同死鄉井。

惟高昌玉珊，從學于南。年十九登名，黄州是監。書窮分隸，藝學劍舞。任俠負豪，奇氣如虎。爰去亂固始，歷吉而虔。守相禮之，倒屣傾筵。悼時無人，遂湛身掩智。或命之弓騎，陽躓以廢。乃司柝南門，擊柝醉歌，舞而斃矣。噫其奈何。

有德禮悦實，本西域氏。三以易薦，屈而弗第。佯狂避人，冠服垢弊。獨劬書苦吟，如癖于味。潛視世故，有慼其容。當承平時，已慮遘凶。在辛卯夏，遇之筠中。辭我欲往，海南閩東。後果亂作，不知所終。

李本筠人，起身讀書。蚤試吏廬陵，惟養是圖。採攬作者，交通名流。一室蕭然，日吟詩不休。乃丙申中秋，由贛省辟屬官令史。五日出戰敗，赴鍾步水以死。嗚呼萬里！

吉水螺陂，蕭彝翁氏，嘗以詩貢乙科，職教邑士。時有全公，總戎贛州。爰辟文學，以參軍謀。饗筵優歌，或肆以謔。正色厲辭，乃拂袖而作。公時有聞，改容謝之。于旅于語，有規無隨。沔兵南侵，全奔而斃。君留鄉郡，義不苟逝。相學有井，奮身投之。立于井中，水不滅頤。其友捄之，既出于甃。或謂投者，宜先以首。君聞其言，往繼以投。衆驚赴之，卒不可收。鄉老作誄，臨奠惻惻。友有練高，瘞之井側。

清江楊子，家本大梁。世襲武爵，萬夫之防。士弘亹亹攻辭章，朝不沐，夜不牀，鬢如飛蓬倒衣裳。苦心吟詩形已忘，或殢歌姬耽酒觴。連月不醒，醉呼徉狂。往時騎馬入憲府，行檢不飭衆所傷。遁漁窩，伏楮屋，前年死葬清江曲。

曠達落托蚤孤，鄉因而授徒，爰有家豫章。始吏省闥，繼薦文學。奇氣翩翩，鏃礪羽角。草檄□□，周旋兵間。若山積水涌，而情思孔閑。掾司徒府，入自州幕。攄謀決機，有躂無怍。或急義好事，或厚誣貪婪。終不絶賓客，而沉酣是湛。時移事會，衆媚羣囂，獨沉浮詩酒，顛倒歌哭。乃癸卯夏，孰反義旗而亟其從，謀不臧以潰，遄嬰其凶。暴尸寺門，猶抱公牘。噫！義之歸，庶幾不辱。

有奇崛士，豫章萬石，受春秋于熊氏，屢進屢躓。乃攻於詩，雄篇大章，激烈劍説，淋漓醉鄉。或投幘呼盧，或千金買笑。人不知其奇，而譏以狂。世變兵作，往依全公。全敗事更，而九江是從。九江既隳，豫章改紀。君方彈冠，以城闔死。嗚呼已矣！

匡山下，收溪里，有康宗武氏，家故豐饒裕於禮。嘗攝贄四方，從遊名士。臨川吴公，一見驚喜，曰廬陵劉高仲有此高弟〔二〕。年四十一，郡薦茂異，擢爲校官。歸來著書，目眚乃干。癸卯兵禍連，或輿致深僻。衆或棄之，三日不得食，乃捫石攀木，與其幼弟蒙遇而俱匿。兵退病作，衣食單室，連呼執筆，左右莫從，朗誦其所爲文以終。

劉文昌，篤行誼，連貢春官俱下第。前廣東，後江西，兩入憲府爲書吏。執正守經，岳岳不可易，下筆爲文有奇氣。年六十餘，遭亂不出仕，卧病山中一夕死。同郡同寮有趙睿，托疾佯狂謝時貴，死時野殯無完被。

【校勘記】

〔一〕「曠達」，當作「曠逵」。下同。

〔二〕「高弟」，原作「高第」，據康熙本改。

高允齡像贊

萬安孫紳爲金華高侯允齡寫真，蓋兼得其形神之妙，而其中有大過人者，又非丹青之所能模彷也。其友生南平劉楚，謹述而爲之贊曰：

粹然而春温，屹然而山立。睨千古以無前，屈一障於下邑。有萬人獨往之勇，有萬言一掃之才。儼金明而玉潤，浩雲卷以天開。置之承明，著作可以暢其文；登之蘭臺，薇省可以大其用。其將爲明堂之棟梁而盛世之麟鳳也邪！

自贊

行不能以先人，故其進也恒遲；學不足以驚世，故其處也若遺。以父子兄弟爲師友，以詩書文字爲貲基。迨將老而弗勌，更多難而不移。然而竊禄於五十之時，已慨乎追養之不可及；承祀於四百之遠，猶瞠乎來者之不可期。恒自省以惴惴，惟俛焉而孳孳。尚庶幾其寡過，以無負於天彝。

又

爾才弗峥，爾學弗閎。迂守古樸，謬占時英。蠖宜安於自屈，鴈偶遺於不鳴。遘毒厲而心迪，歷嶮巇以氣平。曾不詭於俯仰，亦何循於將迎。然以五十際盛明，不可謂不遇；以布衣躋法從，不可謂不榮。慚吹竽之濫禄，恥聲聞之過情。誓盡誠於所事，冀無忝乎爾生。忽老至而不知，悵後者之可驚。念車杌其靡載，懼缶微而就盈。庶慎省躬而慎往，返初服於林耕。

又祭服圖

其立也，磬然而如齊，其齊也，儼然而若思。心洞洞乎其若臨，足蹜蹜而不馳。蓋嘗受誓戒於春官，秉寅清乎伯夷。奉圭瓚於大廟，將幣帛於神祇。或進饌於社稷山川之壝，或執爵乎星辰雷雨之祠。隨天步以陟降，侍冕裳之逶遲。懷先民執事之有恪，愧髦士左右之攸宜。焕清朝之禮樂，粲盛服之光儀。爰繪圖以著敬，庶永佩而勿遺。

子彦弟像贊

有臞其容，有瞭其目。志抗雲浮，氣含秋肅。玩理精深，掞辭茂彧。一薦未酬，萬言誰録？浩獨往以無前，堅自信之誠篤。以道義爲肝膂，以詩書爲粱肉。故能安所遇而自無所尤，處之約而亦無不足者也。

龍玄間像贊

儒林之英，山澤之臞。持常踐實，崇範秉模。然其嚌仁義以爲腴，藏典籍以爲富。其襟度有偉，固將以媲吴潭之澄深；而志氣不羣，尤有以並尖星之雄秀者邪！

蕭斯和像贊

冠服存一代之制，容貌昭古人之風。言厲而氣温，志卓而行通。蔚中林之橋梓，儼雲表之孤峰。嶷然蘭陵之碩士，熙然桃源之仙翁。其神采之托繪事者，既永存而不渝矣；其世澤之傳諸後者，尤將遠而益隆邪！

胡濟川像贊

其偉然擬薌城之雄秀，其朗然鍾澗月之清奇。其態度見於俯仰，其笑談得之須眉。謝圭組而弗居，敦詩、禮以自怡。遺書録紹興之奏稿，故櫝藏龍圖之誥辭。尚論其世，退休以時。撫溪山之勝概，覽梅菊之幽姿。追前聞以獨往，指晏歲以爲期。宜流芳於百世，以貽慶於孫枝。

王棨奉母圖贊

友人王棨，讀書躬耕於皤溪之陽，退養其母於茅茨之下，非有三牲列鼎之饋、華堂重錦之奉也，而旦夕惋愉，起居左右，調節寒燠，有以盡其歡心。斯可謂能子矣。廬陵李約禮嘗過門候之，喜其母夫人之康樂也，因繪爲圖，而里人劉楚謹係之以贊曰：

繄人之生〔一〕，嚴父慈母。其慈伊何？鞠育之故。育我者母，罹裏屬毛。氣通體分，劬哉孔勞。方其在褓，乳哺顧復。跬步號呼，戚欣攸屬。爰及冠帶，室家是宜。亦既抱子，而孝乃衰。我觀斯圖，居有棬杞。皤皤華髮，翼翼令子。客時升堂，吏不踵門。饋饌以時，笑言載温。嗟時之人，去親懷禄。或危其身，而遺以辱。閭閻小民，甘飽菽水。豈曰豐榮，庶幾樂此。嗟我無母，憂悴實多。罄缾恥罍，哀如之何！奉觴□□〔二〕，且以酌酒。爾有慈母，胡不遐壽？

【校勘記】

〔一〕「緊」，原作「翳」，據文意改。

〔二〕「□□」，康熙本作「以進」。

魁星贊

麗天爲星，鍾秀爲人。何做文而製像，復因像以致神。慨唐、宋之異等，思元凱之同倫。□□□□□首〔一〕，假文辭以發身。尚仰瞻而脩省，庶追邁乎先民。

【校勘記】

〔一〕「□□□□□」，康熙本作「第科名以薦」。

槎翁文集卷之二

傳

石潭漁者傳

石潭漁者，不知何許人，嘗放浪山水間，因自號石潭漁者。人或笑之，漁者曉之曰：「子以爲漁者，必設鈞垂綸、操罛挈筌以浮游江海而後謂之漁乎？夫美名與良利，天下所共趨也，而吾皆不得有焉。惟漁者人之所不屑爲，而石潭亦吾之所素有。爲其所不屑，則天下之於我乎忌焉者寡矣。居吾所素有，則天下之於我乎争焉者寡矣〔一〕。彼江河湖海之誠大，鱣鮪鯤鯨之誠富，然非十五犗之餌、百囊之網，則魚不可求；非千丈之綸、百尺之竿、千斛之舟，則江湖河海不可漁。若是不亦貪且勞乎？吾聞之：地無大小，惟適志者可樂；事無隆污，惟遠利者可安。今吾之爲斯漁也，焉往而不得，亦何求而不遂？俯而觀，仰而嬉，殆不知天地之爲大而江海之爲深也。於魚之得失，奚較哉？」乃忻然爲之歌曰：「石潭幽幽，可以寫憂，其施匪釣兮，奚魚之求。石潭黝黝，樂且無疚，其設匪罛兮，奚魚之有。」又歌曰：「海不可以網竭兮，河不可以綸求，樂哉居兮石潭之丘。」歌已，或行而游，或偃而休，或去或留，人叵測也。有過而問者，輒引避不見，時聞其歌歗云。

贊曰：自東海漁者起於渭濱，而世不復有真漁者矣。其後或與三閭大夫遇於江潭，或拏舟聽琴於杏壇之下，而其姓名行事類不傳於世，豈皆佯狂避世之士歟？然皆不可以貴富利達動者也。若石潭漁者，亦斯人之儔歟？何概見於亂世也？或曰：石潭西北有羣石，漁者恒居之，蓋東海生之裔也。晦於迹而能潔其志，卓乎其善於自托也哉！

【校勘記】

〔一〕「者」字原脱，據康熙本補。

胡巫傳

庚子夏閏五月，不雨，州民以旱告，守土者即齋沐出宿城西延真觀，禮法師之能祠雨者，飭壇壝，合羣祀，具儀物，無敢不弔。既三日，不雨。有一男子揚言于市曰：「我則有雨，乃不我求而求彼，彼焉能有也？」市人走致其説。守土者驚喜，命羅致之，要諸途以見，問曰：「若能禱雨乎？」曰：「能也。」曰：「將有戒備否乎？」曰：「毋爾也，且請盡撤向之祠禱者。」則敬勞之曰：「凡吾所請者，民也。果致雨，當厚報效。」因命徒卒數人從之，俾給勞焉。其人乃去，爲壇設位於通市，要守土者拜而祈焉。以環珓擲庭中，踴躍出望，若見若聞，即自書揭于門曰：「某與神約，某日雲雷來會，某日當大雨，三日乃止。」是日，自州長以下至吏民農賈，無不稽仰瞻敬，謂雨之至者可跂而待也。比明日，明日乃益熾。其人叱咤鞠跽，脣焦力疲。又明日，至于三日、五日、七日，雲卒不興，陽日以亢。州使人詰之，則曰：「方之龍布有五，予咸檄而至矣，獨一龍爲九天使者所縶，故雨不得行。」言已，又時時引觀者睢盱指示之，衆人固不見也。他日，請詣他祠，更焚檄焉。既又不雨，則又出其所繪神秘，禱之以哀告，雨又不果。公府使人候之益急，乃撊然以身狥于路，且行且拜，裸袒頓跣，扣首出血，流汗被踵，喘不得息，則又曰：「神告我矣，是龍匿于江之某潭，其速具舟，吾載而下索焉。」衆弗之信，益固視之。自是，卒夜號於市曰：「天乎！何雨之不降也。今衆强我，不我舍。」號已，則又語市人曰：「曷不具薪焚我以速雨乎？」言已，輒長號不止。市人童子聚觀而憐之，問之，則爲世奉婺源神胡巫之孫子也。

劉子聞而歎曰：嗟呼，言之不可易也如此哉！矧欲罔天功以爲己靈者乎？今以己物托於人，雖執券以求之[一]，猶或得或否，而況懸於天者，人固不得而測也。古聖人所以春而祈、旱而雩者，亦惟行吾理之所可知，而盡吾之所可爲者爾。若後世叩頭反風，積薪致雨，雖本於所感，然不可以爲天下後世法也。今胡巫籍其淫狡，以環珓簧鼓禍福於人，其倖而獲中者不少矣，而不知雨之不可以倖致也。於所不可倖者，猶悻悻然欲專覬之，以掩人之知而貪天之功，其不亦愚甚矣乎？卒至不酬其言，顛沛狼藉，欲求脱去而不可得，是可哀也。嗚呼，豈獨巫哉！世之挾私智小術，謬爲大言以欺人者，卒至禍其君、喪其國，不知自怨自悔，猶哆然遂之不置。彼不足責也，而上之人終亦不悟，方且厚歸其德，自服其過，若猶冀其有所爲者，苟或一僥倖焉，則遂謂其果有回天不世之功，而不知其罔誣之禍大矣。之人也，又豈非斯巫之罪人哉？自某日閱二十九日，天卒不雨，巫遂遁，歲則大旱。

【校勘記】

〔一〕「券」，原作「拳」，據康熙本改。

華山樵者傳

華山樵者，不知何許人，衣冠不異於衆，襟度閒曠，神情朗然，或見之於楚相孫叔敖之故城。城西有曰華山，連峰蔽虧，高入雲漢，層巖飛淙，下瞰虛覩。樵者日往來其間，不操斧斤，不事斬伐，嘻嘻然或踞石而嘯，或臨流而游，或倚樹而休。行道中見楩楠杞梓、文杏豫章，千尺連抱，輪囷偃蹇，横澗出壑，干霄拂雲者，輒爲之顧視太息，彷徨低迴而不能去，至樛灌榛楛、岑蔚樽莽，恒過而不顧也。

性好奕，率應手適情，不汲汲於角勝，人亦不能勝之。嘗月中上華山絶頂，吹鐵笛，山下有風颯然，波浪起立，人疑其爲仙云。或曰樵者師曠氏之後也，嘗隱於抱關，遭亂，旋棄去，時時泛舟遊江湖間，鼓枻作漁父歌，人莫測之，然多見於華山中云。

贊曰：世之薄功名輕富貴不爲者，恒自詭於漁樵，尚矣。然漢時有懷印綬入會稽使屬吏驚謝者，豈信其嘗爲樵者哉？是樵於名也，名得而棄其所事，非真樵矣。彼入王屋山見爛柯而返者，惑也。有披羊裘負薪守而不變其操者。若華山樵者，進不競於名，退不惑於所見，庶幾有慕乎披裘負薪之爲者，然尤依依然不能忘情於遺才不遭之歎，何哉？不然，其亦玩世肆志之徒歟？

楚江先生傳

楚江先生名善，字立賢，姓章氏，吉安龍泉南城人。性耿介，尚氣急義而不爲苟得。讀書至古忠義士，輒撫卷太息，思見其人。

至正十二年壬辰春，東南寇盜蠭起，龍泉居萬山間，又聯絡郴、潭、贛、虔之境，不逞煽妖尤甚，先生憂之。是冬，始奉其親入城邑爲自保計。有完者帖穆者，嘗從先生遊，其先本國人，授萬夫長，來戍是邑。至是，以進士及第，授同知太和州事，需次家居。事急，省府署攝縣事，且以兵防委之。先生聞之喜，首往見，爲陳説古忠義事，以爲國家承平百年，一旦有驚，政臣子效報之日，宜急收民籍兵，葺城壍，厲器械，儲糧糗，爲守禦計。完者帖穆亦自以世受國恩，又先人墳墓所在，誓死守不去。越明年春，外援阻絶，寇攻圍益蹙，城中糧盡且數月，至食草根木皮，猶拒守不下。先生謂人曰：「吾今日乃得死睢陽城中，幸矣！」或有傳言完者帖穆將遁，先生奮然以百口保無它，即復扣軍門，揚言曰：「今日之事，惟仗信可以固民心，惟守死可以報國，必不可爲不義以自揺，君必勉之！」至相持泣涕以相感動。完者帖穆亦以爲然，許之。一日，山水暴至，完者帖穆挈妻孥乘小舸竟宵遁。比旦，寇斬栅乘城。民失主將所在，又飢餓，不能戰，城遂陷。先生舉室嘗自誓：「脱有急，必死不苟活也。」至是，先生之父士壁年八十餘矣，先自投北江，其妻李氏與其子婦亦相挽赴井以死。先生聞之，即與其子焕臨江水訣曰：「吾安能忍死復以面目見若類邪？寧赴此，往從爾祖矣。汝年小，宜急去，爲宗祀計，勿我顧！」言已，輒自赴。焕號呼不能止，亦繼投之。焕衣裾猶漂浮波間，未遂没，會甘竹人以筏來救之，免焉。時癸巳八月八日也。

初，先生從前進士吴浩授禮經，與李運爲同門友，後運擢高第，而先生屢屈於有司，因慨然曰：「吾才雖不及今人，豈不知古人哉？」乃去場屋，爲古文詩歌以自見。或傳至燕京，揭文安公奇之，謂其辭春容爾雅，一洗近代之陋，世以爲知言。嘗於所居營釣舫齋，因自號楚江釣者，學者稱之爲楚江先生云。

贊曰：予嘗誦先生所賦張都巡婦殺盜詩，壯其詞而想其爲人。後過遂江，見先生於蓮花峰下，秀目方頤，風髯戟張，而詞氣循循謙抑，可謂篤行君子矣。今一家同罹難，而父子婦姑各得死所，豈直有所不得已哉？亦徇於義不苟辱焉耳。彼受人緩急之寄，又固將家子也。當圍急可以戰死矣不死，食盡可以守死矣不死，乃決棄城郭，委而遁去，其後卒以貸死〔一〕，境急不保妻子，爲天下笑，其得失先後何如也！先生没，其子焕猶去亂孑孑道途間〔二〕，常自憤不即死以至此，而其言甚悲。嗚呼，焕能忍死以奉父教，亦誠孝子哉！

【校勘記】

〔一〕「貸死」，原作「貨死」，據文意改。

〔二〕「孑孑」，原作「子子」，據康熙本改。

達理馬識禮傳 泰和州監

達理馬識禮字正道，高昌人。祖玉尺不花，元初奉詔脩金水河，獲龜蛇瑞應。父長壽，嘗爲江浙廉訪監司，因家常之宜興。性廉介，有操行，蚤就學胄監，通經史，涉獵百家，至六書圖畫，靡不窮究，而尤工小篆。初，以蔭授寧國路府判，再調某州，不果赴，改授監吉安之泰和。至正九年九月到官。静處一室，聲咏泊然，書十字楹間曰：「俸薄儉常足，官卑清自尊。」其厲志若此。然寡言笑，容貌清苦，人無有異之者，雖同列未之知也。及遇事折難，音吐鏗亮，目光爛注，風采凝峻，屹如神人。卒有羣候于門者，竟日無所受命，至飢渴不敢去。它日乃謂曰：「若等何爲？吾無所用也。」閭里忿争者，或不得一詞而罷。由是，豪猾遠遁，吏胥徙業，民相戒無敢一迹至公府。

十一年，淮、潁兵動，江西戒嚴，省檄巡防江上。十二年二月，事亟，告歸所治。未幾，九江陷，南郡騷然。閏三月，陳某破吉安，上官同列皆委印綬宵遁，民亦相率負妻子遠去。達理奮然以身勞集之。民相與泣曰：「兹事變猝興，微公之歸，我民其殆不免矣。自今有不與公同事者，請共殺之！」達理馬識知民心堅，可與共守。即日料軍實，飭賞格，書比民丁，嚴立保伍，糾率義勇，分控要害。料兵之夕，首殺籍丁之亡命者一人〔一〕。明日，誅府史之游諜者二人，撲殺奸民之首亂掠市者七人，械死悍卒之貨奸者父子三人，兵勢始大振。然内顧帑藏赤立，又上下洶湧，不得請於所部，乃分勸富室出粟數千石、楮幣數萬緡，拔州民材且勇者十人爲百夫長，以總鄉民之兵。時郡城既潰不敵，首發兵五百，送監郡納速兒丁、總管梁克申以歸，而郡治遂復。

前城有負固爲亂者，遣州判趙某率萬夫以擣之。至石門，趙隕於兵，麾下猶力戰不退，衆驚曰：「此達相公軍，不可拒也！」明日，執首惡來降，而西境以寧。他如命清江主簿楊介偕義士蕭晉，戍王山以扼東固，命紹興照磨曾貫、永新州判劉穉，戍觀背以遏上横。既而西援龍泉、萬安，東拒安福、新喻，無不聞風奔潰。或請修城以拒守，則曰：「吾非忘爾民，顧土石之堅固不如民心，民心一摇，雖有城，能獨守乎？否則，徒殫耗財力，以自斃耳。」竟不聽。撫循丁壯，省勞傷憊，如家人子弟。按行營堡，不以寒暑風雨而輟，退則終夕危坐不言，迨旦，調度設施，迄無遺筭。

時江、淮道阻，朝使不通，惟參政全普安撒里與尚書哈海赤守贑上流，而中丞沙嘉班以重臣宣慰廣東，尤慷慨有大節。達理馬識禮知此三人者可以集事，乃近連全、海，復爲書，遣一价遠通于帥府〔二〕，其詞極悲憤懇切。宣尉得書，大喜，勉公善守以俟命。既而兩司釁作，嶺海益隔絶。公悵然曰：「天乎，吾自今始觖望矣！」日日怏怏自失〔三〕，人莫知也。

十四年冬，以勞悴遘疾，卧治浹日。寇之聚龍泉者，始悉衆大出，由石洲觀背奄至城西門外。曾照磨等拒戰不克，死之。諜報踵至，至相顧失色。達理馬識禮從容應之，不爲動。夜五鼓，戒蓐食。黎明，先遣郡鎮撫趙家奴之來援者，率甲夫出門外拒之。自辰至午，戰十數合，力盡幾挫，乃出其先鋒五百人蹂之。寇望見，大驚曰：「黄衫軍至矣！」皆棄仗奔北。復奮追之，俘斬數十百以歸。自是無敢睨視太和者。

十五年正月，代者至。監郡丁公即署攝判府事，俾仍督州兵。達理馬識禮曰：「吾受命監泰和，得代當去，攝判府事，不敢聞命也。」即日出舍郭東門外。方未代時，庭壁下有列甓十數，指謂人曰：「此吾所儲俸米也。」暨徙居，惟家僮負挈俸米與書帙而已。其去也，民遮留不可，則號而隨之，諭遣弗能釋，至閉户却避，則相與羅拜門外而去。是歲閏正月十九日，竟以疾終于寓舍，冠衣危坐而逝。民聞之，咸罷市投業，奔走會哭，下至婦女童穉，無不涕泣相吊，欷歔歎息之聲，不絶于道者累日。丁公聞之，亦哭于庭曰：「天不欲使完守吉安乎？何奪吾賢屬也！」時有肖其像爲生祠者，四方過客想聞風采，必艤舟謁拜之。小民家祀小像，有因繪以致貲者。

先時奉其母太夫人居官，未半歲，遽命其妻奉太夫人以歸，而獨與家僮一二人居。他日，有逋飲于市者，輒杖殺之。嘗語人曰：「吾莅官有三字，曰勤，曰謹，曰畏。勤以視事，謹以守身，畏以奉法。彼刀鋸勢力，世以爲可畏者，吾不畏也。」人以爲名言。其在公庭，日據案書真楷小篆千數字，李令伯陳情表、諸葛武侯出師表、米元章待訪録、中朝名士詩文，咸手録之。工詩，然不常出，惟登金華山，賦五言近體一首。又嘗結庵於金華之左，因名曰「草庵」云。

【校勘記】

〔一〕「籍丁」，康熙本作「籍兵」。

〔二〕「遠通」，康熙本作「達通」。

〔三〕「日日怏怏」，原作「日怏日怏」，據康熙本改。

胡夫人傳

鄱陽潘某妻胡氏，生三子，俱幼，而夫有疾且革。胡氏私心計曰：是三子者不可以無父，無父將不能以成立，使父亡而母存，無益也。不若亡母而存父，使扶樹三子者，則潘氏之有後也可幾矣。乃夜焚香引刀斷其髮而禱于天曰：「有如三子者而無父，是天厚欲絶潘氏也。三子父不可死。妾，婦人，不知所以教子，誠無益於子，亦誠無愛於死。今天不欲死其父則已，如欲死其父，則請以身代之。」越三日，某病少瘥。又五日，大愈。既越月，胡氏竟以無疾卒。

劉子曰：死生，命也，未聞有可代者。而婦人迫切之情，則有所不暇計者矣。今瀕死者以甦，而生者卒以誓言蹈死，非天乎？然死固亦未聞有可請而致焉者也。要之，是固適然耳，不然，天豈不可以曲矜而兩全之哉？故曰死生，命也，而孝子之志，則大有可悲者矣。其長子樞，今爲安福主簿，有廉能聲。次子某、某，皆爲郡文學掾，皆謹厚爲名士。余嘗聞之謝某云。

李時傳

李時字居中，其先趙之槁城人。伯祖瑞卿，當金、元之際，六歲能通孝經，人稱神童。祖信卿，生丈夫子六人，其第三子字巨淵，既壯，攜其九歲弟仲原徙燕之大興，遂爲大都人。而仲原，則時之考君也。巨淵敏悟絶人，攻畫仙鬼，莫或知其師傳之所自。嘗畫魔母圖，極獰，得詭異之狀。或傳至上都，仁宗見而悦之，遣召於其家。使者遇巨淵于門，輒負置馬上馳去。既見，俾待詔禁中，由祗應司大使進朝列大夫、諸色人匠府總管，聲譽藉甚。

時在總角，已知就師學，然遇片紙或佳牆壁，即點筆塗抹，備諸態狀。年十六，聞伯父留上都，馳往見之，會巨淵方總諸宫院繪事，因攜以入。時見御榻旁采繢工麗，迫而觀之，凝思入神，忽駕至，倉卒不及避，前導者將訶抶之。仁宗驚問，内侍以李待詔家兒對，乃舍之。一日會食，求時，失所在，命蹤跡之，則懷毫素方往别院取屏罨諸畫竊臨摹之。巨淵見而驚喜，弗之沮也。比長，所學日就，視凡近俗工所爲，輒羞赧棄去，弗之顧。又見同輩待詔者，當道率以工技視之，弗獲禮遇，心益鄙之，曰：「有是哉，吾將求名家者以自樹，庶其勉乎！」迺考古記譜，自漢、魏、六朝以來，至隋、唐、兩宋間，若閻立本之人物，周昉之士女，郭忠恕之界畫，王維、關同、董元、李成、范寬、郭熙之山水，以至米南宫、趙大年、劉松年、馬遠父子及近時商德符、趙子昂諸賢之雅製精品，莫不遐搜廣覽，心慕手追，雖寢食弗□也[一]。既又慨然曰：「古人所以垂名天下後世者，豈直技藝之美而已？顧其問學才行有足稱者，而吾何可以自局而弗之務哉？」乃退掃一室，置琴書其中，日從集翰諸老與四方名士考評古先，談論理致，暇即鳴琴焚香以自娱。久之，思悟玄解，下筆益親，而風韻資格迥然天成矣。聞饒陽劉仲謙蚤從前秘書少卿何澄畫。澄年九十餘，嘗被召，賜之巵酒。既拜，因伏不能起，問曰：「若能復畫乎？」對曰：「老臣耄矣，有劉仲謙者，臣弟子也，其人可以奉詔。」許之。由是，仲謙名重京師。時往從之遊，欣然自以爲得也。又有劉道權者，廬陵人，亦善山水，然負酒恃才，詆斥慢駡，無所許可。當時若劉伯熙輩，亦譏貶不少貸，獨於時，特時獎借之，且謂仲謙曰：「是子咄咄逼人，盍少避之？」後巨淵見時所製，亦憫然自以爲不及也。

至治八年，順帝詔畫東内清寧宮殿壁。時首應詔，畫漢馮媛、樊姬及唐長孫皇后進諫圖，獲勞賞甚厚。十六年，奉詔與劉守中畫二后西宮，又畫隆福前宮，畫青山白雲於月宮後殿。又與何思敬、劉公弼三人同奉詔畫山水樓觀於九龍殿及東西二夾室，稱旨。前後獲文段、白金、楮幣賞賜有差。時天下已兵興，京畿大飢，民相食，至斗珠束帛不換溢米。倉帑匱乏，王官至給藥物、香木以代俸。而時自至正丙申至戊申留中者凡十二年，至不得休沐。或以時母老家貧言於帝，帝憐之，出懷中白金一錠，命左右密付之，曰：「知卿貧，故相賚，慎毋令他輩覺也。」性不飲酒，嘗夜直寒甚，敕内厨爲米飯食之。其蒙眷厚類此。他日，謂近侍曰：「李時小心謹慎，何不授之職，使食禄乎？」用事者因擢爲利用監照磨。無何，陞本監經歷。然卒未嘗强之入監。時亦叩首固辭，退謂人曰：「世事如此，吾得以薄技食大官，免溝壑，幸矣，况敢干天職乎？」竟不就。

先是，京師繁盛，帝欲畫爲圖以誇後世，若大金張擇端所爲汴京清明上河圖者，因詔時等具草以進。凡宫殿、公府、街里、民居、橋道、市肆、人物、車馬、樹木，千態萬狀，縱横曲折，咸分積而寸累之，每計日以程其工。如是將三年，自南而東而西，纔及其半，忽舍置不問，衆莫知其故。及帝出奔，城陷兵入，大將軍以舊城大廣，乃撤其北之半而中築焉，其界適當所畫之半而止，識者因疑爲讖云。

贊曰：李居中身長數尺，苶然如不勝衣。其言呐呐然，如不出諸口。而於術知擇所尚，好交游賢士大夫。有母年踰八十矣，每旦出暮歸，必進拜膝下，奉袂候寢食，言笑嬉嬉，若嬰兒然。以故常以去其親爲憂，而於前所遭遇至絶口不復道，而年亦將邁且耄矣。獨嘗爲予言：「吾受順帝恩厚，死無以報。」猶記丞相博羅之初入也，自以爲蜀人宜尊事梓潼帝，而京師闕焉，因奏立大祠於城西。祠成，命時圖其九十七化事于壁。或請更畫四力士獻俘于門者，適丞相下馬見之，問曰：「此縶而擁以前者阿誰也？」衆驚愕不知所對。時從容前跽曰：「是不忠于帝而遺孽于民者。」丞相大笑而去。既去，覺其色若赧然者。後旬日，丞相竟敗。嗟乎！古所謂執藝事以諫者，居中其近之矣。不然，失其所養與養非所用者，豈特上之人之過哉？

【校勘記】

〔一〕「□」，康熙本作「息」。

孫先生傳

先生名復，字明德，姓孫氏，九江人，爲宋故光州團練某之曾孫。元至正間，隨其父掾廬陵，就學郡齋。在髫丱已挺挺自異，不妄交處，日從經師學士遊。比壯，益聞道德性命之説，通春秋大義，屢試有司不偶，然其志益浩然也。會壬辰春蘄兵倡亂，首陷江州，民洶洶無所適。聞有長官某以其屬兵栖安慶柴揚州者，方結水寨，衆堅可托，乃與兄潛載其母往依之。無何，遭母喪，家屬繼罹焚溺者八九。是冬，隨水寨兵將復郡城，至小孤而兵潰，乃與其兄亡走池州。

歲乙未，王師始自和州渡江，攻建康，拔之。先時陳氏自沔起兵，與雙刀趙夾攻安慶而據其城守。既而雙刀趙復東襲池州，池州兵大敗，先生因與潰卒散處池之青陽。丁酉春，守將收合餘兵，議將復城。既戰，而萬户某失利，竟爲趙所敗獲。是日，俘戮二百六十人於市。監卒以先生長者，護而免焉。然終恐禍及，乃伺間出城，潛伏東、西檀等村避之。比冬，聞王師自建康分遣總制何侯某將兵取池州，所至施恩著信，招徠□暴〔一〕，民稍稍來附。會軍中有以書招先生者，而何侯妙齡秀發，英敏樂愷，尤極意搜延士類。或以先生見，侯與語，奇之，即留置幕下，計議多所與聞，先生亦無不自竭也。

戊戌，隨調宣城。三月，從攻湖州不下，復由宣歷池以守嚴。是秋，侯進爲元帥。己亥，從守龍江，以防東寇。庚子春，太平縣民李明六據弦歌、石埭上下五都爲亂。先生計其烏合，勢必不支，分兵嚮之，旋就剪覆。繼而銅陵民程輝等據縣謀逆，先生力贊奮兵擣其巢穴，不數日，生擒以歸。而九華城山土豪數輩，遥受寇命，崛强抵拒，亘數百里不能靖。是冬，從侯出兵，因糧敵境，卒俘其渠魁，池境以寧。時陳友諒假名號，據上流，勢岌岌相軋。及秋，上親率大軍往討之。先生從軍西上，時時被堅執鋭，雜行伍中。既而陳氏不敵，狼顧鼠竄，我軍大振。有旨調侯復還龍江。及師過安慶，陳守將聞江州破，已先遁，掠陳官韓某以城降。城中餘衆尚數千人而叵測。侯麾約戰艦次鴈汊，以遥制之。時總兵常公後發，猶未至。侯恐遲疑生變，即分遣裨將一員、卒二十人，衛先生入城撫諭之。比至，韓不見信，使勇士數十人列階下，側目露刃相視。先生不爲動，從容正色，撫以恩信，折以大義。衆亦知勢迫事危，且大小不敵，爲之逡巡退却，乃還。

壬寅，元帥以羅友賢復據貴池、東流、建德、太平、石埭、祁門、黟縣、餘干、樂平諸縣以叛，屢招之不下。初，羅嘗受侯調，在兵間數與先生俱，頗見信重。侯乃令先生往諭之，先生即日就道。既見，傾接如舊。先生爲之宣揚威令，陳述禍福，其人且悔且愧，請以八月出謝，乃還。既而過期，終不至。有旨命侯爲書遣人再諭之，且調其兵守安慶。侯曰：「是行非先生固不可，然不可無以張之者。」乃遣宣使安中與俱。時羅帥出駐城山，留館中數日，不得見，衆疑之。至夜半，忽有兵百餘人呼譟而至。先生與安中及從行者俱被劫縛，將加刃焉。先生大呼曰：「朝廷待汝寬厚，汝自負恩失信至此，而猶不知悔邪！吾所以奉命再來，救若等性命耳，何得反加害！誠然，某亦不敢愛死，但未知若等當更活幾時耳。」言已，衆稍靡。未明，羅帥遣人先釋先生縛，且卑辭謝過，歸罪其下。至日中，大陳兵衛請相見，設酒饌，申以大義，而安中等仍拘縶他所。時所持書檄已爲劫去，不可復追，先生毅然以口舌代之，反覆數百千言。其人内懷猶豫，自以爲既失信矣，此必有以重兵壓于後者，終不聽。先生遂力求歸，許焉，惟留安中不遣，將陰害之。先生曰：「自古使信往來，未聞有無罪而拘繫之者，矧吾二人奉使出疆，同一命也，豈有一去一留之理？若安中不遣而余獨歸，朝廷若問安中，余將何辭以對？顧得歸亦死，寧不得歸，請與安中同死于此矣。」因揚言使安中聞之，安中亦號哭，以頭觸柱流血，呼曰：「請得一見孫先生，然後就死，庶國家明知之！」先生詞氣慷慨，聲淚俱下。羅帥爲之感動，即令與安中等俱還，時十月十五日也。

既而侯又陞爲指麾使，調守江西。乙巳，拜行省參知政事。先時湖南周某與虎背寨留保三相爲掎角，據永新以叛者十數年，是夏有旨討之。侯亟調兵，先據寨下，絶其援，擒而戮之，江西遂平。暨歸，先生自以孤寒一介出萬死、辱知己幸矣，因力丐辭去。侯不許，欲薦之，不可，因嘆曰：「吾比聞人誦古忠義士，謂直古有之耳，比得孫先生，乃知固亦今時所有也。」他日，命其子某拜而師事之，居齋閤足不出户者十餘年，人亦罕有識之者。

贊曰：語稱不辱命謂之士，若孫先生者，其近之矣。迹其一介布衣，學未策名，而遭時孔棘，斯不謂之不幸矣乎？及流離顛踣，卒獲所依，難哉！然非有斗禄寸爵之縻，與夫嚴刑峻法之迫，而懇懇忠告，赴義如鶩，卒至情感於人，節孚於友，而義伸於己。其視死生去就得失，不啻適然，曾不以動其心。及事立功濟，又能却而不居，斂而不耀，抑古所謂天下士者，非斯人歟？何其瓌偉不凡如此也！余又聞其先在宋有爲團練使而死國者，其子以孤遺蒙護，遂三世冒他姓，至是卒復之。觀其隱約兵間，弛張闔闢，介然不失其正，不亦有祖風烈哉！

【校勘記】

〔一〕「□」，康熙本作「無」。

葛孝子傳

孝子字仲謙，名守德，姓葛氏，保之清苑縣人。幼失父，獨奉母居。母夙感痿疾，每旦，守德扶掖爲施帶繫，然後進匕筯以食。母亦自以爲非守德則不能以頃刻居，然性嚴肅，寡言笑，或時不説，守德爲之跼蹐不安，必懇款左右，將順志意，使一解顔然後退。燕南部使者聞而嘉之，薦于朝，守德以親辭。諸公貴人憐之，不遠授他職，俾董縣學就養。後歷中山、保定二府教授。其行也，恒以小車載其母，而已徒步賫甘旨與周身之物隨之。或出遇時果嘉蔬，必懷歸奉母，母未嘗，守德不敢先。一日，偶被酒外歸，母切責之，守德泣拜悔過，誓不敢復飲。後雖尊賜，亦未嘗敢過三爵。

母以壽終，守德哀毀逾節，凡營奉喪祭，皆竭力身親之，不以貧薄自損，寢苫泣血，終三年未嘗見齒。既而兄文益求析產，守德以母初喪不忍，泣諫再三不聽，乃悉出所有，聽自擇取，而己則居所餘者。不數歲，文益破產，遂貧，守德邀還同住者數年。及文益卒，遺女一人，比長，爲之備貲裝擇婿嫁之。有女兄適陳氏，既老無所於歸，守德又爲營田宅以資之。下迨宗族有貧乏不能具禮者，往往分貲力以助婚葬。如是者率以爲常，而心恒慊然無一毫自矜焉，衆皆難之。由是里中父老戒飭子弟咸以仲謙爲勸，至有「孝順子葛仲謙」之語。

至正末兵興，歲且大飢，河北騷動，守德攜家依唐縣，入明府山中以居。一日出採椹，至山半，忽有大風從西南來，衝擊奮迅，若出隊道然，家人驚賊，悉奔走避之。俄□兵至〔一〕，適出風行之道。後來者遇害，而守德家人以先去免。明日，有神降曰：「我山神也，若知之乎？前日所遇大風，即我也。以汝家素孝行，故來相護，後此有難，亦不汝及矣。」明年，貊高搆亂，果大肆劫掠，凡山寨屯堡無遺者，而孝子家終無恙，人以爲孝感云。

贊曰：夫人子之事其親，無不自致焉者，常也；其出與飄風會而反，遂不與禍者，倖也。而人皆以爲此實天使之而非倖者，其素行信之矣。詩不云乎：「匪風發兮，匪車揭兮。」孝經曰：「孝弟之至，通于神明。」吾於葛孝子亦云。

【校勘記】

〔一〕「俄□」，明補修本、康熙本作「俄而」。

花子傳

花子者，寧都王太守家畜犬也。王初爲寧都時，得乳犬於同知某氏家。黑白雜文，脩尾芃毛，□□壯聳〔一〕，蓋獀類也，因以花子名之。由是呼其名即來，投之食則拜，不妄吠，不樂馳逐，亦不輕肆噬，終日弛然卧庭下，人望而憚之，側足不敢涉其門。時花子母故畜同知許，其相去又近，花子日往來視其母，每得人食餘投骨，不盡食，必銜歸以餧之，至含飯往，至則吐出于地，伺母食之，然後返。

一日，金陵常帥率東南諸軍急攻贛，寧都首議迎款。有守將某領暴卒數百人夜馳入守家，刦資財，殺僮奴十數人。花子見賊入，疾趨逃之母家，伏故主卧榻下，不出不食。後七日，守以逸得免且返，花子歸，見其主固在，爲□踴躍呷嗄〔二〕，至攬攫人衣袂，俯仰伏拜，如是者數日而後已。他日，守歸廬陵，攜花子以俱，謂予言如此，蓋親見之。

太史公曰：嗚呼，世謂有反哺者，豈惟慈烏哉？而花子尤知義。今人斥詆醜行者類言犬彘，由今觀之，殆不及矣。悲夫！

【校勘記】

〔一〕「□□」，康熙本作「雄偉」。

〔二〕「□」，康熙本作「之」。

逢掖生傳

逢掖生者，北郭之奇士也。當承平時，嘗從鄉先生習舉子業，數就試不偶，遂棄去。遊談諸公間，咸爲之傾動。遭世亂，稍解縱繩檢，自放於酒，生事一不以芥意。日與其徒劇飲東西家，既醉，招摇而歸，即閉户酣寢。或造焉，輒嗔目大詬曰：「吾乃不知有吾身，何有公等也？」竟不答。感時觸事，鬱不得放，時時操翰引觚，詠述事物，陳搉古今，兼體風謡，綽有思致。然罕以示人，故人亦莫得見也。會四方有兵革之事，文雅道絀，詆儒爲迂，佩刀槊縵纓短衣者馳策而争道，世靡然嚮慕之。生不之動，方爲褒衣侈袂，挾書自隨，忻然行市中，且行且歌，衆目而笑之，生毅然弗變也，因自號逢掖生云。

贊曰：昔酈生以儒衣冠求説漢王，乃自貶爲高陽酒徒，而鄒陽以爲飾固陋之心，則何王之門不可曳長裾？夫士之所以爲輕重緩急固若有見也。生其類於狂者歟？始攻苦學明經，何拘拘也，及時絀志放，乃不可縶束，如奔鯨逸驥然，又何偉也。然能知所擇，不污於流俗，因自詭其名稱。士之欲自立於世者，豈不良然哉？

澹觀先生傳

先生諱天與，字與可，澹觀其自號也。祖關西楊氏，中世南遷，遂爲西昌人。族蕃且富，而先生與其再從兄弟俱文而貧，而先生貧尤甚。

性簡直，不能嫽嫻取合。頎然長身，幅巾衣履，非吊喪問疾不出門。日取書懷袖間，吟誦而樂之。妻子相對歡然，無飢寒之色。所居見侵於比鄰，至撤藩以相傾柢，先生不爲校，風雨晏如也。性嗜酒，不能常得，歲授徒里中，諸生多爲致之。每旦坐堂上，諸生執業以次進，先生爲講説旨義，剖擊闢闔，隨長幼精粗高下，莫不各得其所通者。或取酒酒家，得錢即送之，自是莫夜叩門無不得者。每夷踞自斟，意極酣暢，雖菹蔬橑核苦澀酸淡之物，自視八珍之奉不啻也。

通易卜，時爲人決出處得失進退如響，而不爲機祥變怪之説，其義止於玩爻審象而已，非有他道也。爲詩文，率口占以授，意到或自書之，口無滯詞，筆不停綴，然不喜著稿，故多不傳。年六十三，以疾終。子一人，死南海上。

夫世之賊貧而自喪者，固無足議矣，而士之固窮樂志、不貪不競若先生者，宜不少也，而往往不傳，豈非世莫之知而然歟？若先生者，楚嘗受學而知之者也，其敢以泯而不傳乎？作澮觀先生傳。

貞女龍琇傳

永新龍氏女名琇，當至正間，其族父以舉義兵不克，州陷家燬，時琇甫六歲，隨父母轉徙他郡。既長，猶不得歸。歲甲辰，始歸安福劉氏。其明年五月，淮寇李明復入安福，劉舉室將竄水西，時江水暴漲，不果。琇度無可往，即泣涕別其姑〔一〕，自誓必死江上，姑猶勉以偕往，則曰：「今阻水不得渡，而寇且至，寧能以身遺之乎？

念吾父攜負十二年，周行數百里，而途窮于此，命也。今日之事，吾目必不可使見賊也。」言未已，寇奄至，見琇，棄他貲物，急赴之。琇四顧無往，遽奔入江中。寇追之不及，則引槊以鈎舉其髮，琇猶反手解結，乃就溺。寇相視驚愕去。時年十九矣。

琇没之四年，其父欽録琇之狀以示，且曰：「琇生而脩潔，不假容飭而組繡天成，又好觀漢故事。母康嘗病不食，琇輒泣，亦不食，而奉持不倦，蓋質□而性義也〔二〕。」欽之叔父子元於予爲同年，以書來徵文，其言尤信云。

贊曰：自寇盜興，民貪生冒耻，無所不至，雖由勢迫，然亦有不得已，要其教之所從者，亦蔑矣。今龍氏女以佻脆之質，竭蹷崎路，强暴袪其後，淵谷臨其前，乃能擇所從於不測之淵，蹈而赴之，若履平地而鶩生所。孔子論志士仁人有殺身以成仁者，而婦人女子能之。及被鈎援，又能從容解縱以自決，豈非所謂顛沛必於是者歟？龍氏之家教遠矣哉！

【校勘記】

〔一〕「其」，原作「無」，據康熙本改。

〔二〕「□」，康熙本作「白」。

劉芳遠傳

芳遠姓劉氏，以字行於世。始家吉之泰和，後徙萬安，今爲萬安人。善相地，蚤受學於其家君一雲翁。而端厚簡朴，與物無忤，平居草衣芒屩，日往來東西州不倦，謾然山野姿，世或莫之異，君亦不以其術自詭也。與人交極誠懇，於所謀卜也，凡足有所履，心有所注，目有所經，則雖賤人窶子，一以實告之不隱。苟非其至，雖委千金，一言不可得也。

余始見君於武山，有豪士某欲葬其親於近地，而惡人之異議也，乃惟夫言之符者輒禮之，君第曰否否。諸阿諛者或争之，既而笑之，君即長揖去。或追之，謂曰：「於彼盍少就乎？」君曰：「在法直不可，何謂少就？吾不能爲是也。」竟辭去。

尤善覆射，凡壙穴之燥洳完腐，與夫虺鼠蟲蝗之穿結囓蝕，雖歷百數十年，其淺深上下如手揣燭照，不爽尺寸。他日，有以耕牛爲君禮者，君引牛東歸，道遇人有以故攢剥蝕將改之而未發者，君爲卜之曰：「是中本完潔，何以更爲？」同術者誚怒之，請牽其牛以格勝，及啓，果無所蝕。同術者愧伏，請以己牛歸君。君笑曰：「姑驗吾術耳，何以牛爲？」竟舍之去。

嘗自歎曰：「吾居三顧之陰數世矣，然隘陋淺薄，殆非爲貽後計者，必改築之。」擇勝於萬安之枕塘，四達夷曠，無鄰伍相競之病，其隆然而盤者可宅，其緬然以沃者可稼，其窪焉者可漁，其翳然而豐且蔚者，可樵而可牧也。即攜妻子往居之。其鄰有孫如心，謂予言：嘗過君，君自以爲年且邁，誓謝絶四方。日蚤卧晏起，即問家人今日酒熟未。有客來，便當擊鮮爛醉，他非所知也。諸子唯唯。君時引諸孫於山木竹石間詠古人詩歌，忻然聽之以爲樂。讀書雖不甚解，然聞人有嘉言善行，輒識之。類能談古今事，洒洒可聽。見人幼而孤、老而困、才而不遇者，不計有無，恒惻然思有以振德之。

余嘗避地里良山中，歸及中道而病，病且革，復喪二子。時兵後，田里騷然，日既晏，予泣卧蓬藋中，未食也。君亟來就視，爲之遑遑然，若不可以旦夕者，乃走百餘里以告余友蕭翀。翀聞之，幾失氣驚仆。又明日，君復與其子持挈諸所資給者來問，因勞曰：「君後當有子，善愛，毋自戚也。」其敦友急義類此。嘗語余曰：「吾有四子一女，女嫁爲田家婦，吾無憂矣。吾長次季三丈夫子，皆質而多力，宜爲農。其能得吾緒餘者，吾叔子也。」今果然。

贊曰：古稱儒術，而世言縱橫、刑名與夫陰陽、卜筮之説，亦曰權術，曰技術。

夫術而進於技，則去道駁矣，宜必衒其能，必詭於徼利，必牾其言行，使世之學士大夫類輕下之，有以哉。今劉君之學，要非齷齪苟合者。其去也，不可招而使之狎也；其非也，不可貨而使之是也。庶幾哉，於儒者之守而尤能慎重以自試者歟！

太史公曰：「制宅命子，足以觀士。」劉君有焉。

夏日孜傳 紹興路會稽縣尹，吉水人。

夏君諱某，字仲善，其先金陵人。始祖澤，宋建炎初因金陵亂，從隆祐孟后南遷至廬陵之吉水，遂占籍焉。五世至桂父，以學行著，淳祐、寶祐間，由胄監兩貢陞上舍。祖得一，從上舍君入補國學生。父華遠，元皇慶中嘗爲撫州宜黄、袁州分宜兩縣儒學教諭，泰定三年，以明經預貢，後以子貴，封從事郎、吉安路吉水州判官。母張氏，封宜人。君方在娠，祖母蕭夫人夢有桂花之祥，既寤而君生。

稍長，從吉水君授易，探源攬緒，夐出羣輩。至治三年，就試鄉闈，時年籍猶未逮。及開榜，同貢者皆先達宿望，而君以年少首易經，人皆奇之。明年下第，以龍飛恩例授瑞州學正。君不挫抑，志氣彌厲。天曆元年，再貢，輒魁多士。及登第，賜同進士出身，授從仕郎、南康路建昌州判官。秩滿，丁外艱。服闋，改授徵事郎、興國路録事。再調承事郎、紹興路會稽縣尹。未代，以母病去官，終於家。

初，登第歸，州人榮之，太守爲表其里曰聯魁坊。其在建昌，民有鄭佛生者，日鬻菜以供母，而孝道醇備，君特嘉奬，上狀于朝，遂旌其門。先時江湖有劇寇，既就捕，未決，乃越獄散亡他境，無能捕之者。君曰：「是蓄奸以遺患，吾不爲也。」乃遣人蹤迹，盡獲而殺之，盜以屏息。州有三陂，界南昌、新建間，可溉田若干頃，廢且久。民以旱告，君相度形便，浚污發湮，遄復其利，民則大悦。興國地僻俗陋，君撫以安静。首贊郡庠，礲範金石，創置大成樂，覈三皇廟祭田，建懷陂樓，修城東堤三百餘丈，周樹以柳，舟航聚落，隱爲一郡勝概。

會稽爲浙東壯縣，尤號喦劇。君始至，卒有循故事越境出迓者，君揮遣之，令非召不得見。自是浮濫屏縮，庭廡肅然。其差役也，驗糧賦爲高下，仍歲籍之，使無竄易爲奸。帖縣門約曰：某若干月，某若干日，某日受役，某日代。不如約者，罰有差。縣口食鹽課，先時率侵於私鬻，君設法每鄉置局，命里長董之。民給券一紙，畫爲十二月分，每月令民賫券置鹽，買訖則官以私識驗之，歲周課完，無有侵漏。時阿理温沙以刑部侍郎出監紹興，而貢公師泰以翰林脩撰爲推官，皆喜得君爲屬。會餘姚民以賦役奸弊言於郡請更之者，阿理公顧諸屬莫能任，即命君往定之。有大姓欲圖免之，知君不可干，則賄帥府，以召脩海塘撓君。海塘重役，非累歲莫能集。阿理公大驚曰：「是必有奸民所中，故左計以摇吾令者。」即移文具白之。帥府悟，始反君餘姚，即定其役。山陰富室徐某，嘗以私怨殺人，沉尸於海，又仇異母弟，誣以僞造楮幣而幽之〔一〕，使不得自白。會有以奸狀言於推官者，貢公曰：「吾欲取之久矣，然非明敏廉介如夏會稽者不可。」即委君治其狀。或以猾巨奸詛爲君危之，君不爲動，即日收捕窮詰，竟按其罪。於是遠近震伏，邑以大治。始脩孔子廟，繼脩夏禹廟，脩南鎮廟，又脩馬太守祠。歲大比，浙省檄君與貢公同考試，所得皆名士，時論偉之。其以母病去官也，邑人遮留之不可，則言之郡，郡遣吏諭留之，又不可。及行，民罷市相吊泣。其旁縣聞之，有追送數十百里外哭而返者。比歸，母病少瘥，而君得奇疾，逾月遂卒，年四十有四。君子惜之。

君天性夙成，有過人之資，讀書下目數行，而剖析融液，貫穿洞達，無有遺難。初貢時年二十，再貢二十有六，力强氣鋭，勇於敢爲，不可以勢利奪，故所樹立如此。尤善爲古文歌詩，作楷書清勁有法，方之專門章句之士，迨不及也。所中科文皆温純贍蔚，四方學者手抄口誦，視爲楷式。翰林承旨歐陽公嘗得其文於南宫，歎曰：「此一代文範也。」其及門高第，若山東劉謙、河南李玉、松江黄璋、臨江章大雅，皆策科成名，有足稱道。子男二：曰璜，曰瓚。璜後君五年卒。瓚尤力學，克世其家云。

贊曰：漢史稱良吏，類以經術飭吏事，故能敦古教化，興利除害。其後奏最膺秩者往往有之，然未有一門異代數世明經如夏氏者。夫學脩於家，其積之可謂遠矣；政達於官，而施之者無留難焉。自非不奪於貨賄，不衂於權勢，不慴於凶禍，撊然奉法守正如夏君者，其能然乎？使其志得大行，循會稽而上，將必有大過人者。而年不登中壽，位不至上大夫，財沉浮下僚以止，豈非命哉！

【校勘記】

〔一〕「楮幣」，原作「楮弊」，據康熙本改。

五荊傳

蕭氏有五兄弟，居邑之武山下。其長者曰翀，次者曰䎙，曰𦐱，曰𦒎，曰翬。翀之父自新，𦐱之父自明，皆先卒。䎙之父自成，年且垂老，故無恙。五人者，皆嚴事之，又能通有無，均瘠肥，同休戚，敦敍友睦，勤好詩、禮。每旦，各督僮奴出耕，歸則相與讀書鳴琴、吹弄簫篴〔一〕，以歡聚於一堂之上，無間言焉。

會有旨起均糧城甓，自成以田税及等，任總甲事造運舟，命翀往莅之。或有察其黨與並爲奸利者，朝廷遣官出讞。翀引服在行，既而慮自成弗安，即以書慰其家，謂：「叔父年老宜留，己當自行也。」自成聞而不悦，得翀書，輒碎裂之不復視，曰：「吾兄早亡，僅一子，又未有嗣，忍擠以往乎？」乃奮然出告姪某實誣冒自成名，在法自成實當往。二人庭争不已，至相持抱大哭。官府不能決，卒按籍坐自成而出翀。翀哭于門外不去，自成遥勞之曰：「汝亟歸視家事，萬無以老身爲慮也。」聞者傷之。後府以自成送臺獄，議役終其身以貸死，且往屯淮、滁間。翀與諸弟泣而聚謀曰：「吾父其遂不返乎，今官府事方殷，盍分力以共濟？」衆曰：「諾。」時翬最少，乃命翬率子姪以就學，而命𦒎督耕稼，命𦐱造縣服役事，而己與䎙將更迭往省于滁州。會檄下，有罪者許輸粟河州以自贖。翀即日收其家貲貨得若干，先遣翀賚往京師以聽命。久之不報，翀憂憤不自勝，乃更傾貲産，至斥婦女妝奩，得錢鈔若干，以繼益之。將行，其長子女遽嬰疾暴卒，翀不暇顧而去。先，自成在滁陽，聞翀來，亟命爲書緩之，翀不爲止，比至京，則前贖律且格不行。翀過滁陽，與其弟翀先後在侍，凡三十餘日而返。

家故有隙地，當中堂之北，兄弟旦夕嘗游息焉。或言某所有紫荆樹可移植者，及得之，則同根而幹者凡五。衆異之，以爲紫荆兄弟數也，而其數若有合焉。久之，芽葉紛敷其間，一幹乃獨異而非是，衆曰：「宜去之。」且祝曰：「符吾兄弟也，宜更生。」未幾，有茁而上挺者，視之，果荆樹也。衆則大喜，遂酌酒酹之，設具燕焉。翀爲之賦五荆詠以示諸弟，賓客合而和之者若干人。余時親見之，故不敢泯其事而爲之傳，且將使居滁陽者聞而喜慰焉。

贊曰：田真之事遠矣，昔陸士衡賦豫章行，謂「三荆歡同株」，而孝友傳又謂古有兄弟忿欲分異，出見三荆同根接葉連陰而止，其即田真歟？抑古者固又自有其事歟？然未聞有五荆者。今蕭氏兄弟罹患難、蹈顛沛極矣，而所以和其家、同其心者，不變而益堅，則荆之發祥也宜哉！夫始而視之以異類者，以見類之異者猶可以同其榮，況同氣乎？終而視之以其數之真者，乃所以應其氣之同，固自有不可得而缺者歟！抑五陽數也，人稟於五行而道五常。奇之爲一，偶之爲二，三之爲三，五之爲五，至五而變不勝窮焉。意者草木固有得夫氣之先者歟？昔孔子誦棠棣之詩，而以「父母其順」贊之。嗟乎，蕭氏兄弟尚益培其本，保其榮，固其翕，而思所以順其父母乎！

【校勘記】

〔一〕「簫」，原作「蕭」，據康熙本改。

槎翁文集卷之三

説

録南園灌隱説

州城之西，土平衍而廣袤，少石而多水；其南爲龍洲，瀕大江；東爲中洲，瀕魚塓；北爲龍灣之原，瀕文溪。其去溪與塓若江稍遠者，則尋丈之中有坎井焉，所以時旱溢、節盈縮而資灌注者也。故其地爲洲，洲土宜圃，而圃于是者，咸鮮澤甘膴不匱，有以哉。於是友人王君子啓居其上再世矣，一旦閉門謝却，斸耕於壟上，若將去而遂隱者。

劉子聞而往即之，過南園，入町疃間，見蔬藝豐縟，溝畫交布，流泉活活行其間。子啓方頎然衣短褐冒風日，與畦夫野老抱挈瓶甕，奔趨後先。余因迎勞之，曰：「甚矣，子之憊矣！得無有其説乎？不然，何屑屑不憚煩若是邪？」

子啓厲其色而誚余曰：「子何言也。凡人具手足耳目以生者，亦豈能以常逸哉？逸莫逸於饜富貴之人，而不知其不逸者大矣。昔吾有斯園也，嘗棄而違之，以遠遊於千百里之外，徒操寸管、持虚言以坐食當世，吾之圃始日荒而不可爲矣。今幸獲返於斯，以從事初志，又安敢憚邪？吾始仰成於天，而雨露之降不能必其時至，故一責勞於己而有事於灌焉。而灌之道，知者或寡矣。方盛夏不雨，土石焦灼，地氣不升，鮮者以萎。彼小之爲坎井，大之爲溪若塡，又大之爲江流，其浩浩汨汨，源源混混，可挹而挈者，吾咸得而有之而無不足者。故吾四體雖未嘗有一時之休，而吾之圃恒未嘗有一時之病。且吾之治畦也，不騖於廣地，故水之注也恒易充；不棄於蕪穢，故物之生者恒易蕃。又時決壅蔽以導其生意，節淺深以敷其流澤，少之則燥，過之則洳。雞犬牛羊之放牧，卉木叢薄之蔽虧，凡所以病吾畦者，皆無有也，又何憊焉？」

劉子謝之曰：「異哉，子之爲也！不俯仰於桔槔之勞，不坐食於連筒之逸。其學灌也如學道，其治圃也如治生。推子之言，充子之志，以施於天下可也，又安在其爲隱乎？今而後，子雖欲隱，人將不能爲子隱矣。」於是子啓□然抱甕而起〔一〕，起而歌曰：「汲江水之瀏瀏兮，灌吾畦之幽幽。彼驕肆以安佚兮，曾不知富貴之爲憂。苟時乎其弗與兮，又孰知余志之所求。」

【校勘記】

〔一〕「□然」，康熙本作「欣然」。

乳犬説

予家畜乳犬將期年矣，遭亂攜之入山中，寓田家，有黄犬老且憊，乳犬常狎戲之，弗牾也。所居當山木叢薄間，日有狐貉、文貍畦町跧伏其下，伺雞鶩之間而攫之。黄犬習知其來，輒叫嘷狺狺，率乳犬循其迹而要逐之。他日，乳犬先覺，輒徑往，至有所獲，乃絶亢碎首，逆曳以歸。自是恒頷頷然有威怒意，至逐嚙過門者。人或賀予得獵犬，予甚異之。乃夜半有聲猝然過山下者，黄犬遽嘷之，且嘷且退，入竇中，猶潛嘷不已，蓋欲出而屢却者數四。予怪其憊而過怯也。獨乳犬跳躑叫嘷，若將尾之而窮其往者。久之，嘷聲不聞，呼之卒不返。明旦起視，見道上虎迹，過山腰百五十步外有餘嚙焉。衆曰：「嘻，斃於虎矣！」

劉子聞而歎曰：世固有不度德、不量力而妄肆吞噬，卒至喪其身而不悟者，與此犬何異？彼豈知其爲虎哉！而或者乃嗤詆老成遲鈍之多慮，則過矣。嗚呼，彼固將謂天下皆狐貉輩若邪？使當時一出即遇悍敵，有所憚而不敢肆，則望狐貉輩且跽跙審諦矣，況逐虎乎？然則致乳犬於死地者，非虎也，乃狐貉與文狸輩也。善柔之不可習欺也，如此哉！

鍾舉正字説

昔武山有隱君子曰鍾静春甫，以其子之始生當歲正月之三日也，爰取春秋之説，名以履端而字之曰舉正焉。他日，舉正年既四十矣，乃請其所以字之之説於予。予謂之曰：此春秋正紀之義也，故春秋首明必書，所以謹天時焉。其曰：「履端於始，敍則不愆；舉正于中，民則不惑。」其左氏之説歟？予不敢知，請置此而更其説。

夫正者，無偏黨反側之謂也。禮曰：「立必正方。」賈生曰：「見正人，聞正言，行正事。」於家人曰正位也，於三德曰正直也，於爲政曰正名也。正之爲義廣矣，亦顧其所以舉者何如耳。而舉之義有二焉。釋者謂：舉，稱也，動也，如孟子「舉百鈞」，如漢書「舉不如儀」之舉是也。又謂：舉，揚也，引也，如孟子「舉於海」、「舉於市」，如蒸民詩「民鮮克舉之」之舉是也。夫惟己之動能不違於正，而知所以脩其身，則人之舉斯亦不外於正，而知所以治其民矣。此爾字之説也，此予推而廣之，有不獨若爾先君假春秋之義之説而已也。

余與舉正同有志於學，又同歲，而生之月君實倍而先之，其日又加十嬴一焉。蓋生乎吾前者，固以兄視之，則因其問字之及也，余安得不推廣之，以致其愛助之云云哉？或曰：「端猶正也，故字之所命本於端。」是不然。正之義雖近於端，而端字又有始初之義，不止於正而已，謂之正，則固有以貫始終爲一致而自無不正矣。余故爲之，敬其名而重其字，使有以自正而不惑焉，庶亦有合於其先君之意哉。

蕭鼎子彝字説

彝與鼎同類也，而異用焉，用異也，而亦相資焉。古先聖王將有事于天地宗廟，於是乎有彝、鼎之器以致用，其尊且大可知矣。鼎有九，皆以之事烹飪。彝有六，皆以之事祼獻。然則烹飪以食而祼獻以鬯，彝列于上而鼎陳于下者也，而謂之相資焉，何也？蓋祭祀之禮，以彝定爲節而清酤行焉。彝定於鼎而鬯祼於彝，其相資以成禮者，豈不秩乎其有序哉？然彝尊而居上，備鳳蜼之飾，有文之道焉；鼎大而居下，極凝定之體，有質之道焉。君子法鼎之體以爲質，而所以充於内者無不盛也；體彝之飾以爲文，而所以施於外者無不章也。斯其爲盛德之歸矣。

盧溪蕭鼎字子彝，嘗請其説於予，予嘉其有志於學也，因爲推言古之所以爲彝爲鼎者，俾子彝觀以自考焉。子彝故名家子也，往年以州掾爲百夫長，總甲夫，從前監州達侯守城有勞勩。達侯死，子彝遁居山中有年矣。然余觀子彝之所以自持者甚大而重，則或者欲舉而進之於朝廷宗廟之上不難也。嗟乎，蕭君抱其器而自晦乎！吾懼子之器完且具，而用之不可以遂逃矣。易不云乎：「藏器於身，待時而動。」君子之道也。況有爾祖時庵之説在，君其歸而求之，則子爲蕭氏之令器矣。

蕭鵬舉字説

友人蕭翀字鵬舉，請其字説於余。余以爲名命於親，字立於友，古之道也。然字之於名，必相因以發其義。是故陸羽之字鴻漸，張翰之字季鷹，李翺之字習之，義之所取，尚矣。

今子之所以名翀字鵬舉，豈非有取於齊諧之説乎？齊諧志怪也，吾何以語子哉？雖然，嘗聞之矣：鵬，非鵬也，鯤之所化也，其飛而舉也，非徒舉也，風之積也。方天池之濱，游而爲鯤，其大也不知其幾千里矣，及其化而爲鵬，而南徙，背如泰山，翼若垂雲，其大又不知其幾千里也。使非積九萬里扶摇風摶而上之，幾何其不塌然委絶於泥沙間哉？夫翀者，上飛之謂，凡羽蟲之翼而飛者，無不引而欲上。子之親所以期望於子者，固將騫騫乎雲霄之表焉，宜字之義之有取於鵬之舉也。

詩不云乎：「鳶飛戾天。」又曰：「匪鶉匪鳶，翰飛戾天。」又曰：「鴥彼飛隼，其飛戾天。」夫鳶也，鶉也，隼也，皆飛而舉，舉而上者也，然皆未若鵬之能化而尤大者也。取天地間能化而大者以副子之名，則鵬之舉也，於翀其有幾乎？翀其静養以充其氣，積學以培其風，則其飛而舉也，可以絶雲霄、負青天、横四海、隘下土不難矣。若夫搶控於榆枋之下，躑躅於蓬蒿之間，不數仞而上，則其視凡翼而舉者，固猶遠矣，況於鵬乎？或者曰：「鵬及朋皆古之鳳字，故朋鳥象形，鳳之飛，羣鳥從之以萬數，故鵬字又爲朋黨之朋。」此字書之説也。翀其高舉覽德以瑞斯世，引善類而同升焉，又烏知鵬之不爲鳳哉？是或一説也，非齊諧也。子必有所擇矣。

塵外説

盈天地之間者，皆塵也。紛紛羃羃，汩汩渾渾，浮游糅雜，無方體之不周，無罅隙之可間，而人亦卒不能外之者。故外微塵不足以論天地，而天地之間亦未能有外微塵而自見者。斯固天地游塵之所乘，亦何莫而非塵也。塵之所充大矣，廣矣，夫人亦孰知夫塵之不可離哉？今夫坐暗室之内，見一隙之日，而塵之體已昭昭乎不可掩矣。至於具耳目坐乎高堂廣厦之上者，或未之見也。一扇之揮，拂然眯目，一帚之揚，焞然撲面，動之愈煩，則其變也愈甚，而非其至也。及起乎平原曠野之中，浩然勃鬱，與風勢相騰薄，至揚埃掘堁，衝穴振宇，上翳日月，旁伏光景，爲游龍，爲野馬，而塵之變動爲不可窮矣，果孰從其外以觀之哉！

吾嘗疑玄虚之間，太清之墟，去人爲甚遠，必有至人飛僊挾日月，吸沆瀣，乘清氣以行八極之表，而吾之未見焉。他日有清華曾鍊師者，玄冠野服，静坐一室，蓋能清心怡神，翛然與澹泊相遭，而悠然與高明共游，處乎轇轕之中，而常超乎壒埃之外，豈真所謂入火不熱而入水不濡者歟？予竊聞而異焉，方汩没乎塵之内者，故爲之説以質於鍊師，蓋亦有見夫天地之大於一隙之微者矣。其然乎？其不然乎？

錢佛説

吾州普覺寺有十八尊者，其塑像極厖偉，顧盼俯仰，奕奕有生氣。其始塑年月，人無有知者，或云將二百餘年矣。癸卯三月，東南亂兵聚泰和，有持刀行殿上戲，擊折尊者一臂者，臂墮地破碎，獲古錢數文，訝焉，乃更擊之，糜其軀，得錢數百千，十八尊無有完者。有三世佛居中，尤高大，併擊之，大獲銅錢而去，獨他佛以無錢得完。問之，寺僧云：「當合泥控摶時，有好事求福利者争施錢投泥中，因以綴其身，自頂及踵，無有無者，若曰多寶佛云爾。」

嗟乎，世以厚藏致禍者何以異此！使佛生存，猶將無所利於錢施，況木土偶乎？利之所在，雖土木偶猶不免於禍，而況於人乎？利之足以累其軀者如此，可不畏哉！

王氏子名字説

癸卯夏五月，余自南平來省伯兄子中於興國，主城西王氏，昆弟三人，伯曰皆春，仲曰如春，季曰庭春，皆青年雅質，尤好客，尤好教子讀書，余甚敬之。庭春有子四人。乃月之某日，其次子克忠始生男子，余舉酒賀庭春有抱孫之喜。君曰：「是不可以無名也，願因先生而命之，庶來者信而有徵焉。」

余以爲親之於子，未嘗不願其美且賢也。故子之賢，足以爲一家之瑞，出而仕，又賢焉，一國天下之瑞也。古今天下之瑞，莫有過於麟者，麟非徒瑞也，足不以履生蟲，踐生草，角不以抵，皆其仁也。仁爲五常之先，有純德焉，宜名之曰瑞麟，而字之曰仁甫。君其善視而慎教之，吾見其始於瑞家，終於瑞國，不難矣。抑始生三日而名命之，父責也，長而冠而字之，賓道也。余也竊忝衆賓之末，亦既僭名之矣，又安敢以斯子未及冠爲辭，而不預擬之以字哉？於是庭春拱而謝曰：「他日孺子有知，敢不敬佩先生之教？敢請説焉。」余不能辭，作王氏子瑞麟名字説。

楊氏二子字説

燕山左衛指揮僉事楊君德先，以其二子曰椿、曰椅者來見，且曰願有以字之也。夫子生而父命之名，長而冠也，賓命之字。字所以尊其名也，而必有義焉。則告之曰：

昔莊周謂大椿以八千歲爲春秋。椿，其木之壽者歟？請字之曰允年。衛詩曰：「椅桐梓漆，爰伐琴瑟。」椅，其材之良者歟？請字之曰允良。椿也務於德以將其壽，椅也力於學以充其良，斯無負而父所以命名之意矣。

德先敦禮而尚文，其家教固有素也。余不敏，請自附於賓祝之末，以所字之義書于簡而授之。

無邊説

歙江之陰，石潭之區，有喬林佳木，鬱積森勃，下臨清泚，上翳天日，有梵宇曰慈祐者宅其中，有上人曰無邊者居之。余數過焉，見其儀狀魁磊而質實，言語簡訥而真淳，温乎如光采之在璞而未啓，盎乎如聲音之在木而未振也。

嘗請余述其所以名之説，余未有以復之。他日又請焉，余不能辭，則因謂之曰：「天下之物衆矣，莫大於天地，莫小於毫毛，而具有中邊之位焉。故一匹之端曰邊幅，四國之極曰邊陲，中之外固有邊矣，而邊之外固又自有餘地也。夫爲邊而復有餘地焉，其爲邊也亦小矣。惟昔王者之有天下曰無外，而楚人之辭有曰無垠，蒙人之説又有所謂無涯者焉。涯也，垠也，外也，即邊之謂也。邊而至於無焉，斯極天下之大莫能載而與之凖矣。此吾儒之説也。上人其亦樂而願聞之乎？」曰：

「未也。」「然則子之説有所謂無量無際者，同乎？否乎？又有所謂虚空上下四維不可思議，有所謂充滿周遍大千三千恒河沙界，與夫日月繞須彌山八萬四千由旬，其説尤極宏博，則吾不得而知之矣。然世自邊之説立，乃有較物我、辨彼此、分内外者，上人寧有是哉？抑子之宗又有所謂食蜜之喻，將非特邊無也，雖中亦無也。上人之於名義，殆將無所於中邊乎？抑亦如前之所陳而卒亦莫之擬度乎？」

上人啞然笑曰：「止矣。」乃相與挹涼風，濯清泉，蔭嘉樹，兀兀以終日。蓋超然不知毫髮之爲小而天地之爲大也，而亦無所不在也。故於别也，書吾説以贈之。

龍非池字説

禾山黄淇之間有隱君子，讀書養真，厚自渟滀，澹然不求聞於世，自號曰非池翁。人或疑之，翁曰：「吾受姓命氏有異於人人，顧嘗聞人曰龍非池中物也，故托之以自名，而世之知我者蓋鮮矣。」他日，以余之尚友也，則謁而請申其説。余陋而寡聞，誠不足以知之，將何以爲翁言哉？如必欲言之，則請置此而更其説。

嗟夫，翁之命名也，其固矣夫！夫舉天下後世之得姓也衆矣，而莫不各有其自，或以地，或以邑，或以官，或以物，而其大者則固皆羲、農、黄帝神明之後也。今子之祖於龍也，其共工氏之勾龍歟？其夔龍之龍歟？抑御龍氏之後歟？氏皆不可知也。然吾聞論世尚論其德，德之脩否，世之盛衰也。卜盛衰者，以德不以姓，故命名者，亦係於德而不必係於姓。姓本乎初者也，其爲邑，爲官，爲物，有美，有惡，亦係乎其初之所值而非可以有擇也。則凡世之命名立字者，又豈必緣姓以立義哉？

翁以姓龍，而字曰非池，其爲泥也，不亦甚乎？抑君子托於物以媲其德者有之矣，豈必龍哉？夫池者，水之聚也，水不聚不足以成池，猶善不積不足以成德。水之聚不已，則池可使爲江，爲河，爲湖海，否則，終於池而已。善之積也不已，則衆人可使爲賢，爲聖，否則，卒爲衆人而已耳。子以非池自厲，必能不以沾沾然自濡於膚寸，拘拘焉自局於一方也，審矣。此固士君子之所當自致焉者也，又奚必本於龍而後然哉？

余辱與君同出於御龍氏，故不以淺陋自棄，輒推本姓氏之説，以正命名之義如此。既以復於翁，亦因以自規云。

仁山字説

清江傅嶽字仁山，倜儻佳士也。一日，來問其所爲字之説，久之未有以對也。他日，復與之相見于株林之下，固請畢其説，而余無以辭焉，則因指所見之山而告之曰：

子知夫山乎？其聳而爲峰，矗而爲巒，邃而爲谷，湧而爲泉者，山也。而草木生之，品類植焉。其微而爲庶草，爲荆榛，爲蘭茝芝朮，固無不美且遂矣。其大者爲筠竹，爲松柏，爲杞梓、楩柟、豫章，亦皆自其纖芒之荄、徑寸之根，充而放之，彌滿條達。或爲拱把，爲十圍，爲百尺之幹、千丈之標，與夫萬人之庇者也。此非仁而能若是乎？夫氣之鍾者莫如山，而山之發生類於仁。仁非徒生物而已也，出金石藥餌，可以濟生養，備材植爲宫室、舟楫、車乘、器皿，可以周民用，不仁而能之乎？又非徒周民用而已也。膚寸觸石，凝而爲雲，可以雨天下，回焦蘇枯，潤萬物而無所擇，故曰「天降時雨，山川出雲」，非仁固不能爾也，又豈徒興雨澤而已哉？天生賢哲，蓄秀于山，大道之行，可以兼天下。故甫申自嶽降，而尼父毓于尼山，説起傅巖，而巢、由隱于箕、潁。非山之靈秀以仁，又焉能生賢哲以幸天下後世哉？是山也，以生生爲心，而生生之效，至於茁草木、利器用、出雲雨、毓賢哲而不但已，其爲仁也不亦大矣哉？抑山之爲體，隆然而已、隆然而位乎？地者物也，物之功用猶若是，而況於人乎？君其静養以固其體，時動以推其用，即仁無往而不在矣，豈待外求哉？

仁山遽起謝曰：「大哉言乎！敬聞命矣，敢不佩服無斁？以無辱於所字。」

毁楊太伯公祠説

甲辰歲，鄉民有傳作殖神曰楊太伯公者。明年春，其祀大行，交境外數百十里無不祀者。詢其自，曰自贛，贛曰自廣南，其言支離幽詭，莫可徵狀。其始懼民之難己而弗從也，則爲易言以誘之曰：「毋煩以祠祀我，凡山趾水湄、林麓田畛間，皆我所樂止，第削木三尺爲主，書名號其上而椓楦之。祭用飯，或爲粔籹，牲有則薦，否則已。楮錢則罥置之而不焚。」時兵歉相仍，民皇皇焉懼無以爲生。又山虎四出，或傳神司虎者也。自是，畜猪犬羊牛者咸來禱。是秋，禾稼稍登，冬枯旱，麥無苗，入春得雨，苗始悉長，葊葊填阡陌間。民歡呼曰：「公嘗許麥大熟，信然！若等但爲鐵檜荷麥耳。」於是父老謀曰：「是能福我者，不可使暴露于風雨也。」乃爲之架木覆瓦而祠祀之。好事者加黝堊丹碧，至圖像衣冠車馬甚都。過者瞻之，赫如也。民一瓦一石不即赴功者，衆輒以虎來恐之，且曰：「若不欲飽食麥乎？」由是祠廟林立相望。

既四月，麥秀不實，獲則大損，民始疑駭。乃五月又不雨，螟螣時作，虎害不息，衆用咨嗟。則又相與謀曰：「昔者吾未嘗奉斯祀也，虎不入境，螟不傷稼，麥則時穫。今螟虎無麥，其新廟之所致歟？今三日不雨，禾則盡槁，盍改圖諸？」衆曰：「諾。」則相與復拜其里之故社，而要之曰：「吾農不知，妄祀以獲戾於爾神。神矜其悔罪，能不出三日雨，則當撤新廟以謝。」既三日，果大雨至，五日遂足。民相呼，盡起撤新廟而焚之。其嘗罹虎害者，至取其塑像鞭撲棄之。歲以大稔。

劉子聞而歎曰：甚矣，民之可畏也！持不根之見，冀非常之利，沾沾焉謂可朝種而夕獲也。彼豈知天道哉？古之教民稼穡，莫大於神農，莫聖於后稷，而雨暘災祥之懸於天者，猶不敢知，而況於後世之淫瞽乎？維時兵災雜揉，民無定志，彼野巫鄙夫，又巧爲昜辭，簧鼓其間，依乘訛言以假威竊食於亂世，亦可慨矣。不謂新祠之立既與旱併，及其毁撤，又適與雨會，遂使怒之歸牢不可逭，焚撤鞭撲之不置。名位之不可虚負也，如此哉！嗟夫！彼假天以誣民者固可醜矣，而世之僥倖解后以成功者，亦豈足以終恃哉？傳曰：「民至愚而神。」其真可歎也夫，其真可畏也夫！

羅用達字説 篇亡

録鬻婦説

歲乙巳，兵後大歉，民有鬻其妻於廬陵之蕭洲得五斗粟者。其夫持粟出門去數百步矣，其妻號而返之，謂曰：「本以凶歉不能兩全，又無別貲可脱急，故寧鬻身以相濟。今所得粟止五斗，計其間去食新之日尚遠也。食五斗粟既，能食新否乎？否則，若終死亡耳，奈何遽捐結髪之誼，而爲此痛割哉？聞永新比歲豐而饒粟，此去不百里，盍歸粟主人，與若俱行丐以求活？萬一得兩存以免於離析之患，不亦可乎？苟不幸而死，則偕死，況或者未必死乎？」乃泣謝主人，相攜而去。

劉子聞而歎曰：義哉，其妻之言也！夫夫婦，以義合者也。今其瀕於死亡而相棄，豈得已哉？遂至見粟不見妻，苟升斗以延旦夕，蓋無復有一日深長之慮者矣。使幸得食粟而不死，或盡食而死，皆未可知。然一食其粟，則終不得妻其妻者，必可知矣。兹其返粟而去也，或死或不死，概未可知。而詞嚴義正，婦則存焉，夫豈沁沁焉持旦夕命以自矜者哉？夫鬻身非義矣，自鬻以濟其夫焉可也？身鬻矣，而所事不能以終濟，則不如全身俟命之爲愈。此所以反覆權之而卒歸於正歟！

嗚呼！世無烈丈夫久矣，況婦人女子乎？彼食人之禄、儋人之爵者，固將謂一旦緩急可恃也。君父不幸而遭難，則雖若紀信之詐、董永之賣，宜有所不辭。今計不知出此，反乘危利菑，肆然委質於他人，乃謂昔者之禄不足以酬其勳，而方恨去之之不早者，顧此婦寧不大有靦哉？又或不能早斷以義，徒隱忍澳涊，失其身矣；他日乃不勝自悔，始謂不能忘情於故夫，如餅師之憶者，則亦何及哉？嗚呼！婦人，從人者也，一而已矣，彼饑饉死亡，何足計哉？故吾於蕭洲之婦，蓋深有感云。

王伯昂字説

戊申冬，余自廬陵王氏館中將歸南中，生有名高字伯昂者請曰：「昔幸以父師之命既冠而字矣，惟是不敏，從先生有年，而卒未能有以就於所造，先生不終棄，幸也。願賜之説以自勵焉。」予不能辭，則進而告之曰：

子嘗冠矣，聞加冠之祝辭已乎？其曰棄爾幼志，順爾成德，則欲德之成也，宜必慎於所字。今子之字曰伯昂，則父師之意，豈無所冀望於子哉？伯者，古五爵之一，而年之長者亦通謂之伯，故爵曰某侯某伯也，父之長曰伯父，兄之長曰伯兄。伯之若是乎貴且重也，而配之以昂之云，則固有所取矣。夫昂之文從日，取日之進而升者謂之昂，則君子之自脩也，必其偉然有尊嚴之望，超然有振拔之意而後可。夫豈奄奄然淪溺屏伏於污下之謂哉？子知伯之可尊，則知幼志之當棄矣，知昂之可尚，則知進德之當勉矣。其説孰有外於祝辭之云云哉？抑聞之，仰而高者昂之謂，俯之而低者昂之反也。盍觀諸權衡乎？此俯則彼昂，此昂則彼俯矣，勢不能以兩立，心不能以二用也。子其謹好尚以致卓其行，謹修習以致崇於學，則家之孝友，斯無忝於父兄，國之忠良，可無忝於爵命，斯其爲無愧於所字矣。必無愧於所字，然後爲君子之成德也。予歸矣，將日望子之所趨，以驗子之所至。其毋以予之言爲弗信也哉！

羅克浚字説

羅生名淵者，嘗請字於余。余既以克浚字之矣，則復跽而請其説，因告之曰：

夫淵者，水之積也。然必浚之愈深，則其積也愈厚。蓋有致其浚之之功，而不能造乎其極者有之矣，然未有不由於浚而能自致乎極者也。譬之渠焉，必疏之、滌之，然後水得以行而不壅也。譬之井焉，必淘之、汰之，然後水得以泄而不竭也。而況於淵乎？子誠日浚之而求以益深焉，則蛟龍可藏也，魚鼈可畜而大舟可載也。否則，潢枯潦縮，沙石湮滯，其不爲啼涔蛙坎者幾希，又奚淵之有哉？人之爲德，亦若是而已矣。啓之問學以浚其源，達之行事以浚其流；而又持之和敬以消融其渣滓，礪之謙勤以磨礲其圭角，擴之勇智以究極其底裏。信能然矣，德其有不成者乎？吾見子之所造，日泱泱乎其不可測矣。嗟乎，淵也其亦思所以致夫浚之之功也哉！

張彦實字説

里之仕族張氏，有生名鼎者，嘗字一舉矣。他日，予同年伯雲劉先生見之，以爲鼎而能舉之，則固不若反諸己有其實之爲愈也，況彦又爲士之美稱乎？盍更之曰彦實？且俾鼎來請其説。余以爲斯字之更也，實自吾伯雲甫，則欲聞其義，安得舍先生而他求哉？生固曰：「兹先生之命也。」余不敢辭，則告之曰：

易有之：「木上有火，鼎。」夫火上而木下，有烹飪之義，而奇耦相乘，有鼎器之象焉。下之初六，趾之象也。中之九二、三、四，鼎之中實，腹之象也。上之六五，耳之象也。又上之上九，鉉之象也。故初之出否吉，將有以承其實也，四之折足凶，懼有以喪其實也。黄耳之利，固所以主夫是器之實，而玉鉉之吉，又將有以舉是器之實焉。此鼎有實之所以爲吉，而不可以虚焉者也。是器也，備四海、九州、水土、百物之薦而不爲豐，極九牛之函而不爲侈。小而百姓日用之所資，大而聖人之所以大亨以養聖賢，殷薦以事天地上帝，夫孰非其實之所致哉？雖然，否惡不出，則誠善不能以獨存；持守不力，則公餗不能以終保。知誠善爲己德之實，則知公餗爲鼎器之實矣。生其孳孳焉，益務充積而保有之。知無之不可以爲有也，知虚之不可以爲盈也，則生爲美士之稱也幾矣。矧生明敏通裕，方力於問學，余安得不推極其重大而充積者，以相先生之意而成生之美哉？生歸，其毋以余之言而遂已乎。見先生，尚質而請益焉，當又有以語子。

平遠圖説

天下之理，惟平者能遠，而取類莫切與山與水焉。蓋嘗觀於水，其悍湍激浪，與風薄石鬬而上蹴雲日者，非平也，然其勢率不數十里止矣。又嘗觀於山，其奔崖竦嶂，走巘嶪而軋霄漢者，非平也，然其勢亦恒不數百十里止耳。惟中原曠陸，一轍萬里，長江鉅湖，千頃一碧，淵然之光，蒼然之色，極而望之，不見涯涘，一何遠哉！亦曰平而已矣。惟於人也亦然，其心平則無傾危之患，其氣平則無忿激之過，其行平則無躓跲之憂。此古聖賢君子之道，所以可行之終身，可放之四海，可建諸天地而不悖，百世俟聖人而不惑者，以此而已。彼矯亢拂戾，高自詭縱，以爲驚世駭俗之行者，固有之矣。然勉强於旦夕者，或不能持循於終身；扞格於目前者，必不能致惑於千里之外。亦奚益哉？

友人豫章祝君仁壽，别字平遠，爲人恂恂易直，與人交，久而益敬。其司驛西昌之浩溪逾三年矣，上賢而下悦之者如一日。宜其仕之方亨，猶行之駸駸乎其日遠也。好事者或爲山水平遠圖以寄意，余因推其義而廣之，使知是道不獨在山水間已也。

槎翁文集卷之四

書

與周伯寧書

楚再拜白伯寧知己兄足下：僕自知足下名以來不啻二十年，及見足下，與足下論詩文，又不啻十餘年矣。去年留湖上，辱過從數四，繼以賦詩言别，清標雅製，傾動名流，情之所施，殊覺過厚。然竊觀足下所以施於我者，恒若有知我者焉。兹夏事變，東西隔越，動定邈不相聞久之。聞足下家居無他，大以爲慰。

迺九月，有自豫章歸，謂楚已得除臨江教導來告者。楚不敢信，誠不知其所從來。既而傳者益衆，則憮然曰：噫，信然乎哉！彼上之人果何所見而取於予？予亦何以辱比於諸賢也？夫莫之致而至，則必有愛我者爲之先矣，究其端而未之得也。則凡愛我而爲之先者，將非足下其人乎？使誠非足下也，又豈非其間復有如足下之愛我者之爲之乎？夫貧之不如富也，辱之不如榮也，賤之不如貴且顯也，尚矣。足下豈惡我哉？然駑蹇之防蹶，必擬步而後行；禽鳥之畏人，必審視而後下。而況於士君子之出處乎？故君子之用是人，與夫人之自用其身也，必度德，必量力，必尚廉恥，必厚名檢，然後庶幾不疚不跲，而出處之義得矣。

若楚者，雖未敢自附於古人，而於古之人所行之道，竊亦與有聞焉。方五歲從祖父授書，已知大義。九歲能下筆爲詩文。十六歲能挾策爲童子師，即以忠信孝弟之道淑諸人。十九歲往豫章，從大人先生遊。廿一歲以來，凡三以詩經就試場屋。年三十有六，始預鄉貢，獲厠名於二十二人之列。惴惴焉誠不敢一日以忘其先訓而獲戾於古人者，亦將冀一日之用以自見，庶不至泯然而遂止也。奈何世變以來，郡邑蕩析，原野焦赭，林無定栖，使老父傾殞於驚危，偏親苟延於衰暮，門庭單落，晚得嗣息，資業凉薄，衣食艱難。伏居先廬，迄今三載。志氣荒惰，自分無庸。書翰不通於名卿，足迹不至於城府，庶幾息影幽寂，作苦食力，以任愚情。今奈何强之以任，委之以職，而加之以未嘗者也哉！

且楚之於仕有不可者三，有不能者四：父喪在淺土，未得歸殯，此不可一也。母老以無養，不得遠離，此不可二也。名職，國之大器，無其功與實而冒爲之，此不可三也。性疏簡，嗜酒，不善與人俯仰，此不能一也。久處草野，短衣芒屩，舉止粗俗，章甫縫掖不安於身體，此不能二也。舊學荒蕪，誦習亡失，設有問辨，何由資復，此不能三也。錢糧出入，昧於經紀，此不能四也。夫三者有一不可，猶將黜之，而況於三者備乎？四者有一不能，猶將棄之，而況於四者具乎？故忘親之人，不可與事君；棄禮之人，不可與爲治。今之用人者，亦何樂而取乎此也。夫知其不可而不爲，與知其不能而不爲者，理之至而情之真也。夫豈外拒於辭而内銜其欲哉？抑聞之，售碔砆而得善價，則美玉必不至其門；獻駑駘而獲厚賞，則良驥必不入其廄。若楚者，玉之碔砆而驥之駑駘也，誠不敢冒進以獲罪於天下之玉與驥。彼天下之玉與驥，皆非可以易而致之者也。誠於其所不易致者而致之，則連城之貴，將不以碔砆在列而自閟，千里之足，亦必不以駑駘載道而自却矣。苟謂今天下未必真有良驥、美玉，姑使雜進而並舉焉，是狹天下之大而欺伯樂、卞和矣，其可乎哉？

近會陳簿南上，艤舟於珠林灘下，相與問勞，憂虞浩歎終夕，且言足下所以念我者甚至。嗟夫，人之所以念我者，豈偶然哉？其有以念我者，必有以望我也，而吾何可以自絶於知己，乃隱而不自白也？因敢以言。見楊士弘、曠伯逵、常允恭諸君，幸併以示之。是諸君者，皆知我者也，故無隱焉。楚再拜白。

與王紹南

歲正月二十九日，西昌劉楚謹再拜奉書于紹南先生閣下：僕聞之，教人以忠者，必能不後於其君也；教人以孝者，必能不遺於其親也。又聞之，愛人之親者，人亦愛其親。則凡欲愛其親者，孰有加於愛人之親者乎？於是，楚之親今年七十有八矣，耳目昏瞶，齒牙摇落，又時時卧病牀蓐，未旦而先飢，未冬而先寒。而其子獨惓惓治先業以爲養，雖嘗舉於鄉而不偶於時，歲月云邁，親且老矣。遭世變故，業之涼薄無資者莫甚於儒，其心遑遑焉，恒恐其親之不給於甘旨也，乃去而學稼於珠林之下，歲耕田四三畝。又土地磽瘠，雨露不時，水旱相仍，不免於飢餒，其窮也亦甚矣。然終俛焉不敢愛於鉏耰錢鎛之勤，衝沐風雨，勞苦筋骨，不少休止。他日，治菽粟，爲肴蔬，具滫瀡以進也，吾親未嘗不樂而甘之，蓋其心亦甚不忍其子之貧且勞矣，而終不以世俗之所趨所慕者責其子。間不得已，出營朝夕，謀藥餌，則必計往返之期以俟其歸。若一日至于三日，三日不見而思焉，五日不見而憂且疑矣。以故寧偈促家居，不敢暫去膝下，雖城府數十里之近，猶或累月終歲不一至，而況欲遂棄之，以從事於數千百里之外哉？

去年冬，聞有宣徽院使嚴公者觀風江西，由吾州南上，凡垂髫之童、戴白之老，負瘡痍、抱呻吟者，莫不延頸駢足，俯伏瞻望於車音馬足間。而楚以所居遐僻，固未嘗一見。既而有來告者曰：「嚴宣徽已薦舉若干人，子亦列名其中矣。」余驚謝固陋，誠不足以得薦於公，而公亦未必肯輕於論薦。若楚者，田里之鄙人也，何士之名哉？毋亦傳者之過歟？久之，告者踵至，且曰：「行將趣子矣。」因自思曰：吾上之學問荒劣，不能作文章以黼黻皇猷，下之筋力脆弱，不能執干戈以扞衛社稷，其將何取其爲賢乎？且士之賢者必孝於其親，未聞有親不給於養若楚者可以爲賢也。假賢士之名，而欲去其親以徼一日之榮，得爲賢乎？況其親之老且病乎？方彷徨太息，莫知所措，而府帖荐下，州司臨門，逼迫就赴，若甚於得罪而逮治之爲者。使垂白之親驚愕惶懼，號呼頓踣，爲之寢不安席、食不下嚥者累日矣。因自歎且泣曰：「誠不意楚不肖而累其親以至於此也！」遂奔訴於州，陳辭於槓，乃再進再麾，抑使弗達，蓋惶惶乎無以爲歸。

夫富貴利達，人之所慕也；貧賤憂戚，人之所惡也。孰能棄其所慕而樂其所惡哉？此其情有甚不安者，誠以親之年日足可惜，而士之所守當論其重且大者。孟子不云乎：「事孰爲大？事親爲大。守孰爲大？守身爲大。」上之人所以求於下者，亦必取其重且大者耳。使大者無足觀，則其餘不足觀矣，曾有益於人之家國哉？夫祈父之怨，恒有感於尸饔；而四牡之作，尤不忘於將母。閣下以府公之尊，任豈弟之責，爲風化之紀。凡人子之道，宜在所必勸，孝弟之化，宜在所必敦，而微下之情，宜在所必達，毋使千里同風之治，而有侍養之子不得盡其情者。特賜矜憫，免使遠去，則斯道幸甚，治道幸甚。

與譚若驥

若驥掾郎執事：去秋從聶先生座中相見後，即同龍子原造所寓，值他出，獨與令弟若龍坐池亭上，對雨久之而去。時執事以方理省櫝，不暇於應接，而僕亦匆匆治歸，不克繼見，遂爾疏闊，動成隔歲。雖思慕懸切，屢欲奉狀而因循中止者，亦以無益於左右，不欲徒致也。伏諗執事出入會府，蔚爲時望，能使當道羅致幕下惟恐後，此豈旅進退於庸衆者哉？

州中去年之禍慘矣，吾黨之士以迂懦無力，又好事空言，昧於先幾，罹荼毒，有不忍言者。子姪輩至今淪落異域可念，余生依栖蓬礫間，猶凛焉有不安之色，將何以教之哉？

楚自去年辭王氏館歸先廬，力耕以謀養。值歲旱，私田絶寸穗之入，而離亂之餘，稱貸亦無所從資。歲終，又頻苦雨雪，閉門枯坐，烟不出庭户者累日。獨時時忍凍題字，從知己謀給朝夕，其窮亦甚矣。獨幸吾親從而安之，終不忍以世俗之所趨慕者責其子。推此志也，則雖饑餓不悔，况謂其慕榮達於所性之外者哉？

今春，聞省府徵求之文下，爲之驚走駭顧，莫知其由。直以楚未嘗有求出之意，薦者亦或過聽於人人，而不知楚之非才也。方束髮讀書時，固亦有志於功名矣，不幸幼志未抒，二親繼以傾逝。歲月逾邁，志氣消沮，悵然無以爲歸。而繼母亦病且老矣，獨勤勤奉菽水於艱難之際，以庶幾追酬前日無及之憾者。奈何世變多故，奔走轉徙不常，有兄弟又或旅食數百里外，而楚得子最晚，在襁褓，無益於緩急。以故志願在侍，不欲遠去，誠以老親方來之年日足可惜，而膝下倉卒扶持之不可以須臾後也。且遭亂以來，狎習村野，舊學荒廢，書册常不足於目，而賢者言復不聞於耳。故其言論卑鄙，不足以次於士夫；其筋力脆弱，不足以編於行伍。此豈能有分寸之益於今之時也哉？由是愈欲退伏草茅之下，而不敢少萌身外一日之計。此在他人或未能知，執事其必有以信之矣。

近者州司奉府檄起發赴省，當即以母老之故具呈于州，乞繳備申達，冀得矜免。而府司奉行惟謹，不聽情懇，一以推故虚調駁之，展轉催督，勢必受擾，進退狼狽，奈何，奈何！敬惟都事先生，今斯文之宗主而省府之喉衿也。執事實相與贊可否、治文書於其間，誠得不鄙其平素，一舉以轉聞焉，將必能哀其鳴而援之者。况先生仁人孝子之心，又知楚嘗切附於門生之末，必能不愛於一言者。故敢悉陳之，仍再拜扣者以請。

上熊提控

僕聞天下之事有似緩而實急、似輕而實重者，墳墓争訟之説是也，故士君子切所究心焉。自世降兵興以來，三綱淪矣，九法斁矣，弱肉强食，張頤鼓吻而吞噬者相望於道。至殺人之父兄，殘人之子弟，顧亦何所不有，然莫慘於墳墓之侵奪。何也？彼死者既不能以自白於世，而世方以輕且不急視之，故朽骨抱無涯之冤，而世道人心之變益可慨矣。夫祖宗不能自保其墳墓而付之後世子孫，以子孫能守之也，爲子孫而不能守，則非其子孫矣，尚何面目以食息於人世哉？

楚也有祖宗之故墓在雲亭萬山之間，自其十歲能行步以來，先人每提攜之往拜掃其下，指而示之：某山名某某也，某墳葬某某也。固嘗入乎耳、熟乎目而銘乎心矣。斯地也，蓋先世守之以遺先祖，先祖又守之以遺先人，先人又守之以遺於不肖。誠非自外至也，非掩而得之也。今一旦爲有力者侵而有之，得不舉首痛心，哀鳴疾呼，以告于當世之仁人君子？

敬惟閤下以相掾之尊，領方面之寄，凡民之有求而不得、有憤而不伸者，必閤下之是歸。而閤下仁足以植善，明足以燭奸，勇足以止暴，又粲粲乎其有文也，斷斷乎其有守也，是不能不忍於一草一木之疑傷者，而況於人之親乎？況於人之祖宗墳墓乎？故敢一哀鳴焉。

楚也年四十有四矣，其足迹未嘗入於公府，其名姓未嘗掛於訟牒，而遑遑焉惟墳墓之是訴焉，豈得已哉？誠不忍棄祖宗之藏，以負先人之托，不然，痛憤之極，寧有長號而自絕者矣。惟閤下不以爲緩且輕，一引手張目〔一〕，疾發而明斷之。名正分定，法施生人，恩及朽骨，世道幸甚。銜環結草，死生以之。再拜奉書，涕淚交隕，惟矜察幸甚！

【校勘記】

〔一〕「引手」，原作「引乎」，據康熙本改。

與聞長老

違別三載，豈勝瞻系。每清夢栩栩，未嘗不在跨牛松竹間也。前舍弟懋和來南京，從諗法體清勝，於大定光中坐閱人海風濤，而信向景從，願無不得，非慧福兼備，何以致此？

某自去冬往山東，今年四月始還部，六月末復有北平之命。驅馳靡遑，憂患益甚，思欲爐薰茗椀，以相從林下之一室，豈可得哉？聞無文今留三德，頗能經理，止庵從獲多助，亦法門幸事也。一如、子簡二上人近況何似？茶邊希道訊，未參侍，千冀珍重。

與陳心吾

僕記往年奉命嶺海，便道過家，辱先生顧念特深厚，所以誘掖奬諭之者，蓋異乎衆人之所以望我者矣。違遠以來，忽忽三載，循省高誼，惕然若驚。惟先生學碩能鉅，才名逾五十年，其膏馥之所沾溉多矣。是宜乘時際運以發舒其所未試，振耀其所未施，固吾黨之所屬望，亦先生所嘗自負而不遂已焉者也。往者嘗一被薦入承明矣，顧乃厚覆深潛，逡巡退避，諉以年邁，拂衣徑歸，遂使後生末學無所資籍者，得以攘袂奮臂於其間。吾一不知天之用材果何如也。若某者，切厚顏矣，敢不自訟？

比聞先生寓講江寺，從者雲集，鉅篇大軸，流播郡邑，雄聲俊彩，錡炳風雲。時時幅巾野服，翱翔山水間，門生兒子，攜扶後先，使人望而敬之，狎而愛之，豈天之於老成，固將留之以重鄉邑而幸後學者？不然，豈偶然之故哉？抑聞之，古之君子，其出也將有以行其志，其隱也亦將有以立其言。言非徒言也，視凡世之有美行者必揭而昭之，使昞昞焉如日星之著而不掩也，有隱德者必發而揚之，使烈烈焉如椒桂之芬而不悶也。居一鄉而使一鄉之善無所遺，居一邑一郡而使一邑一郡之善無所閟。又推而至于天下，而天下之善亦舉而不至於迷且闕焉，豈非君子之所務哉？抑言之所當務也大矣。今姑以吾一邑耳目之所及者言之：其山川、城池、邑居，與夫仕宦、爵里、名物之類，自前宋以來，具有志書。最後周文忠公亦嘗修之，其凡例固可考也，入元而遂廢。然八九十年之間，士之由科名躋顯達者固有之矣。

守節義、仗幽貞、治經術、攻文辭而抱材藝者，又豈無其人哉？以至山川靈異之顯晦，城市廨宇之廢興，官稱名數之因革，土産風俗之媺惡，若是乎其不一也，顧獨未有擱然操筆而書之者爾。況後乎宋季之紀録有所未備，其前之所常備者，自罹變以來，亦往往化爲灰燼、蕩爲泥滓而不可復識矣。昔武岡知事周天與與先君子嘗鋭然欲裒爲一代之書，不幸志不遂而亂作，未幾相繼淪没。若某雖竊有志，于今則驅馳羈絆於職役，固不能有所及矣。惟先生畜稽古之邃學，績經世之雄文，又嘗接聞先輩之言論，山林日長，齋閤清暇，幸推紀載之大筆，發而試之，則輯以成編，宜無辭讓。使于是而不亟思有以成之，則失之益遠，傳之愈訛，求之愈韄，文獻不足之嘆，千載之下將必有任其責者矣。惟先生其圖之。

某自去冬十二月往山東，今年四月還京，六月末有北平之命，八月二十一日到官。力微任重，無非惴惴憂懼之日，奈何，奈何！有可終教者，無吝批示一二，庶有警昏瞶而慰孤寂也。某再拜。

與王子與

自前年五月南昌妙濟之別，迨今三年。有里中來者，諗聞先生自辭榮以來，即杜門高居，堅拒來聘，足見介特有立，不混流俗，故如此。中嘗奉謬詩二首奉答，未審達否？今年六月，令弟子啓僉憲自任所赴京，偶嬰微恙，適相與左右，但惜不能久洽，旋復離違，豈勝悵怏！爾後平復，必膺新除矣，但未知何職何地耳。此時當必有家問，手足至情，宜勿過慮也。

某自去冬差往山東，今年四月還部，驅馳甫息，六月末旋復有北平之命。觸熱走三千餘里，以八月廿一日到官。抗顔側足，憂與愧并，任重力微，罔知攸濟。先生將何以振之？本司所轄八府僉事、經歷皆分巡，尚餘一道缺官，而區區以守司獨留。懵焉迂疏，百責交萃，日衮衮焉與胥吏較朱墨、程條法，惟故牘是理。高臺嚴邃，古柏森蔚，有烏鵲百千，旦暮翔集，喧聒不絶，儼然深山大林風雪中時景也。闃寂如此，其況可知，謾録以奉一笑。

令弟使眷還留桂林否？令郎伯貞必與之同去，相扶助也。以和、叔介近況如何？恐亦未可以久伏矣。因遣人省家之便，謹此奉訊，阻遠相見未涯，凡百爲斯文壽重。不具。

同前

僕嘗怪東漢光武時政教脩明，而杜季良以父喪致客，遂貽謗禍。及其末也，大盜興，黨錮作，而黄瓊之喪，天下會喪者至七千人，雖徐孺子不屑聘辟，而暴雞絮酒，無喪不赴。當時朝廷雖未嘗不以禮法嫉士，而士亦卒未聞以畏禍而遂止者，豈不以死喪人道之大，故弔問會送之禮有不得而遂廢也歟？今海内喪亂幾二十年，人罹愁苦，惴焉旦夕不自保，至不樂其生而易其死。由是鄉黨散而姻族離，文物喪而恩義弛，吉凶不講，慶弔不通，蓋未有甚於此時者矣。然嘗思士之所以立於天地間，能異於物而爲三綱五常之繫者，非禮乎？非義乎？於是而猶不得行焉，豈不可爲之長太息哉？

僕之先祖府君，實王氏之所自出，而區區與執事者，其行實相等，其道實相孚，其好愛又相篤，固非若行道之人適然相遇而强爲欣戚者也。然或終歲不相聞，或二三歲不一會，會輒爲時所牽格，非畏避於患難，則奔走於衣食，徒猝猝舉手相問勞，語出口未竟，而足已東西騖矣。每一念之，蓋未嘗不爲之惕然驚、赧然愧而汗下也。

有如執事，往者葬令先母於武山之東，今年葬令先府君於新山之陽。地之相去非甚遠也，而區區限以羈旅，沉滯僻遠，卒不得奔走匍匐，一引紼臨壙，以少效親友扶助之誼，則其去路人也幾希矣，乃猶靦焉以面目相視而爲人乎？嗟乎！昔固有忌之而卒莫能廢之者，今莫之或止也，奚而弗之行哉？於是愧於古人多矣。惟執事賢伯仲孝感果濟，克襄大事，孝道於是有終。雖人助之未容有未至，而天相之吉則無不順矣。僕俯念世故，慨其興嗟，輒省往事，以識吾過。秋暑尚熾，聚首何時？瞻望雲山，無任悽悚。

與蕭鵬舉

僕自八月十五日差出鎮江，十月十八日以計事暫還京。適江西糧長聽宣諭者至，首與吾兄以德及劉至善相見，問令叔自成翁何在，則云已出水西門外舟次矣，遂不得見。旋於子所處得所寄書物，皆到，甚感荷不忘也。但書面稱呼名數過多，未免涉於猥俗。度盛意必以爲不如此則不足以表愛敬之至，然政不必如此，但云職方劉君足矣。如必欲執禮如師弟子云者，則以先生易劉君止矣。又書辭情實尠而浮文勝，今朝廷更化，去華尚質，士風丕變，於凡名稱尤不可不慎。非獨名稱也，由此推之，何莫不然。足下通敏善學，宜日新所聞，而故習未盡掃除若此，甚可惜也。故特爲足下言之，足下幸毋怪其多事也。

僕以次日復往畢所委公□〔一〕，至三十日再還京，則聞里中諸人其午方登舟，亟遣人追之，已不及矣，可勝怏怏！別來思想日甚，未審前所屬嶺南雜稿，及泰先歸所附途中一二應酬等作，曾爲寫出否？今以德中行，又有舊稿一帙，皆近時改削略定者，附去，望爲淨過，足下試一觀省其先後得失是非何如也。倘後數年有益，復有所更定，則又當以勞足下，足下其慎毋以煩自憚也。自任職以來，因念吾儒平日讀書，類以錢穀、甲兵等事爲紙上浮談，一旦投之必用之地，置策不知縱橫，布武不知曲直，幾何其不敗且僨哉？重恩厚禄，何以報稱？僕每一思之，食未嘗下嚥，寢未嘗安枕，淚未嘗不瀝胸鬲而下也。足下其慎自愛，毋爲虚名所累。來春必緣倉役，有臨濠之行，此時相見，又當攄所欲言。二令弟與子相、舉善近況好否？併告道意。

【校勘記】

〔一〕「公□」，康熙本作「公務」。

同前

今夏令弟鵬南歸，同胡玉璋來别，區區嘗面致一二，自非與足下同休戚，則不敢出此苦語，未審渠能領略否。子所學録歸侍得請，此人生至樂而至難得者，到家必常相見，若區區此中動定，則彼能詳言之矣。

僕前後所録詩及書帙等項，殊累行李，前悉已遣回，托之吾弟子彦收貯，諒悉此意也。但怪前嶺南回時，嘗附去詩稿一束，今集中却不曾抄得，豈所寄未到耶？此須問之泰先，當或爲他所留下耳。

某自六月末有北平之行，奔走三千餘里，以八月廿一日到官。未幾，僉事、經歷分巡皆出，而區區以守司獨留，茫焉迂疏，百責叢萃，方日與胥吏較朱墨、程條法於故櫝間，其爲憂懼，不啻履冰而集木也。今本司官舍乃前元御史臺，高敞嚴邃，有古柏數十，長廊廣蔭，晝無人聲，惟烏鵲百千，旦暮翔集，喧聒不絶。每大風震呼，一雨即雪，蕭然深山大林中景也。悶悶中雖欲求一二知己少抒懷愫，不惟不暇，亦不敢，亦且不可得，惟日與庭下立卒數輩擁卷兀坐而已。少晚公退，即閉門顧影，一燈熒熒，夜必更盡乃就枕，至四鼓雞鳴，又亟披衣起視事。若是者率以爲常，終不敢以外任而少肆也。自惟年齒已及，髭鬢欲衰，覺精力猶不惛乏，此殆習性堅定而不侵於外物故耳。所幸者，省府中多有官書可以關看〔一〕。苦無好茶，又井水鹻鹵，煎之則味奪而色變。所食米即吾土所謂澀粟者，秔稻亦間有，然少鮮潔者。黍秫釀酒，香味大不如南。一冬苦無青菜，人家多醃藏鉼盎中以待乏。北來非惟物性不同，人之飲食嗜好亦殊，故調和烹飪之節，往往牴牾。而皂隸輩又本農家子，椎魯粗鈍，殊不解人意。嘗欲自爲之，則俯仰掇拾之餘，已不勝其勞矣，而又似非所當爲也。故每食輟，對案浩歎而已。

茲遣人歸省動定，欲候家人輩過此，未審能動否？想見費力也。足下此來，爲況佳否？度幹蠱之身，公私攸屬，知不能遠出，安得翩然過此，少聚數日，以傾瀉一二，少慰平生之知己哉？學文、舉善、存與、伯昂、元哲近況如何？令叔此山庚兄，令弟鵬南、鵬起諸賢友，煩一一道意。相見未涯，切希慎重。

【校勘記】

〔一〕「關看」，康熙本作「開看」。

與本泉兄

自曩歲過家，一拜而別，遽爾三載，其爲懷仰，要非筆墨之所能盡也。前在南京時，有自里中來者，言老兄捨近趨遠，一旦擕豫章，翩然復上湘、洛，豈有所迫而然耶？抑亦信美移人，雖暮年猶不足以少釋耶？昨來蹣跚，當復健步，人生無百年，況田園生殖周匝，二郎俱已成立，亦奚不足者，又何苦跋涉灘險，冒犯嵐瘴，而忍爲異鄉白首之旅人哉？

小弟無似，向來本無出意，此老兄所素知者，不意爲人推挽，不克自晦，遂竊禄于朝，兹已三年矣。今夏復有北平之命，量資揣分，其實踰涯，一介寒微，夢寐莫致。上惟聖恩之重，次念祖澤之遺，蓋五十餘年而適遭逢，四百餘年而有今日。晝夜循省，寢食靡忘，誠懼負荷弗勝，徒有以爲父兄鄉里之玷辱。故自承命以來，情悰日益乖，鬚髮日益衰，而憂患日益增，老兄將何以教之？自離南京且半年，而家問邈不可得，故亟遣人往候動定。至於行止，則又在家人輩籌之，此亦不敢必也。嫂嫂孺人概中外大小當各安好，令舅焕章父子近況何如？參侍未期，各希珍重。

與王高

僕聞之，去古遠，世類不如古。獨學者猶必有師。今市里三尺童稚至無賴也，及挾書册入學館，未嘗不如古人，北面摳衣請業考成，極卑陬恐懼之態，以聽其師之所爲。非惟童稚也，雖凡民一技一藝之微，亦必惟其師之是聽，而不敢有少戾焉。蓋得師則通，否則蔽；得師則明，否則昧。是道也，無貴賤、賢愚、少長，咸習師之所習，言師之所言，行師之所行，遑遑焉惟恐跬步之不逮而或後也，孜孜焉惟恐纖微之不竭而或隱也。下至欹劂之操、煅煉之攻，與夫鏝杇縫紩之執，不啻窮晝夜竭筋力以徇之。故爲子弟者，必求以齊其師，而師亦恒樂以成其子弟，他日業成而達矣，必號於人人曰：「某，吾之師也。」其師亦曰：「某，吾之弟子也。」是二者，恒相承而不相負。夫前所謂挾書策入學館，與凡一藝一技之習者，類皆閭閻騃稚之細民，固非若今之衣冠世族、顒然稱爲佳子弟者也。然彼或能爲而此不逮，彼方力趨而此或不屑，蓋甚可歎也。

今人或偶指斥百工下役之徒以擬諸人人，則怫然怒以爲辱，至從師學習乃反後之，豈不可怪哉？以僕在執事館中勸學辨疑，竊有師之名焉，辱尊君不以其不足師，命足下尊而師之，禮厚而意勤矣。自忝承以來，嘗慊然懼乏匱無以應執事一日之求者，奈之何待之甚至，望之甚深，而所以求之者，卒未有聞焉。何哉？譬之鍾鼓，其飾簴業摐然以立于執事之庭也有年矣，而弗擊弗考，吾見其徒爲鍾與鼓而已也。苟發而自鳴，將異而怪之，且誰能聽哉？夫言之而不吾聞也，意其必有甚樂聞者聞之也；導之而不吾從也，意其必有甚樂從者乘之也。如是，而僕不知退且辭焉，不幾於土木而尸素乎？師之道宜不若是也。彼且樂乎此，而我遽抑而奪之，强其所不樂者，吾見其殆戞戞乎難合矣。僕非不能黽勉食息，坐玩歲月，以徇執事之私。竊恐三尺童稚有笑于列，百工雜隸之徒有笑于傍，吾黨之士有譏于後，其將無所逃其罪矣。故以書告，吾子其試思之。

答劉天一

天一孝廉友兄足下：前承寄書，示以近著序文若干首，發而視之，則書辭有謙抑不自滿之意，而序述有馳騖不可窮之態，非善學而志於文，殆不能若是也。然竊怪足下不以示他人，而惓惓屬之於僕，僕亦何能爲足下損益哉？及會劉如玉座中，又辱示所爲令先府君行述一通，僕又知足下其於孝道能極意表顯若此。當時即欲爲足下少論白其所以，而就途匆迫，不得盡言，故且攜以俱往，俟他日更思之，當有復也。自後嘗一再讀，輒爲之泫然以悲，喟然以歎，而亦浩乎其有感也。何也？士不幸汨於科舉，迨學成，老矣，而卒無所就，又不幸有子連蚤喪，又不幸死客外，遭亂十有六年不得返殯，此宜何如其情哉？

竊嘗慨世之名爲人子者，平時待其親既無以異於常人矣，及不幸而死，方且汲汲焉計其所遺之奇贏以爲己計，而喪葬有不盡禮焉不恤也。其所謂賢者，則竭力於緇黄齋薦以誇靡其鄉人姻族，至其親之言貌志氣，已日遠而忘之矣。他日或有問焉，則懵然直視，不能舉一辭以對。此世教衰而倫誼薄，有不忍言者。今足下不死其親，獨能忍哀執筆，娓娓敍述之，又不卑不抗，情文實茂，辭氣悲惋，有足感動，要其平昔見聞得於家訓能不失墜者如此。夫既不遠數百里觸灘險，冒炎毒，負遺櫬以歸葬故里矣，又思求托文字以圖不朽如此者，則夫人有子如足下，所謂一不爲少矣，尚何憾哉？抑居憂而言不文，禮也，今則可以言而文矣。矧撰述先美，古人不廢，而近世先正亦有自狀其先世者，宜乎足下之善學而有述也。但其中所書有所未備、有所不必、有所可疑者四三條，請爲足下陳之：大凡書時、書地、書名氏、書官，皆宜謹而信。今於曾祖、曾祖所娶之姓氏則書，而名諱俱不書；府君卒之歲月書，而生之歲月與享年若干不書；府君卒之地則書，而歸葬之時日與今葬之地不書。此皆所未備也。府君既明經應舉，則傳註宜無不通矣，而謂其熟童子問、撫孤姝而教育之，足矣，又謂其初欲爲僧道，此不必書可也。又云上世爲漢校書郎向之後，此未有的據，恐難傳信。且向仕漢三十年，居列大夫，官爲宗正，嘗校書天禄閣矣，固非爲校書郎也。又云當五代時有爲鈐轄者仕吉，因家焉，府君其八世孫也。夫五代之時不論，即汴宋凡九帝，南宋又七帝，合三百餘年，迨今又百年矣，而劉氏乃僅八傳而已，此大可疑也。凡若此者，皆窒而不通，宜詳審書之，不然，宜爲疑辭，庶得古人傳信傳疑之意，而亦無損於孝道，故敢摭而商之。

嗟乎，文之述也難矣！惟言之於口而不跆，則筆之於書也爲有章，揣之於己順而安，則質於人也必達而可信，不爾，而欲以久傳無弊，豈不難哉？謹以所爲狀歸之足下而更正之。苟足下不以爲牾，則學之進也幾矣。其前所示序文則尚當具論，以少酬前書惓惓之意，固非徒以成足下孝慕之誠，亦將以助足下好古之志。

與高永齡

永齡司巡文兄足下：前以慕望深切，一來相見，乃辱不鄙，亟進而與之言，若素所交通者。無論學問，其襟度磊落，豈不出尋常萬萬哉？數日酣暢道德之醲，雋文字之腴，皆所未嘗有而樂於從聞者。及登舟別去，則又甚恨相見之不早而相去之若亟也。

日來爲況佳否？楚自別後，以二十日離萬安，二十二日抵家。每把卷對酒，徒悒悒重相念耳。妻姪本童騃無似，而仁人之心發於聞見，亟委重幣，俾之從師，推愛及焉。僕也拜賜侈矣，承貺竹木茅堂，或可畢力，感戢何量。兹發宋文鑑略及南豐文略各一册奉寄，看畢望即發回。外録先人墓銘、行狀呈似。前所許表文，知推愛之篤，必不靳也。思賢堂記，秋成後便當下手。此盛事要須我輩爲之，切不可因循付他人也。有便頻賜教，相望阻遠，晤言何期？切希慎重。

同前

永齡司巡高君執事：日者萬安孫生來，傳至執事所惠書一緘及詩一軸，得之，且驚且喜。誠以前此竊所願慕而不可得見者，乃今得其教言，併得其文字，讀之其爲慰懌，可勝道哉！竊觀執事所以貽教者，始以鄉先正之所樹立者啓之於前，中以鄉人之所嘗過稱者譽之於中，又以今日之可以出而仕者推挽之於後，勤勤懇懇，甚盛心，僕果何以辱此於執事也。惟先正諸公之文章事業，與夫操行節義遠矣。

僕雖不才，竊嘗從父兄長者與有聞焉，然才質庸下，未能以究所學。又蚤喪二親，遭罹世變。雖嘗一試有司，而時過後發，患難汩其心志，迄無所振，低佪窮鄉，祇益自悼，而不知年數之寖邁矣。兹幸際盛明，出塗炭，又安敢過自矜重以取異於人人乎？誠以凡今之出而仕者，將必有以任天下之事，而任天下之事者，宜必有以成天下之功，副當時之望而後已。若僕之庸陋繆戾，其於所仕，既非所素樂者，而於所用，且未嘗少試也，則又安敢肆然妄動，以取不才之譏而冒無恥之責哉？因自念夫人有尺寸之操，未有不願自效於所知者，苟所知不見答，猶將呼號以聞之，況今辱其求之之切而訪之之勤者乎？則所以低佪固避者，必有所不可而難於言者矣。昔孔子使漆雕開仕，以「吾斯之未能信」對。夫使之仕者在聖人，而信與未信在開，聖人亦安能盡知之哉？執事以爲士之際遇於今者亦已至矣，斯誠有如所云者，僕敢不再拜以受教？至謂無有後時之歎，則固非僕之所敢聞也。而又謂將必有所俟而後出，若安車蒲輪之爲者，則古人敬老尊賢之盛禮，又非所以施於僕矣。抑君子出處自有時命，而凡有所願望而安排者皆非也。若執事之積學廣問，能乘時以取功名，而文翰武略無施不達，固僕之所願學而求益者，而亦何敢以妄自擬躐哉？異時苟得淬頑鈍，飭固陋，或勉效分寸，以追蹤超軼之末，而希光遐遠之下，則仕似未晚也。相望不得即相見，故敢以書復，惟執事其終教之。

與祝仁壽

仁壽驛丞契兄閤下：日前率易進見，極辱傾接，連日坐春風中，使人不覺酣飫。而周旋款曲，言議風度，各極情致，信人品固自殊也。臨别有贈，尤重慚悚。後聞使舟下淘金，旋復西上，何匆匆爾邪？蓬軒記文已略就稿，嗣當録上，但恐疏淺無能發揮耳。謝子良近承發人相候過彼，偶以事不及往，此必老兄饒舌所致。顧無庸之人，果何以辱於朋友哉？因筆謾及。子啓自有書相奉，故輒草此敍謝，併致近況之候。未間，惟加愛，以前光大。不宣。

答郭慶守

僕聞之，古之所謂知己者，惟管子、鮑叔而已矣。夫管子之所爲，舉朝之人不之知之，而惟鮑叔知之；非惟舉朝之人不之知之，雖舉齊國之人亦不之知之，則當時之知管仲者何少，而不知管仲者何多也。夫共賈而分利自多，非誠貪乎？謀事而窮困，非誠愚乎？三戰而三走，非誠怯乎？此人之知管仲者也。然而爲貧也，爲時也，爲有老母也，非鮑叔其孰能知之哉？管仲既未嘗自言所以然，鮑叔獨探其情而言之，在當時之人，其不以鮑叔爲佞而阿附於仲者寡矣。及其後策魚鹽之利，修農工之政，而國無不富也；九合諸侯，不以兵車而謀無不得也；進兵楚陘，仗義執言，而勇無不勝也。然後鮑叔之言爲正而有信，而管仲卒爲齊霸功臣。使非鮑叔有以知之，則管仲毁於貧，敗於不利，而喪於怯也久矣，豈復能少見一日之長於後來也哉？故古人之知己，必論其遠者大者類如此。今則不然，棄置大端，習翫細娱，睢盱腆腮，互相推上，以同其好者爲知己，其不同者非之，其亦異乎古之知己矣。況足下所以稱道而歎惋於僕者，固又非古人之所先急者哉？

夫書以記姓名，詩以咏情性，文以道古今。凡具手口習簡翰而稍知義理者，孰不能爲，亦孰不能言也？而各有其道焉，其道固未嘗不同，而亦焉能以盡同哉？譬之人之面焉，其横目豎鼻皆然也，其笑語食飲亦皆然也。今不取其同然者，乃遽欲以己之肥而廢彼之瘠，又欲以己之黔而譏夫人之皙也，不亦難哉？此不足較也。在我固不當以彼之毁譽爲憂喜矣，況又欲因之以重足下之憤怒哉？昔人有飲而醉于室者，行道之人過而見之，以爲己之醒也，羣聚而罵之。其受罵者弗覺也，而傍聞者怒焉，亦何以異於此哉？甚荷足下愛助之至，僕非敢以此少足下也，誠懼足下好善嫉惡之心過重，或反爲其所動，而不能以堅所守也，故敢以言焉。抑君子知己之辱將有大於是者，又不直若管仲之於財、之於謀、之於戰而已也。自今以往，其進退可否，則誠有望於足下矣。足下其將爲鮑叔乎？楚也敢不知所勉哉？

足下明敏周慎，蚤得明師，又善與人交。其學日進，如草木甹枿之滋長，而人莫之覺也；其德日修，如江河波瀾之方漲，而人莫之知也。乃猶慊慊然以四十未聞道而見惡於人爲可愧可感，且又欲以僕爲師法，此不自滿足而過爲謙抑以推夫人者也，豈楚之所能當哉？僕今年四十有九矣，而行不見信於人，學無成於己，徒有以來讒謗之口，若足下所云云者，其感與愧又豈不浮於足下哉？抑聞之，文中子云：「止謗莫如自修。」又曰：「何以止謗？曰勿辯。」此古人處己之成法也。既以自勉，仍不敢辯，惟足下其少安而圖之。若所喻高文，則不及見，恐不曾將來，尚冀終示也。楚再拜。

與歐陽仲元

仲元茂宰年兄閤下：別去五年，相望益遠，中間音問，闊焉弗修，寔以無庸之人不欲以無益之字瀆聽，固非敢慢也。每睹家書，屢辱垂問，感荷，感荷！中諗望重中州，政成二邑，藹然流譽於荆、揚、齊、魯之區，信有學有用與時偕行者也。承聞專人遠候令郎淮過彼讀書，此舉大當，大當！但當暑跋涉，不無艱畏，然淮雖年小，稍亦諳慣，可無慮也。及見所與令郎帖，讀之有衮衮之文，有郯郯之氣，快哉其能言也！敢不斂衽敬歎？

僕屏居如昨，無足貽念。自閑懶之餘，才力單薄，不能少有益於朋友之緩急，愧負多矣。舍弟子彦，近二月間爲贛府起發至京，迨今未有消息。自餘州中朋友出處皆如常度，令郎必能詳言之，故不贅及。阻遠相見未涯，凡百爲遠業自重。

與張炳文

炳文徵君足下：去年正月辱過從田間，幸得接見，而猝猝往來，未饜文字之樂，良重快悒。今年春，蒙寄書問及所撰詩文一帙。書詞委曲懇至，敍情宣志，悼往慨昔，亦惟感念出處之難裁，合并之不易，而過望鄙陋之不暇耳。甚盛心，僕何以得此，亦何敢當此也。方思所以復命而未得，乃夏五月，又辱遠來，僕適以他出，不得迎候，及相見邑中，辱所以屬望者愈切而愈深。足下好德尚友之意厚矣，而不知僕之非才也，是猶責春華於枯朽之植，覬夜光於瓦礫之遺，不亦難哉？

僕也自少好學古人爲文章，蓋竊有志。不幸中罹多故，其英鋭邁往之氣，固已消沮摧伏於艱難困辱之餘，精神已汩乎其無營，言語已汩乎其無味矣，而況於所謂文字者哉？切觀足下之文，知足下新功所到，又迥非曩時所見聞者。其間如復姓辨則婉而斷，中平山記則潔而峻，其餘磊落成章，不愧作者。詩則長短句類不如律，而律又不如絶，然皆致思清遠而製調高古，其進而底于成，蓋未可涯也。僕覽誦再四，方爲之讚慕稱道不暇，而足下乃惓惓欲僕爲之一言，僕何敢爾哉？譬猶惰農睹稼穡於大田之腴，拙工見短矱於廣厦之構，愧汗奔走之不給，尚何容喙？前承索書干文，勉强塞命，誠志荒手鈍，不自知其不可也。念疊勤渠，無以報盛意，輒少白所慊，侑高文以歸，惟鑒之亮之，幸幸。

與李提舉

提舉相公希蘧先生閤下：前三年，楚客廬陵之流江時，閤下適留禾川城中，嘗冒昧一頁書以自通於閤下，不謂將書者至禾川，而閤下暫歸湖南。中間展轉遞附，遂致沉逸，使區區求通之心卒不得以少白，則又未嘗不自悔恨，以爲當時不克躬修請謁而至此。將欲更録以呈，又恐復貽前失，以故止之，卒隱忍抱蓄，以至于今，其惓惓蓋非徒然也。

今年夏，始聞閤下留上麓，而僕以七月間先後改厝先人、先妣於山中，奔涉深峻，抵冒炎暑，遂遘寒瘧，久而未瘥。既而聞從者過流江，亟奔走求見，而單衣就道，沾觸風雨，舊疾復作，遂爾羈阻，良可慨也。抑前書云云者，固將求以自通耳，今則幸拜庭下，瞻見顔色，故願竊有請焉。

僕聞之，太上立德，其次立功，其次立言。而立言者，非立德、立功之君子，則言有不徒立者矣。夫言之立也難矣，發之於當時，施之於天下，傳之於後世，而無不信其爲言也，非藹乎仁義之發，必確乎是非之公者也。以故天下之士，恒視其言以爲法，而凡世之孝子順孫，思欲表顯其親，而勢卑力微無自發明者，則亦必有以籍賴憑托於言語文字之間，以致不朽。夫賤之不可使貴也，貧之不可使富也，死之不可復生也，固也。而一言之立，有可以貴，可以富，可以不死者焉。此非發潛德之幽光而操天下後世人物之權衡者，何能以與於此？僕之先人，山林一貧士耳，而拙於奔競，勇於自信，雖湛浮鄉里若無以自異，而操守恒凛然不可奪，雖呻吟佔僤若無以自見，而所蓄積蓋淵乎其莫窺。又事先孝，與人忠，而敦俗急義，老而不勌。

不幸蚤不遂於科名，晚弗就於著述，而年不待志，時與亂逢，有足悲者。其子又譾劣庸下，不能自奮拔，趨時好，取禄位，以爲前人光顯。顧其平生，豈無一言片善可以自見者，於是而又不知求所以譔述焉。是遏佚前光而重其泯泯也，可勝痛哉！

敬惟先生學足以追古人，文章足以名後世，粹然抱至美而無所虧挫，屹然貫四時而不改柯易葉，蓋昆岡燬餘之璞玉〔一〕，而鄧林雪後之杞柏也。又能不愛末論以獎進士類，不惜餘風以嘘振枯槁，則雖其平生不以毁譽爲欣戚者，亦將顒顒然有所屬望焉。惟是先人没且十有六年，而今年始克更葬。十六年之間，豈無赫赫當路可徵一言者，然求其人如前所云，則未之見也。故與之言或不能見信，而其所言又若不足以信於人人者，故寧閔閔焉歷歲時，企聲光，忍死跋涉，以有請於左右也。昔吾十世從祖德慶府君，忠簡胡公爲之誌，十一世從祖常德府君，文忠周公爲之銘，今其文録于家乘者，固炳炳然與金石争輝而不泯也。先生倘哀憐之，賜之一言，則先人草野之名，將托先生之文以不朽，而先生之文，亦將與忠簡、文忠並傳於無窮矣。情至事繁，不勝惶恐。謹録前武岡知事周天與所爲行狀一首、輓詩十一首，及前翰林待制楊景行所爲先德録序一首，并録前所附獻書一首，通爲一帙，隨書呈上，惟采擇。幸甚！

【校勘記】

〔一〕「昆罔」，原作「昆罔」，據康熙本改。

慰鍾應龍

闊别數年，可勝懷企。仰惟令先君東巖先生蚤承家學，晚罹世艱，名宗衣冠，屹然巨碩。凡所以事親取友，蓋未嘗不極其終始隆篤之意，詎圖雀角之訛，竟致雞識之禍。聞訃悠邈，且信且疑，怛焉感傷，繼以零涕。念先人數世交友之契，而不能效凡民一日匍匐之情，既重慘悲，良切愧悚。諒惟孝心純至，哀痛奈何！罔極奈何！尚惟抑哀以敬襄事，則顯揚方來，寔願賴焉。謹奉慰不次。

槎翁文集卷之五

記

三友亭記

立雪蕭煉師於道院之西偏種竹數竿，植松、梅各一本，因隙地爲亭以居之，銘曰「三友」，將以友乎此三者也。余嘗過之，見師幅巾氅衣宴處其間，顧盼左右，入主出賓，欣乎若自得所友者。或者乃不察，徒聞而笑之，豈知道哉？夫苟能虚己以待之，擇善以從之，則天下皆吾友也。非獨人也，天下之物亦何莫而非吾友也。古之人友一鄉之善士，推而至於一國與天下，則友亦何常之有哉？師學老氏者也，棲迹深密以同物之化，游心高明以觀物之妙，則其於三友也，取之必端矣。使誠於竹而得含虚守中之義，於松而得葆貞抱樸之義，於梅而得尚素毓和之義，則凡老氏之所以爲説者，類於此焉觀之，庶幾乎不言之教、無爲之益矣，又豈徒羨於外而忘其中者哉？

它日，偕歐陽仲元、羅君子理訪師於斯亭之上，相與微吟緩觴，弦白雪而歌清風，但覺清者可挹，芳者可襲而高者可仰也。余爲之斂容降心而竦然加敬，蓋不獨慶煉師之得友，而又幸余之寡陋者因煉師而亦得以友其友也。傳不云乎「不知其人視其友」，於煉師信之矣。是爲記。

魁字大旗記

魁旗非古也，士試藝而獲儁焉，好事者設之以旌於其門者也。名魁者何？按説文：魁即首也，北斗前四星爲魁，故士以榮膺首選者因謂之魁。獲儁非魁也，而亦云者，好事者侈而謂之也。其織無定文，大小長短無定制，而其色必用正黄，非自重也，重其將登名於天子，天子受而拜焉者也。

西昌由趙宋來科目得人爲盛，皇元科興而中廢，繼而復興，而世變作矣。自延祐甲寅故翰林待制楊公景行首登甲第，丁巳陳陽鳳繼之，至治癸亥蕭雲龍、白雲瑞、楊升雲又繼之，天曆己巳曾貫繼之，迄至順壬申曾貫再貢，二十九年之間〔一〕，登名者五人焉。至順乙亥科廢，至正辛巳復興，而小更其制，歷三科爲庚寅，而楊植始中副榜。癸巳，蕭諶繼之。丙申，楚與歐陽銘始獲正薦，蓋科復又十六年矣。

先時捷于報者率用黄紙爲小旗，倩人書「魁」字走致其門，綴葺滅裂，旋壞於風雨。聞昔陳陽鳳得解時，獨樹陳氏世科旗於庭下，蓋其家故物也。當科復之六年，里人龍焕仲章嘗慨然歎曰：「吾州素稱多士，科復久矣，乃未有褎然舉首，何也？有則我當裂魁旗以榮侈之。」衆曰：「士氣萎薾甚矣，不可無以作興之者，盍力成之？」君即市帛，命工練製。聞廬陵倫魁堂木壁刻大魁字，爲故宋狀元文信公所書，遣人模畫以歸。乃取帛斷爲三丈二尺者十二幅，攢貫爲身，中鏤青帛爲魁字，上規紅帛爲星文，其首别用通帛二幅爲旒，長二丈有咫，牙鬛襂然。其首幅之上端列爲紐繫二十有四，乃外爲長繩係竿首，而引繩循屬于紐間以注于旗之末，使得牽制之。總用帛若干匹，以丈計之若干，用工凡若干日。旗成，藏于龍氏。

越四年，始得楊植，衆欣然舉旗周行市中。時監州達理馬識禮政尚嚴肅，不以辭色假士民，聞鼓吹喧甚，召入奬勞之，見魁旗侈張而聚觀者衆，因戒曰：「此學校盛事，盍樹之靈星門外？張三日而斂之，毋褻易也。」自是旗藏於學宫。壬辰寇亂，有欲私没之者，既獲免，乃復以歸龍氏。癸巳得蕭諶，諶以客外不及設。至是余二人者竊忝，乃九月十三日，復出諸龍氏而張設之。時歐陽銘留龍興未歸，衆舉旗及門賀其母而退。然後過余珠林，士友來會者五十三人，鳴鼓樂，執觴豆，及舉旗曳旃而從者又五十有六人。由州學出南門，聯舟渡江，長洲大風，飄揚婷婀，兩岸聚觀者以千萬計。時江西參政全公總兵自贛下駐快閣，與使客將校臨觀而嗟異之。留江南父老言：「自爲兒時聞長者言張狀元時有魁旗渡江來，今乃復見也。」旗至，留余門者七日。鄉鄰喜助之至，先立高柱於壠上，乃以長索維旗竿斜置柱尾，東西俯仰，隨風而旋，人望而偉之。時周本性由吉水來報捷，自攜魁字小旗併樹其傍。周云：「此大旗予吉水所未有也。」已，乃復歸于龍。它日，有欲序書延祐以來登貢姓名其上，而未果也。戊戌，龍興陷。又明年庚子，安成兵入邑，魁旗乃亡于盜。

嗟夫！干旟在郊，見賢禮盛，宅里之表，風聲樹焉，而況科第之儀文所存，太平之盛觀所係，其作興鼓舞之機深矣，宜君子有所不廢也。抑士之所以自表異於天下，固有大忠大節，如往時書魁字於廬陵齋壁者，世或未之思也，於旗之有無乎何居？而旗之始作則不可以不書，書之，異其事也，亦以彰龍氏之好德也。旗亡而後書者，懼其終逸也，亦使後之作者有所興感於斯文也。

【校勘記】

〔一〕「二十九」，當作「一十九」。按，延祐甲寅年至至順壬申年共一十九年。

遊武山記

歲庚子三月既望，余絶江而北，將取道武山，過南溪訪蕭翀氏。未行，會寧都謝可用、廖伯容自郡城來，因與曾元友、歐陽仲元會飲于快閣，約明日共遊山中，且遣人先往南溪，告以後日當會雲峰寺。

至旦，余拉諸君就道，適余弟埜亦來會。時天色忽翳翳陰作，出西門，雨數點如洒，過文溪，雨竟作。衆欲遂休，或者曰：「雨且旋止，盍遂往乎？」乃擁蓋扶行。出匡村，雨脚益繁，望武山不可見。諸君竭蹷泥潦中，有大呼欲返者，有强挾以遂前者，有悔咎其初不遂止者，有歎者，有愠者。道左有泰清道院，咸入而避息焉。日嚮暮，雨不可止，可用、元友、仲元與予弟埜四人者，奮然攝衣辭謝先返。余不能挽也，因謂伯容曰：「諸君逝矣，如雲峰約何？吾與若今夕第留宿于此，明日登山決矣。」

比旦，雨果止。余與伯容冥行霧中。院有方士胡性元者先之，晨氣凝蒸，衣袂鬢髮如沐。登高丘，遥見武山南角掀露雲氣勃勃然解駁而北〔一〕，且前且望，色喜而心動。過金華紫霄宫，有陳允寧者，聞余來遊山也，欣然躡屩以從。乃徑沓隴取道田陌間，望山之東南以趨。延緣遮登，陂陀稠疊，林迴谷轉，雲豁天朗，而是山已屹然吾前矣。少進，緣田脊蟻行虵趨，傴僂跼蹐，仰見其上若有土垣者，性元云：「此古所謂下寨者也。」其下爲龍王洞，洞之左踰垣以躋，忽叢薄間聞笑語聲，則翀與端數子者果由雲峰至矣。翀首問同遊者安在，余告以其故，爲悵然久之。乃追道雞冠石，由西華門入佑仙觀，浮丘、王、郭三僊祀焉。廣庭敞虚，連岡石翼，大江横陳，境勢宏曠可望。觀後有鉅松數百株。北行數百步，其地平衍，爲白雲庵。庵壁舊有福寧劉府君題詩，今庵遷于佑僊之側，廢址宛然。其前爲東園，或言中有僊人迹石，有棋盤石，皆叢棘蒙密不可見。道左高阜下即古臨溪寺故址，有方石脩直尋丈，偃閣山半，曰衣籠石。石左復有巨石，中剖三之一，若截肪然，離而不仆，曰試劍石。循嶺稍北，有石室爲北巖，巖穴嵌空，有泉溜濺注其中，可容數十人。有古石像若大士者，故又名觀音巖，或傳古陶、皮二僊人脩煉之所也。出巖左數步，仰視片石，鋭若衝牙，側出崖表，曰禮斗石。路極陡，又陰泉沮洳，前人仰面不得上，後人側足不能退。有道童蕭禹珪者，年最少，攀緣先登，引衆客次第以進，若魚貫然。既登，稍躡瞰石上，俯臨不測，足蹜蹜戰掉不敢注視云。山下人禱旱者，夜篝燈跽拜其上，望斗間有光輒下山，則雨隨至矣。

又循山陰上陟絶頂，曰武婆岡，世傳爲武姥飛昇之所。山崦間爲仰天湖。又折西行兩山間，將過梵雲庵，見傍有鑿石除地町町者，云昔人避亂所居，其邊崖皆築以亂石，所謂上寨者是也。

又稍出山坳，有石甃深廣可三四尺，泉瀦其中，曰陶皮丹井，雨旱不加縮，飲之甘洌，可以已疾。傍疏小溝，循山勢以遞注于梵雲庵之厨。庵面勢幽阻，負奥挹深，羣峰犬牙，若環壁壘，舊有板刻宋江淮運使張汝賢及松菊老人劉敏求詩。前有山茶、古梅二株，每春冬時，霞披雪翻，縞炫山谷，人疑其僊境云。循庵右數十步，出風門口，爲西巖，下爲虎穴，皆石壁巉空，下臨險絶，不可登降。草間有石虎、石龜贔負蹲踞之狀，可指而見也。

日既暮，將過雲峰不果，乃復經仰天湖，由東南下崇阪，返于佑僊，已鳴鍾見燭矣。道士胡雲山飲客松樓下，有獻山菌者，大如斗，白如雪，輪囷肥脆，煮食之甘甚。夜半就寢，月色斜界窗紙，松風號呼如虎，余不能寢也。

晨起，出西華門而右，將過雲峰，出瞰龍洞，洞有片石，方廣八九尺，路經其上，若石梁然，險滑幾不能度。同遊者先過南巖，余獨與數客分路下釣臺石，望真珠泉並釣臺以西，上出山平〔二〕，復與諸客會于雲峰寺之後。有石徑縈迴數百步，可傍通而入，楓柯株櫟，交雜羅蔭，下有亂石，壘磴如魚鱗，時見紅葉間錯如綉。僧名覺生者，踉蹌出揖客。拾級先登，首至一小亭，聞欄檻間泉錚錚金玉聲，已爽然如滌。稍入畫廳，又北躋層閣，觀流泉。或陶甓爲螭吻置山半，引泉出吻中，承以刳竹建入池中，潛行出亭左注焉，瀦爲兩窪，高下殊區，飲濯異需。有小魚濈濈，時出石間。其亭閣深靚，極可遊息，結絡參布，因地勢爲向背。右折南爲正殿，廊左有宋景定間重脩寺碑，撰文者國子監簿陳年，書丹者故衡州通判劉奎，余六世伯祖也。通判未嘗爲□州〔三〕，而此云某州者，恐誤耳。載寺建於唐延和間，有曉了禪師能伏虎者，嘗駐錫而去。寺基凡一再易而始定于此，理或然也。

循廊出山門，坐覽平曠，見贛水紆折，若擲練而下，金涵玉映，光入庭宇。其外則萬安焦原，與州西東浪川諸峰青出天際，邈若一髮，而牛吼粤臺，層岡鉅石，跧伏如兕。簸弄烟濤，控帶洲渚，風帆雲鳥，景態畢陳，其高聳宏曠如佑僊而又過之。余爲之久坐而不能去，以爲奇觀將盡於是矣。覺生曰：「辱諸君幸臨，當爲作茗供。」乃復導客出山門，折而左，上山後獅子峰，觀補陀巖。巖石特立數丈，嵌頂而峭趾，有方石横壓其上，爲石鼓，或名爲飛來石。石前爲觀音閣故基，其陰皆巨石聯絡相亞。稍東數十步，有崖壁峭立，前可憩三四人，曰屏風石，嘗夜半崩墜山下，如轉雷，聲聞數里，今猶偃閣地上，呀若陶穴。又並崖而東，得石洞，爲出水巖，巖左石泐而虚，有泉涓然滲于地中，不見其出，蓋泉源也。覽竟，復出補陀後西度嶺脊，上虎鼻峰。峰頂有黑石百千叢植其上，鋒芒嶄然，若卓巨筆，蓋是山西南之最高而秀絶者。

乃由峰北循故道，過西華，下筆巖，望南溪以歸。至山半，過高明壇，躋石徑而入。屋數楹，極清整，藤蔓翳蔚，深不見人，有髯髾童子摘園茶獻焉。出壇下又數百步，有窞伏于地中，云有石房，名十八間。始循一門而入，甚狹，其迴曲次第廣狹不等，土人常持火絙索而入，云每間各有窗穴，上透天光。見石床具在，然人不能常至也。又西北過天寶壇，飲潭道士酒。諸客醉歸，争戴杜鵑花，行歌松林間。暮抵山下之臨溪寺而休焉。

𦙍謂兹遊不可以無述。余以爲神僊修煉飛解之説，江南山水之窟，往往有之，其傳訛傅會，要皆不足辨。竊自歎生長是州幾四十年，若是山近在眉睫，往來不啻東西家，有泉石奇勝如此而不知，豈不可愧恨哉？且方與諸賢之爲兹遊也，直旦夕跬步間耳，然或阻或率或散而不能以直遂，況遠在於數千里之外，與夫懸待於數十百年之先後者哉？惟古之君子，居一鄉則友一鄉之善士。孟子不曰「孔子登東山而小魯」乎？武山者，吾州之東山也，然則欲登泰山者，宜必自此始矣。是遊也，始由山之東南而趨東北，復自北而趨于山之西以返于東南，復由東南以趨于山之西南以歷于西北，復循而返于山之北以歸，先後凡三日，同遊者九人，所見或不能盡同，要亦各有所得焉。善奕者，鍾某、蕭獻；供茶者，禹珪；善歌僊游者，伯容；飲而不醉者，胡性元、陳允寧；不飲而好吟者，翀與端也；其喜游觀偶以疾而不飲者，則余也。

【校勘記】

〔一〕「露」，同治泰和縣志卷一作「霧」。

〔二〕「平」，康熙本作「半」。

〔三〕「□州」，康熙本作「衡州」。

遊潮山記

乃四月朔，余弟埜以余嘗遊武山而未獲偕也，與永豐劉天池冒風雨登山。既抵西華之佑僊觀，則馳書南溪，邀余與前同遊者俱來會。曁抵山中，雨三日如霧，不能出。四日，雨止，始與客下山，過蕭琳氏，見郭君與恭。君尚友好奇士也，欣然謂余曰：「諸君之遊武山也，飫矣。有潮山者，唐武德中浮屠氏四祖某禪師嘗居之，夜聞山下有聲如潮，故名。其泉石又奇，盍往觀乎？」衆欣然願往。君杖屨諸先〔一〕，命家童載酒具殽胾以隨，將不但潮山止也。

晨出鼓樓岡，下經羅墓，即誌所謂甘羅墓者，然無所於考。進登梅塘寨，出梅將軍廟，下經山塘口，望高霄寨，遥見數峰入雲，翳然有深窈狀，然遠而莫之即也。遵廣途，出石獅巖，下抵石逕，登喜步嶺，吾劉氏祖墓在焉。回眺隔江三派諸峰，皆秀拔如笋，下臨奔湍，莫可褻玩。晚退飲溪南郭家莊，暮抵白竹巖下而休焉。

明日，將往潮山，適郭君與琳爲催科者所尼，余弟復以疾作先返，余獨從舉正及謝山人、僧詠師與天池凡五人者往焉。出小橋，過泰清塘，觀石上人馬迹，次石塘。有蕭學文者，聞予與客至，要諸途而飲食之。是夜，留宿圳南田家。鄰有王老翁者，嘗往來潮山間，請先導焉。

明日，過岡頭，行田陌間，北望山頂，有奇石數尺，纍纍若人馬狀。入灌坑，有羅氏者同居九世矣，余望其居而加肅焉。由灌坑將入山，聞山左有趙家墓，余亟紆路先往。度平岡半里許，見有雙石柱，方趺而觚表，高可七八尺，相傾倚蔓草間，上刻「敕賜旌忠廟神」六大字，其下彷彿有字，皆漫滅不可辨。山之窪有土墓焉，意先宋皇族所葬，但所謂旌忠廟神者，爲不可考耳。前入山徑，有石嶺穹然，左轉而壁立，其右有方石若屏風然。余由左峰之麓，緣微徑側行數百步，忽平陸中開，溪水交注。問之，則云昔四祖聞山下有聲如潮而上，謂之潮山，此其山口也。乃循溪流稍折而北，其西岸諸峰，皆石骨凝黑如積鐵，斷而復連。其圓而宛曲者，爲如意巖，竦而虛嵌者，爲通天巖。巖中刳爲小洞，可容一人坐。其頂中泐而下墮，有泉上出，若撒萬珠，濺巖腹而下，錚錚有聲。又轉爲圓峰，高踰百尋，石乳鱗綴，若懸鍾焉。傍出石筍，高與峰等，若擘而欲離者。下有石室，設四祖像其中。俗傳巖畔有手植松，今不存矣。其東岸諸峰，多土而少石，水潺潺逕其趾，其圓者爲猪頭，蹲而踞者，又若虎與狻猊。兩厓之間，皆平田沃壤，宜晚稻。山近人往往冒僧籍耕之，蓋僧散已久，無與校者。遥見北向林木合沓，幽翳不可近，但覺溪益深，山益密。橋絶路窮，不見人迹，叢篁蔓棘，遮蔽厓涘，微聞水聲濊濊在其下。

余躡石攀緣，上出叢薄，忽得山門翼然。循階以入，見殿堂廢址，皆瓦礫漫覆。前有石甓浮屠，相傳爲唐則天時舍利塔，方趾而七成，有古藤骨絡其上。又入爲法堂，土像三五，皆傾仆骨立，無復倫次。有鍾縣木簴間，視其識文，乃宋淳化五年所鑄。其寺則云潮山寶肇舍利護國禪寺。時潮山尚隸龍泉之和蜀鄉，不知何時又并入西昌也。寺後絶頂有觀音石，其中峰高且圓者，名大佛座。其西有小峰秀出而上夷者，名小佛座。舊傳巖下有石穴，日出鹽少許，僅足充供，無有餘者。或訝其少，加鑿之，鹽遂不復出。事有無不可知，似亦足爲貪者之戒也。寺右有小逕可通後山，然去之益遠，日晏不能復進矣。谷迴林轉，時聞啼鳥與伐木聲相應白雲中，不知遠近。惟見山花野芳，高者結雲，下者彌谷，蔚蔚芊芊，雪縞翠紛，峽束峰連，玦旋璧拱，外箇中深，烟霞糾錯，疑非人所居也。余與諸客盤桓不忍去者蓋久之。因念世亂十年餘，而深山古刹亦廢壞如此，況囿於都邑城郭之近且盛者乎？乃沿溪而出，煮茶於如意巖下田父家。循石嶺至山口，得故路焉。東過刀塘，訪靈巖寺。寺毁，僧結茅築土，散處其傍。巖壁森立，門左有古木，根蟠石上如絡，其陰有暖婆泉出焉。抵暮，仍宿圳南田家。余與四人者，蓋樂而忘疲。

於歸之二日，乃述朋遊離合之故，感今昔廢興之跡，著山水奇奥之狀，爲潮山記。書其一以遺同遊而未果者，留其稿將以時遊覽而自釋焉。

【校勘記】

〔一〕「諸」，康熙本作「請」。

高溪書隱記

王君子啓之適西鄉既三月矣，余以索居之故，悵然念之，又以爲君之英偉光耀之才，一旦遠去親故，而栖于荒閑寂寞之濱，其不能以久處也審矣。或者曰：「西鄉山水之勝，君固將遂有而樂之以忘歸也。」他日，以書來告曰：「鄉之西有高溪者，其源發于湖湘之南，盤澗抵壑，逶迤曲折凡數百里，始演而爲禾溪。其清而泠也，可砭肌骨而鑑毛髮。其深者爲潭爲湫，其淺者爲灘瀨，其廣不數尋引。土人率支柱聯綈，引略彴以通樵牧。水濊濊鳴其下，淵泓黝黑，過者眩慄。有艓子如葉，足容四三人，然篙檝不常具也。有小白魚潛行石空，鬐尾揭揭然與水衝薄，恒不得息，食石漿而腴，取以爲蕘，不事鈎罟，秋水縮時可鑑而拾也。兩厓有山，嶔崟沉浸，蒼翠流動，羣木交翳，鳥鳴其陰。時雨過，草豐林香，山花班駁如綺，笋溉溉生石間，紫蕨夭出如玉，可採擷以供朝夕。田沃衍彌望，泉流交塍，秋稉冬秫，非甚旱可以饒穫。自余之西也，邈乎與世遠而惟是溪之安。有好事者爲我闢館其上，爲游息之所，因命之曰高溪書隱。子幸爲記之，其有以識予情之所以夫。」

嗟乎！君之爲斯名也美矣，然非君子之所願也。方海宇清寧，賢明彙興，其志氣所至，殆猶驊騮康莊，鵰鶚雲表，翱翔騰踔，瞬息萬里，豈常有山林一日之遐思也哉？今其由由然兹溪之上，與高深幽潔者同其懷，與鮮榮盛麗者同其情，與蝙蝠肖翹同其趣，此固士君子不遇於世者之所爲也，而豈世之所同適者哉？彼馳騖乎富貴利達之途，奔走乎車馬塵土之場者，固自以爲適也，一有不得，則戚焉以悲，嗒焉以喪，纍纍然無以爲歸，其能脱然有一日之樂如君之所云者乎？抑聞之，惟君子能不溺於狥世，亦不果於忘世，故曰山林之士往而不返者，君子譏之，信斯言也。異時其無負英偉，振光耀而起于兹溪之上者，尚有徵於斯文哉！請以復於君。因述而爲之記。

紫霞滄州樓記

昔許僊之祠曰鐵柱觀，直豫章闤闠中，神居尊嚴，深宫高墉，如在天上。然周限通衢，雖寸地無容於闢。其西廡爲道寮，鱗次櫛比。又市賈區列其前，龐雜喧囂特甚。於是頤真堂有德昭左鍊師，今提點玉隆者，題其樓曰「紫霞滄州」，而後是宫之玄境勝趣，倏然迥出乎埃壒之表矣。君嘗請于前宣文學士周伯温氏書之，而屬余爲之記。

余來豫章，數過左君而登斯樓焉。樓之位置，前與鐵柱亭對峙，深廣不踰尋丈，而疏明洞豁，金光玉潔，上軼玄景，下隔煩囂，使人飄然有遺世之想，則君之名斯樓也有以夫。夫霞者，陽日精氣之所騰，而滄洲則羣仙之所都也。陽暾欲升，海色嚮曙，清華之氣，蒸而成文，其可即而攬之乎。彼臺觀風物，珍奇盛麗，而茫茫海宇，去人萬里，則亦善言仙者之所寓也。古精鍊長往之士遠矣，千載之下，雖志氣高朗如太白者，猶不能忘情於仙游之想，矧寄迹老子法中而嘗游心於高明之境者乎？

蓋嘗與君遠引而周覽，其東則梅仙、彩鸞之舊宅，其南則龍泉、太阿之故墟也，其北則龍沙之蜿蜒，宫亭之浩渺，其西則洪崖、天寶、鸞岡、鶴嶺之所會，而亦旌陽之故宫也。其雲霞絢焕，朝升而夕燦，若旌旗之自天而下，若神劍之燭天而光發者，今猶昔也，而洲渚島嶼迴洑出没於帆檣花木之區、蛟龍霧雨之鄉。凡可玩可挹、可嬉可遊者，將一俯仰而得之軒窗几席之上矣。寓言云乎哉：風清月白之夜，子吹簫其上，泠然金石之音，老僊來歸，視其故宇，目滄海之揚塵，慨雲霞之變滅，將必有頡飛珮、騎鱗鳳而往來於斯樓也。君其俟之。

其樂堂記

歲庚子冬，粟原羅君允道作新堂於屋東偏〔一〕。明年辛丑三月，堂成，取夫子美顏子之辭，名之曰「其樂」。介其友蕭雅言以記來請，且曰：「方堂成時，子嘗過而覽之矣，又知我者，宜爲記，勿辭。」

夫堂可記也，其廣狹高深之度，經營工力之計，則匠徒能言之，亦屬工者能知之，書之宜無難者。若其樂所以名之義，則雖近世大儒若程、朱二夫子，猶引而不發，或發而未極於言，余何以記之哉？雖然，聖人之道大矣，而嘗所聞於父師者，則固亦未易以言語形容也。夫顏子之樂，顏子固未嘗自以爲言也，聖人言之。聖人誠見夫顏子於其言無不説而學，其學至於欲罷而不能，是必充然有得乎其中，而非外物之所能奪者，聖人安得不稱道而歎美之哉？抑天之生斯人也，有秉彝焉，有良貴焉，有高明廣大者焉，人亦孰無此樂也？然而昧者汩之，欲者蔽之，貪者喪之，日嘵嘵慼慼以求贏於宮室車馬飲食之間，彼固自以爲可樂也，而不知其所憂者大矣。允道質美而行脩，閑居讀書，蓋泊然無慕乎其外者，其必知博文約禮之所從事者矣。

登斯堂也，精深而思之，静定以存之，清明以將之，優游怡愉以適吾心之泰，俯仰詠歎而歌古人之詩。夫然後知聖賢之所樂者，舉不離乎日用之常，而世之所謂富貴者曾何足計哉？抑斯樂也，自夫子言之千五百年之後而程子始引之，又百餘年而朱子始發之，言之若此乎其難也。羅君亦嘗玩味而有得於其所已言否乎？若余者，竊聞而慕之，方思求其所以樂者而未得也，而況於言乎？然不可無以復於君也，輒舉先正之緒言而繹陳之，因雅言以質於君，或有以交正焉。請書以爲記。

【校勘記】

〔一〕「粟原」，康熙本作「栗原」。

蕭氏芝草記

當至正丙申春，臨江山谷之民得異草以上于縣，縣異之，以爲芝也，送于郡，郡送于省若憲。時袁州盜猶負固，有大官奉旨以贛兵討之而未發者，省命圖其狀以送之，且言其將爲偃兵兆也。當時游談之士以詩文相頌美者，無慮百數矣。明年，楚以鄉貢江西將赴春官，適省中貴人以前芝草圖相示，余因得見之，信乎其秀且異也。孰知不三四年，兵禍迭作，而事乃有大不然者，吾未嘗不慨然爲斯草三歎也。其在當時雖容有好奇之過，而諸公惓惓思治之心亦可悲矣。然又竊自思，以爲禍變之作未有甚於斯時，則天地間和氣之剝蝕消歇者，又寧不有熏蒸凝液之潛復者乎？

歲在庚子，余讀書武山之陰，聞有異草二本生於石塘蕭氏故居之址。蕭氏故文獻家也，則異草之生固宜。余他日過而見之，則連蜷輪囷，大者如疊鱗團鳳，小者如羽蓋，如金支，其莖幹皆赤黑堅瑩如質漆，其狀質之美，蓋又有過於余西江所見者，而識者亦謂之芝焉。夫草之有芝，猶人之有賢秀也，謂之賢秀固有以異於人矣，謂之芝，豈不有異於草乎？蓋嘗論之，凡陰陽之和委於物而自行，固將無所擇於地而出也，然亦有非偶然者矣。今斯草幸而不出於名都通衢，爲車馬行迹之所蹂轥，亦幸而不產於貴富門庭堂廡之間，爲好事者之所剽掇繪飾以矜耀於斯世，獨由然與蓬蒿瓦礫偕處於林泉寂寞之濱，而得以全其天和，將非幸哉？雖然，國家將興，必有禎祥。學文，蕭氏之賢者也，其父母及其祖母皆淳龐和静，鄉稱善人。其階庭子弟，又皆娟秀美好，方勤事於《詩》、《禮》，是天將興其家而未艾也。夫爲孝子而瑞於家，爲良臣而瑞於國，蕭氏其必有當之者矣。君其仁以滋之，厚以培之，必有鍾和藴秀以濟太平之運者，豈徒爲草木之美觀而已哉？

興國縣修儒學記

清江陳侯某爲興國之三年，既覈賦均役，繕城籍兵，保完邑民，拒逐鄰寇矣，乃大修孔子廟學，將無圮于後，有加于昔。闢阻夷隘，增崇拓深，以仰稱聖人尊嚴之居，以申崇諸夏文明之教，以無負方伯擢任之意，以無隳邦人彝性之常。侯爲政，誠知所本哉！

按廟學在縣北隅，負山面城，外門俯迫民舍，紆道旁出，前未有闢之者。其正殿門廡中更修葺僅完，獨講堂嘗以他材改爲之，傾壓將弗支。而曩時所謂尊經閣在講堂後高阜者，已蕪没不可考矣。至隸習無以爲居，餼入無以爲廩，狼藉苟簡，教弛弗張。侯憫然曰：「是不可以誘邦人也，今則是職〔一〕。」即考圖營基，度材庀役。首撤大成殿簷阿之撓腐，高揭而重覆之。北爲尊經閣，以庋羣書。下爲講堂，凡十有幾楹，高廣若干尺。南爲靈星門。又南創爲泮宫亭，亭之前鑿地爲池，規其半倣古泮宫之制。正途中闢，直臨城陰。庭陛之高，蓋可仰而歷也。戟門左爲廳事五楹，以居春秋朔望之有事者。又爲廩屋若干楹。兩廡之北爲齋居，東曰某，西曰某。閣右偏爲二程先生祠，左爲先賢祠，又左爲學官廳，爲庖湢之舍，東廡之前隅則靈官祠在焉。其他朽腐者易之，漫漶者飾之，傾偃者葺之，而規制極弘備矣。至於禮名儒以爲之師，立學規以爲之勸，暇即躬造講庭，引羣弟子考程詁義，至懇懇不倦。他日，察其勤者則加燕勞，給筆札以優異之，其惰而弗率者亦緩期以冀其改，不加怒焉。由是，遠鄉僻壤，不遠數十百里咸遣子弟來學，人始知有教道之美。既又懼學賦之玩弊也，乃遣士屬視田之隸各鄉者，圖其廣狹方圓之形，編以爲籍，使不得欺。又勸增新入之田若干石。又築學東之隙地，爲僦屋凡十有八間，間爲僦錢，歲率五緡，通計之得九十緡，收其入爲養士之助。其立心遠且厚類如此，夫豈世之傳舍視官府徒飾文具希時譽者哉？

夫嚴聖人之廟祀者，尊其道也；尊其道，所以崇其教也。其道，君臣、父子、夫婦、朋友，而教者，所以使之循其常也。自兵變以來，紀綱或淪於殘暴，而仁義未泯於天性，非賢守令有以尊崇而作興之，吾未見其爲善化也。方下車之初，四郊警告適聞，日慄慄焉率其民以從事於樓櫓矢石之間，瀕萬死而守益固，故寇再至而再卻之。既而極更張條理以還定其民，而日不暇給矣。此廟學之修所以見於三年之後，計侯之心，曷嘗一日而忘斯舉哉？今顧瞻新庭，翼翼巍巍，聖神赫臨，過者起敬，而況儒其冠裳，出入是門，由是路者，亦曰孝於家，忠於國，敬於己，信於友而已。斯聖人之道也，令尹之所以教也，斯邦人父兄子弟之責也，毋徒誇詡宫庭之完美、餼廪之豐厚而已哉！是役也，經始於某月日，告成於某月日。董其役者，邑儒士某某也。

【校勘記】

〔一〕「令」，原作「令」，據文意改。

長春道院記

古遺世長往之士，恒有休憩脩習之所，彼豈擇而取之哉？感化而冥合，聞風而景從，蓋有非偶然之故者，若今長春道院之建是矣。方之外有蒲衣道者，曰方丘生，蚤遊臨川吴文正公之門，既而師事李西來於武夷山，學全真之學。西來者〔一〕，故金蓬頭之高弟子也。久而去之，居龍虎聖井山之天瑞庵。又去之，浮游江湖，見東魯能仁叟，參明性命一致之要，其説與金契。復歷叢林，究境宗旨，遊四祖，見平川濟公玄解木牛之機，登雲居，見小隱太公，竟悟斬苗之旨。人復告之曰：「龍蛇混雜，必須尋箇休歇處。」後得安成之武功山而休焉。武功者，晉葛仙翁鍊丹處也，日月之所蔽虧，風雷之所震撼，懸崖絶磴，人迹罕至。生築室其巔，若將終身。

一日，忽棄之去，衆咸駭之。未幾兵起，武功燬焉。去而之豫章，止快活林，復曰：「茲城繁庶已極，詎宜久居？」又去之，將歷崆峒，踰梅嶺，登羅浮，以絶于南海焉。其言曰：「吾教以清浄無爲爲宗旨，以一瓢一笠爲身具，然昔有丘長春吾宗師者，啓神武不殺之機，有功於生靈多矣。今其教將自北而南乎？」他日，由贛之興國，見令尹陳侯，與語，大奇之，乃止之曰：「子雲水徒也，凡一山一水無不可以遊息者，何拘拘乎羅浮之求哉？」

一日，由南郭登金雞冠嶺而眺望焉，士人云其下嘗爲鍾氏圃，曰芳所，長春者廢矣。生聞而歎曰：「茲長春遺讖乎？吾瓢笠之緣其有在矣。」時鍾氏有某者樂善人也，聞之，即慨然以其土施之。侯乃卜日理基，爲營宫室。一時材植工徒之盛，若川輸雲委，無不翕若。中爲正殿，祀天神者，凡九楹，高若干尺，前抱廣廊，旁翼兩廡。殿後爲堂，曰「會于一」。東爲小廳，曰「有何不可」。又東爲小室，曰「幻寓」，西曰「葛藤窩」，皆休息談燕之所。前東總爲高門，榜曰「長春道院」。兩山之厓，繚以長垣，引以廣塗，帶以松竹，蔚然深秀，誠仙者之所居也。其院南少西數十步，有大池焉，方廣數畝，𥦵石起亭曰「清碧」，可臨可眺，而翼乎其前者，則慈祐寺，僧振遠之所作也。振遠龐質而習静，類有道行者，而邑之名士曰羅君某，尤卓卓以文辭著稱，生日與二人者游，蓋甚相好也。他日，方丘生又將於殿之西作新祠，設陳侯之像于中，復爲己與二君之像于東偏，以著一時會遇之雅，且昭不忘焉。

夫鍾氏之圃池固嘗盛矣，然卒淪棄爲無用之地，一旦起而棟宇之，其名號之遺，雖若適然，而陳侯營創之功，要不可泯矣。昔顔魯公爲撫州刺史，凡管内名山仙宇，如麻姑壇記皆爲之大書深刻于石，故五六百年間莫敢有廢之者。豈惟莫之敢廢，其高風偉績，足以媲美于無窮者，豈偶然哉？吾見其道明德立、山益高而水益深也。抑生之者去而遠遊，其所得於先達異人之餘論，宜不得而遂隱矣，來者因是有聞焉，則長春之教所以演於東南而倡於興國者，其在兹乎！

經始於癸卯三月之九日，休工於某月日。董其役者，曾可武、張茂德，而嗣其業者，則郭宗玄元素也。

【校勘記】

〔一〕「西來」，原作「百來」，據康熙本改。

旌陽道院記

三台山在興國縣西二里，而近有三峰焉，其中峰蜿蜒委蛇，東北行西，西復折而南峙，故謂之三台。或曰三臺山故爲道觀，有遺跡焉。先時土人居其傍，見夜嘗有火光，乃去之。既而邑人有鍾生者，頗慧而好脩，與洞清治平觀之道士曰楊質以誠、曰王謙順聖〔一〕、曰劉會時憲者游。既而得淨明忠孝之學，將施其地，結茅其上，祀旌陽而誦習焉。既闢地矣，會兵亂，而鍾生亦去世，乃不果大義。

癸卯春，邑令尹清江陳侯某觀射于西郊，過而登覽焉，愛其深窈高曠，離絶塵囂，因贊之曰：「是可以祀旌陽矣。」乃卜日審向，夷高塞圮，斸地數尺，得古銅器於槁壤中，人咸以爲異。既而植表而靈鵲翔，抉石而甘泉發，玄風始倡，嘉應咸集。乃度材庀工，首爲正殿三間，祀旌陽許僊其中，而從以玉真劉真人曁諸宗師。前爲三門，旁列兩廡，東爲講堂，後爲道寮。又東北爲亭，曰「放鶴」。又爲雷壇於後山之頂。復爲亭，曰「看雲」。然後是山之勝無不畢獻，而玄宇之成日備。經始於某月日，告成於某月日。侯綱維之力，蓋勤勤焉。

余聞西山玉真劉先生初傳浄明忠孝之説於許仙，其所謂降臨會遇者，余不得而詳之。惟忠孝者，天之經、地之義而民之行，亘古今天下，人之所以爲人，僊之所以爲僊者，修此而已矣。此而弗修，人且不可爲，而況於僊乎？故浄而明之，又學者之微旨也。由是祀其所以立教之師，由是居其所以講道之徒。此道院之建，豈徒聚簪褐、鳴鍾鼓已哉？而陳侯所以表創於兹山者，亦曰誠心之發而忠孝之感焉耳。則後之居是山而奉斯祠者，宜益有所興起於方來矣。昔旌陽之僊去也，謂千二百五十年後，五陵間當有弟子八百人出以闡吾教，以其時考之，則幾矣。安知其不有在於兹乎？

以誠玄悟穎異而疏放不羈，與人交，其語默去留恒不可測。然聞有高尚之士，雖百十里，不憚風雨寒暑以求即之，否則，終歲與居而名姓不知也。又平居好援古今，陳説忠義。人有過，至面折不忌。時喋若醉語，及與之飲，乃終日未嘗醉。常攬一布袍飄飄然行歌市中，童子或指之曰顛道，往往大笑而返，其類有道者歟！順聖、時憲與其徒黎日昇，又能力耕山下田以自給，至輟耕即讀書不休，其才質之美，蓋故儒家子云。

【校勘記】

〔一〕「聖」字原脱，據下文補。

鍾廷珍翠庭記

余年十六七時，客授興國鍾氏。鍾氏羣季中有廷珍者，清脩端謹人也，顴頰玉色，鬚髮漆黑，眉目如畫，衣冠襜翼有容，予望而愛敬之。暇日過其庭，見有若蘭芷、若蓀蕙，修葉叢茂，植以巨盎，羅庭户間。前復累土爲臺，臺高下有成，又以小盆盛水，錯列羣石焉。有鋭者，有橢者、圓者、偃而中虚者、跂而雙峙者，若蜂窠者、龍鱗者，若浮屠者，若獅虎蹲踞而睥睨者，高不踰尺，大不盈握，咸有竅穴貫穿，植蒲草貞卉，其四時蔚蔚蓬蓬然，若虎鬚之濺、鳳毛之濯而蛟骨之蟠蜕也。或者嘉其慕尚，有同於昔周元公窗草不除之意，摘取朱子贊語中書「翠庭」二字以揭之，當時諸老先生爲言其義甚悉。余方欲日相從讀書鳴琴其間以賞之，會有東遊之役，不克遂，然未嘗一日不往來于懷也。

去之二十有七年，予始重來，過鍾氏而觀所謂翠庭者，則其生植之盛美，固猶前日也。而余憂患之餘，已無復曩時。獨察君年日邁，志氣不衰，而鬢髮亦皓乎其星矣，豈不重可感哉？他日，君舉酒庭上，屬予爲文以記。因謂之曰：往者戊戌夏暨前年辛丑冬逮壬寅春，四境兵禍之荐起而環攻者，亦甚危矣。當其時，青山赭而爲童，巨石鞭而流血，其爲枯槁憔悴蒿目而薰心者，可勝言哉？若斯庭之亡恙，固宜爲君喜且賀也，又何記敢辭？抑君之身吾見而信之矣，君之子若孫其益務所以滋培之，則鍾氏芳澤之流其有既乎！

槎翁文集卷之六

記

興國縣脩城樓記

歲癸卯正月甲辰，興國縣既浚城之隍，乃三月甲寅，又大脩城樓戰屋，示戒備也。城爲門者五，門外復各爲甕城，以包絡之，設重關焉。内爲正門，累石立楗，上出重屋，凡若干楹，高深各若干尺。城周圍三餘里，三十步復爲列屋以周覆之，凡四百六十有三間，一千八百五十二楹。工役凡若干，食粟費若干。由是垣墉環顧，廬舍翼張，土石無圮裂漂蝕之虞，居而守者無風雨矢石之慮。凡遊其中者，如行通市，如息廣厦。瞻其外，則將將乎其嚴正，奕奕乎其聯屬而不絶也。縣雖小城，不亦壯矣乎！於是西隅蔡某，以嘗從事於屬工之役也，則來求文以紀陳侯之嘉績。余時過而見之，其何可辭？

夫城所以域民而保險也，而其患嘗在於難守而速壞。既浚其池而立之門矣，又重護以甕城之固。既建重屋於門之巔矣，又周覆以列屋之深。豈非防患於幾微，貽慮於久遠，必不使斯民有一日之弗安者？矧儼然萬山間，翬飛鰲峙，又有以折其凌噬之心，而起其敬畏之意者乎？侯之用心亦勤矣。是役也，用民之力而不自以爲勞，因民之財而不自以爲費，何也？役興於上而利達於下故也。

侯字文彬，清江人，明敏剛果而綜理周密，蓋能憂民之憂者。其爲政先備類如此云。

三檀寺興復記

興國縣城西門外有佛寺曰三檀寺，其地接闤闠之交，據山水之會，當園池之勝，盛□□□〔一〕，長廊廣殿，樹幡幢，鳴鍾鼓，演梵唄，爲國家祝釐祈福，晨昏濟濟千千然，曳履披緇，聚而食者常數十百人。而金碧鉅麗，煥然與山川風物相映發。噫，亦盛矣！其始創於李唐，本名「西山寶勝永泰院」，宋治平中始更今名。祖殿脩於南宋之紹興辛、癸，繼脩於有元之大德庚戌〔二〕。寺僧有用和者，嘗抽衣貲購瓦甓重覆之，則後至元之己卯也。至至正戊戌，始燬於兵。用和不憚艱勞，力營興復，既垂完矣，辛丑冬，燬焉。斷礎荒甓，歷亂蓬榛間，其徒至無以自庇，過者咨艱。用和慨然曰：「我佛以一切有爲爲幻，寺之成壞脩否，在佛宜無所與也，然事佛者恒以莊嚴布施爲大因緣，而持心不轉退而精進之警策。今我不以荐燬故而生怠慢心，且如來遺教，謂佛法付之後之貴而有力者，其果然乎？」即以其説請於令尹陳侯，侯曰：「是爲國祈祝之所，不可以不理。矧其教固能誘民爲善者乎？」即捐俸爲邑民倡，命邑人曾某董其役而經紀之。以癸卯某月日興役，某月日告成。爲正殿，爲門廡，爲僧舍，爲法堂，爲庖湢之所，莫不以次脩舉。材植壯偉，規制宏麗，而工役以齊，餼犒以時，用和於是役蓋勤勤焉。

余時適客是邑，獲覩茲事，衆咸謂是舉也，有溢於前，無慊於後，有足稱者，而用和又數以記文爲請。余以爲古今盛衰興廢，亦何常之有？然天下之事，勤於成而沮於喪者皆是也〔三〕。勤勞以致成，成而遂喪焉，斯沮矣。屢喪而不沮，且能終致其成者，蓋尤寡。充是心矣，以之爲國家天下可也，豈直事佛爲營建而已哉？則寺之興復也宜書，書之者，所以表用和之勤，又以著陳侯之樂善好施，亦以紀承平盛觀之復之漸固如此也。寺東西偏故有隙地，前有放生池及廢社壇遺址，常復其□侵而歸其利於寺者〔四〕，蓋皆用和之力云。

【校勘記】

〔一〕「盛□□□」，康熙本作「盛地輪奐」，同治贛州府志卷十六作「輪焉奐焉」。

〔二〕元大德間無庚戌年，當有誤。同治贛州府志卷十六作「至大庚戌」，當是。

〔三〕「勤」，原作「勸」，據同治贛州府志卷十六改。

〔四〕「□」，康熙本作「祀」，同治贛州府志卷十六作「被」。

泰和州鄉貢進士題名記

國家增損前代之制，以科舉取士，至嚴肅也。天下歲貢於内省者凡三百人，各省有定額，而州郡無定名，示至公也。江西歲貢止二十二人，郡之隸于江西者十有一，而吉安爲上郡，州之隸于郡者十有四，泰和其一也。泰和舊爲縣，衣冠弦歌之俗十室而九，在宋初咸平迄宋季咸淳，具有記進士題名者，逮我元乃未有録焉，非缺歟？粤自延祐甲寅科興，至至正丙申，通十有四科，垂五十年，由楊景行至楚得十人焉。或第或否，或甲或乙，或續或絶，其姓氏年月咸可考也。其始下第於春官者，止許再試，其或授正長以歸者，恩例也。其後下第者，通得爲正長，而鄉試復取額外優等爲諭録者，則又至正癸未之新格也。科凡八舉而中廢，又歷五年而更興，興而益振，而泰和具有人焉，豈非盛哉？

楚以晚學，實忝斯舉，顧題名之有序，豈陋劣之敢辭？謹考摭次第而諗于衆曰：惟士之所以學于家、舉于鄉而貢于天子之庭者，若是其艱且重也，將不曰經明行脩已乎？往者蔚乎其有立矣，來者庶源源而有繼乎。故題名所以識其人也，識其人所以重觀考也，識而刻諸石，示久遠也。記進士而獨詳於吾州者，爲泰和作也。

窪泉記

樟洲之東有流泉焉，其源發乎桃花洞之奥，出洞口與鄧家原水合而西行，紆徐曲折，循古株山之麓以達于樟洲。上下六七里許，率負山而挾田，田盤迴兩山間，至樟洲始衍夷而平曠，疇壟彌望，水下激成厓，深行地中，故田若益高，水若益下，耕者俯臨之不能致。昔有備旱潦者築巨堰堨其衝，以消息之。堰高與田等，隱若束峽，春雨時止，水灎灎交田面，截奔蓄深，溢流下飛。久之，浮壤漂滌，地骨出露，陂陀盤辟，輪囷突兀，中路兩厓直堰之下，其廣可數畝，而土礫殽磽若棄地然。每秋高氣澄，漲落潦縮，泉一線穿襲土絡間，日刮月劘，遞成盤窟，深者若井，淺者若臼，圓者若盤，杅虚者如鼎鑊，旋轉如碾渦，歕瀉若瓴甋，鏘然有聲，悠然下赴，乃交注土磧之兩腋，磧墮而旁垂，穹窿搜抉，蜷若象鼻，獨盤屹而中峙。其左則抵突而漫頂，珠跳雪濺，呴沫騰沸。其右則投間懸絶，若銀綆瓊刀，飄風射虚，以合注于磧下之大窪而聚焉。廣可三尺餘，從五尺，深如從之數而加二，腹洞吻呿，若歕甕然。四圍周環，高擬壁壘，其土堅密近於石。表黎黑而中黄，黄蠟黎鐵，塗以青蒼，雜以騂赤，赤者朱殷，白者凝脂。湍漱波撞，下空旁隙，爲燕窠，爲蜂户，爲蟻垤，爲羊胃，爲縠紋，爲錦綺，爲金鎖甲，爲鍾乳，滑潤磊砢，嵌巖燦爛，不可名狀。其底瑩徹，絶泥滓，白沙錦石，填雍其中，水旋于窪，若走敵赴捄然。乃折而蛇行，渟洑爲坎者再。又西北行，循州之陰以出黄塘之右，蓋由是趨白家橋，歷石岡之陽，遂北入章江矣。

泉初未有奇之者，歲丁未六月夏，余弟埜始與其客丘弘道步于其東原寓舍之西嶺，尋幽而得之，欣然以爲奇，謂當與吾二兄者游而紀之。明日，余兄子中與余俱來，因往觀之。方循厓步嬉，已翛然有濠濮間意。及注視水鏡，溶溶若空，乃解冠振衣，浴于大窪。時暑溽方蘊，水落厓半，時時小魚跳擲空明，仰捫絶壁，不見日影，笑語響答，如在盎中。四人者，蓋樂而忘歸焉。余弟埜爲余言，始來游時，蓋探足而復却可數四，毛髮森豎，有戒心焉。弘道又言其下有小窪，深可没脰而弗之及，意或有神物居之，蓋不可知也。

余以爲是泉之出也久矣，有灌注流演之利，無機械激決之勞，徒爲巖谷之所掩伏，草莽之所蒙翳，蛇蟲、魚鳥、牛馬之所憑聚而飲踐，宜過者掉臂不顧也。然堰之防之，遏抑沮尼，使不得遂其安流邁往之志，乃委伏頓折，匿迹於幽遐寂寞之濱，至哀鳴怒號、漂觸沙石而不已，亦可悲矣。抑古者窪尊而抔飲，兹泉合尊罍之體，有窪之義焉，請名之曰「窪泉」，且將作亭其上。余兄弟日與賓客游咏於斯，以滌其壅滯，廓其清明，而庶幾相忘於太古淳龐之理，不亦可乎？

余友有郭約者，方學稼于是洲之陰，而未嘗有一日斯泉之迹，豈固忽於近者？因爲記以告之，使知斯泉之勝由余兄弟而得，而余四人之遊，亦斯泉之幸會也歟。

虎咥木偶人記

歲乙巳饑而多虎，夜則盜相迹於道，莫敢捕逐之者。是秋，安成山氓有忿人盜己蔬者，以里祠之神類能威殛人也，則迎致而露禱焉，與神約曰：「必得盜見厲乃歸，否則終露暴耳。」其神固木偶也，長短大小略與人等，又衣真絳衣，冠大冠，儀狀儼赫，過者不敢正視。

既數日矣，方夜半，月朗朗在地，門外勃窣，若聞行步聲。其人以爲盜且復至也，亟起從壁間覘之，見一虎逐逐然來至神所，以爲人，爲之曳尾睢盱〔一〕，徬徨左右，欲却欲前者數四。偶人不動，乃稍近，對踞注視久之。忽有風揚其襟，若將起而動者，虎直前奮攫之，囓其首。始偶人刻桐爲之，桐木柔脆，歲久且枯，遽飲虎牙，至膠其兩頤，不得吐嗑。虎爲之摇首振吻，跳擲以求解不可，益駭怒，卒踐蹙頓掉，左右揮拉始得脱，乃去。見者大驚，且奔告其里人咸來聚觀，見偶人軀幹手足狼藉道上，無有完者。因私悼神之無辜，怪虎之暴，而又笑其眩瞀不知以至於此也。其家故畜豕，他日虎復來，伺知之，夜躍入垣内，有虚窞伏牢側，弗之覺也，竟失足陷窞中，咆號騰躍，窮蹙不得上，衆急聚挺刃相擊死。因叩首謝神曰：「吾神固聰也，今虎死於是，其譴怒之所致歟！」乃相率舁死虎祭而食之，更刻木爲神軀，益製美衣衣之，歸神于祠，盜亦遂絶。

嗟乎，虎之毒人甚矣！乃有乘以肆奸者，彼寧復知有天道哉？方虎之咥木偶人，誤也，然冒冠衣而據非其所者，卒能致禍，偶人其假冒而失所據者歟？及虎之隕于窞也，若有使然者，然貪得不已，自足以喪其身，不必神之所爲。而偶人以毁喪之餘，邂逅虎彘，遂食厚報，亦過倖矣。彼悻悻然不勝於得喪之末，而反覆繆迷以逞媚於鬼神者，豈非愚且惑哉？幸之虎彘於窞，盜息于野，天道之應微矣，而警戒之機，不亦妙乎？

【校勘記】

〔一〕「睢盱」，原作「睢盱」，據文意改。

樂氏重建追遠堂記

宋季西昌禾溪樂氏有追遠堂祀其先者，嘗附于其里之閑林寺。先是，代割田入寺，以供春秋祭祀，時則有常事而專所，其作堂以專祀者，則自其十四世祖瑞始也。自有唐以來，其祀事代以寺僧主之，宋訖元興，又將百年，恪焉遵守，無或替之者。乃至正丁酉兵興，寺燬而祠遂廢。樂氏之十七世孫有曰集者，孝謹人也。他日入閑林，過祠下，目荆棘而履霜露，爲之泫然而泣，且誓曰：「祠有不復建者，我則不子。」即以私錢若干，起一室於法堂之北，凡五楹，高廣各若干尺。爲神主，由父若祖而上，咸列其中，俾無遺焉。復懼祠費之弗給也，仍割私租若干以益之，其意可謂遠矣。則又遣人請記於楚，楚作而歎曰：

禮有之，「士一廟」，又曰「庶人祭於寢」。今子之先有諱美才爲宜春丞者，有諱衍爲嘉定進士〔一〕，諱某爲國子待補者，有諱鳴父、文父爲國子校正與司書者，皆造俊在官者也，非士族乎？然立一廟與祭於寢，皆謂立於家而祭於内也。今堂於寺而祀於僧，無乃不可乎？又士有田則祭，無田則薦，故曰圭田五十畝，禮也。今由子之九世祖季常至十二世祖鳴父，皆割田以供寺者，既若干矣，由子之祖而下至子又四世，而捐租以助祠者，又相續而未已，得無溺於施而踰於制，而非所以爲禮乎？是不然，無所不用其情者，孝子之道也，未嘗自以爲至者，祀先之心也。粤自封建廢而大夫士無所於立廟，宗法壞而支庶或紊於所祭，自是世之禮有不得復先王之舊而淪於夷狄者多矣，豈獨祠祭而已哉？

竊嘗思之，夫人之奉其先也，亦孰不欲宗祀之延長者，然家之興廢、子孫之賢否、世業之成敗，其勢則有不可知者矣。獨後世二氏教行，其宫宇遍滿天下，至亘數百十年而莫之壞，蓋其説禍福因果，足以鉗劫人心而維持世變。故過慮之士因托之以係無窮之思，而於理之有無所不暇計。於是世業喪而施田守，後嗣絶而僧徒繼，主廟燬而祔祠存者，往往有之，而世道大可悲矣。矧樂氏詩、書福澤之未艾，復有能承守世業如集者，則斯堂之復，不其宜哉！今而後，祭於家者能不替其春秋腥品之薦，教於家者能不廢乎詩、書六藝之文，將周旋升降，必見所祭，則祭祀之保，雖百世猶一日也，又豈待於外求哉？若夫歲之時月，必卒其徒，潔其饌，而誦持以致祝薦云者，則彼之教亦寺僧報德之當爲也，故不書。

【校勘記】

〔一〕「諱」，原作「偉」，據康熙本改。

遊梅田洞記

出禾水東二十里而近曰梅田，有石洞焉。余始由流江遡水而上，將至夏陽訪湯子敬，而憩于其下，初未之奇也。明日，望西南上有連峰截天，若陣馬屏障者，義山也。山下平田中有石峰駢立，纍然若囷廩狀者，異之，因問焉。子敬曰：「此梅田洞也，中虚而多石，此去不數里。」予曰：「盍往遊乎？」子敬欣然振衣，道客西上。

同行有其客尹用霖、劉某、羅仲禮，從而撰杖履則其猶子哲也。

始循行水滸，出柳陰，遇射魚者。因緣田陌間，乃逕石橋，縈折深窈，由山麓以度，見石峰隱隱朝霧中，高下出没，若近忽遠。時秋日澄霽，田野初穫，樵牧散漫，有芋區柘園，蕎麥町町，間布如雪。叢篁中，茅茨掩翳，時時聞繰絡雜笑語聲，問之，則反古也。又前逕墟落，涉小澗數百步，則石峰矗然，若躍而忽起，已屹于前矣。將及洞旁，見新居翼臨池上，子敬請過而暫息焉。有衣冠出揖客者，問之，則戴君宗濂。宗濂，子敬故人也。及聞將遊洞，茗飲罷，即率客由山右折東西，以訪所謂前洞者。

其山絶浮壤，由頂及趾，皆黑石叢垛，植者若屏，覆者若舟，倚者若几，稜利若攢劍，横偃若墮欏，又若牛卧虎蹲，鰲躑而蜃戴，起伏先後，雜遝百千。有藤蔓樛灌羅生罅隙間，紅碧蒙幕，莫可名狀。巖趾有小澗，水流如線，出門之右以達于溪。門高可丈餘，廣八九尺，中寬，足受數百人。而莽晃幽夐，卒入蓋眩不可辨。久之，仰見窾竇宛然，天光下注，巖中石色陰白，兩壁皆甕腹，若陶而虚者，若刳而空者。中有立石最高大，名觀音石。前左有石柱附壁，蹲植于地，連蜷夭矯，耳角交峙，筋絡怒張，時有陰泉滲漉而下，或以爲龍首，鄉人嘗禱而雨焉。龍首之陰有石，方廣一尺餘，頗類棋局，有乳頭迸出石面若布子然，可捫而數也。復有仰天盆石，泉下滴其窪，琤琤有聲，其上皆懸石綴列，若肺肝，若蜂房、蓮花，嵌巖玲瓏，系微而末鉅，仰視之，有悸心焉。或投小石擊之，其鞱然者若鼓，鏗然者若鍾，而亦莫之辨也。其旁左暨洞後有隧穴，極深窈，不可竟。宗濂曰：「此前洞焉。好事者常挽綆篝火，魚貫虵行，循小澗之空以達，然不可行也。」乃相引出洞門。

循故道，折而南以入，門高如前洞，而廣倍之，深復十餘丈，因石勢高下宛曲，限爲三區。其頂復有巨竅，深若圜井，偃若華蓋，上弇下呿，光景注射。中刳爲池，有泉畜焉，清冷砭骨，夏不溢，或曰即前洞之泉源也。稍殿有陰穴，迫窄若永巷，立久覺寒氣森慄，不能以復進矣。予觀洞門旁壁，往往泐裂有斧鑿痕，怪之。宗濂曰：「此石宜煉灰，尤潔膩堅瑩，利杇鏝，煮鍊功倍常堊。土人剖鑿火煆，醯淬而碎之，然後負置陶穴，火五晝夜而灰成。今石日加煆而民用日滋，不知其浚鑿糜燼將何時已也。」又謂：「向百十年前，避兵者盡嬰後洞，兵卒攻之不及，乃自縶從天井中下而劫之，一洞殲焉。比年永新亂，鄉民復塹洞以守，男女牛羊以千百數。寇至，以火烟攻之，幾死。又近時有過前洞，聞諷詠聲在洞中而不可見，聚聽者至百十人。既而有一人忽自石空中投墜，問之，則某某也，怳惚言曰：『我適遇一女子引至殿上，謁紫衣者，爲左右擯叱而下。』衆舁之以歸，病卧數日卒。」宗濂爲予言如此。

日將夕，乃出洞，復飯宗濂家。而别出過反古，有黄老翁具酒殽要而飲食之。比歸夏陽，復張燈飲湯哲家，則月落宵半矣。予稍醉，就枕不能寐，因念凡山之附於地而中實者，積氣之凝耳，若巖穴空洞，果孰刳而孰爲之哉？間嘗遊萬安黄塘，記其形勢表裏有相類者，然皆限隔淪棄於荒遐寂寞之濱，未嘗一爲真僊名士之所顧賞，徒使樵童牧豎躋攀躑躅、呼嘯叫號於其間，亦可悲矣。夫山川能出雲雨見怪物者有矣，若怳惚憑遇，固君子所不論，而世之慕奇勝以寓遊覽者有之，至於湫險自阱，則亦智士所不爲也。他山之石，以頑厲見棄者亦多，而兹洞以煉堊致燬，則美質厚利，亦有累之者矣。斯豈非君子之所惜哉？

他日，予返流江寓舍，思斯境之奇絶，而歎朋友遊從之不易也，乃追述斯遊始末而記之。記成，書一本遺子敬，且以諗同遊者，復書其一以寄興而時覽焉，時戊申九月六日。

蓬軒記

己酉春三月之吉，予與王子啓同載南上萬安，因蟻舟訪驛丞祝君仁壽於浩溪〔一〕。視其驛之壖有除地，方鑿池其前而插蒔花竹其上者，顧庭下有攻木爲楝爲楹棁，獨椳椳陶瓦弗之具也。問焉，則告曰：「余屬有四方之役，不能以長有居室也。將爲小亭，上施卷蓬以覆之，具其枘鑿而時離合之，使可負而行，可栅而居，若挾舟而與之俱焉者。幸而有成，且將請名與記於二君也。」子啓請以「蓬軒」名之，因爲賦詩四章。仁壽欣然舉酒起謝，察其色，若欲遂得予文者，以方就道未暇也。

後十日，予歸自萬安，與子啓再過焉，則蓬軒成矣。仁壽邀客入座軒中，高廣僅尋丈，而意境暢豁，如出塵囂，載虚空而不可端倪也。適風雨颯至，蓬茅有聲。環視羣木之掀舞起伏其傍者，若乘流而奔馳也，觀池水之浮蕩合沓乎其前者，若憑舷而泛薄也。況其大江横陳，羣洲參錯，平極天際，遠見山杪，其一時風物之勝，又皆足以映帶輝發於兹軒而不匱者乎。吾嘗駕一葉之舟，偃卧其上，自以爲堂高數仞，不啻過矣。及歸城市，肆處一室，則又以爲如局舟中，方爲之湫焉而不舒。其厭常喜新，真所居之能移人也哉？

今仁壽假樸以安其身，因簡而寓諸政，仰無覆瓦植椽之勞，而俯有花竹園池之樂，則所以出波濤、除風雨、遠險阻而即安肆者，宜無往而不得其所矣。人以舟視蓬，吾以軒視蓬，非徒視諸軒而已矣，又將以天地視蓬軒焉。天地之無往不在，即蓬軒之無往而不得也。夫無往而不得者，天也，能適乎天，則其止也，孰能膠之使不行？其行也，又孰能引之使不止哉？子啓曰：「是足以記矣，請爲記。」

【校勘記】

〔一〕「蟻」，康熙本作「艤」。

北巖禱雨記

北巖在武山禮斗石下，最陰寒，中空洞如屋，有泉注焉，其東西南三面皆峭壁，惟北向可眺望。相傳古陶、皮二仙人脩煉之所，唐曉了禪師亦嘗憩焉，或名曰觀音巖，有石像、石爐欹頓其中，不知創自何時。近歲遭兵亂，草木蒙翳，豺虎入宅，人迹罕至。

洪武二年夏，不雨踰月，民走壇廟，至迎龍湫潭，越數十百里外，咸不應。南溪士族有蕭君鵬舉獨慼而憫焉，乃詢父老往時禱雨故事，或以北巖告者。君曰：「然。」即齋戒，出宿三日以俟命。以六月戊辰具蘋幣，潔粢醴，望巖而行，且行且拜，進至巖下，鄉民聞而來會者復數十百人。將事既畢，始下巖隧，望見雲氣自西南稍稍來合，雨數點洒淅過。將抵廟山，復有黑雲如車蓋起巖上，會疾風引而西，雨驟下如注。禱者咸俯伏山下，眉髮沾浹，衣巾淋漉泥潦中，不敢去，自午達申不止。明日，山下田隴間水潦交流，塍路漫不可辨，禾鮮翠挺挺起立。丁丑復雨，歲以大稔。君則曰：「繄仙靈之賜，不可不報。」乃八月辛未，相率剪綵爲金幣，爲幡幢，復結草爲車輿亭臺，作鼓吹以報侑之。又明日，合錢爲牲酒，賽田神，因以勞嘗從事者〔一〕，無不歡欣醉飽，感謝明賜。君獨慊然若不能以自致者。

余時留館中，見其報之之勤而益信其祈之之慤也。又聞自蕭氏之禱既應，凡四境皆望走，即無不獲雨者。夫位無崇卑〔二〕，事無大小，惟至誠可以貫金石、通天地。由是觀之，則凡有民社之寄而諉曰非其責，可乎？或者不知盡己，顧乃屑屑焉以求媚於虛無靈怪之末，則亦過矣。作北巖禱雨記。

【校勘記】

〔一〕「嘗」，康熙本作「賞」。

〔二〕「夫」，原作「天」，據康熙本改。

湖山清勝堂記

往余客萬安，嘗與士之遊者過東湖張氏之林亭，憩而樂之。溪流縈迴，洲溆盤互，春夏潦漲，率漭漭走匯亭下，可以瞰洄湫而挹浩渺。湖上有山，類陂陀聯絡，土石鬱積，不甚秀竦。獨亭之東北有數峰，嶄然如畫，高出天半，顧乃限倏衢，負廣阜，隱而莫之覩，予甚惜之。

别去餘二十年，重來湖上，則張氏亭居已再易主，瓦礫隤然蓬藋中，遺迹不可復識矣。余友夏伯玉邀予過易氏訪子賢伯仲，而觀所謂湖山清勝堂者，則風物之美，故不離乎東湖之區，而平皋衍迤，沃壤周布，鳴禽上下，花竹清麗，有足樂者。又北上白雲數峰，乃予往年所惜不可見者，皆圓植如圭玉，聳立如屏障，端拱如美士，軒軒然出眉睫間，可尊而不可狎也，可愛而不可玩也，豈非士君子游息之所之一大快哉？於是伯玉舉酒爲壽，請有以記斯堂者。

嗟夫！湖山猶前日也，而隱顯向背若有俟乎其時者，則夫榮悴得失之故，亦豈不因乎其人哉？昔張氏林亭盛矣，其嘗往來游觀乎其中者，今其尚有可得而問者乎？然皆不可知矣。而予以無所用獨遺於世，乃獲再過而登斯堂焉，豈非幸哉？夫君子所以自致不朽者，凡山水之奇，曾不足以久恃，而游觀之盛極，反爲感歎之資者多矣。惟無所污濁之謂清，無所屈辱之謂勝，之二者，君子之全德也。子賢於此敍孝友之樂而不汩於常情之私，抒安静之懷而不撓於外物之競，則其爲清勝也大矣，豈直求之湖山間而已哉？伯玉欣然曰：「是足以記矣。」遂述而書于堂之壁。

茅亭記

茅亭者，族子劉仲啓之所作，以居息焉者也，深廣僅十尺，而高之度復羸其三焉。亭在大原三岡之陽，直其故廬東偏。故廬嘗燬於兵，仲啓思有以復之而相忘於簡易也。乃闢壤爲基，因石爲趾，伐山取材，曲直隨勢，不甚煩繩削。上列條枚，結爲疏椽，覆以茨茅，堅厚比密，望之隆然陂陀，若蓬之累，若囷之積，而丘阜之中峙也。其東北西三向皆繚以環堵，空其南以通明，其旁復築土爲垣以周之。潭潭幽幽，風雨攸除，炎暑斯豁，几榻周布，囂塵不驚。但見喬木參差，前出垣端，復有横岡蜿蜒，翼乎其右，嵐光晴翠，下窺户牖，坐而覽之，不知萬間之有廣厦，而飛甍之有重閣也。

仲啓芳年盛氣，倜倘通敏，方志學而博於藝文，又能以其閑曠之日，彈棋賦詩、樵林釣水以爲樂。故其事親既極旨甘之奉矣，而尊賢取友之意尤孳孳不倦。故凡徜徉燕集於斯者，類皆擷蘭搴桂、懷芳而志潔者也。余嘗過而憩之，以爲斯亭無雕刻之華，無翬來之飾，無鏝杇之巧，而取材於山，干茅於野，不庳不陋，類有質朴淳龎之意。宜資之易而無待於他求，居之安而可繼以常葺，則凡超富貴利達之塗，得以安乎平素而不移於巧異者，其視太古林栖野處之風，亦豈遠哉？他日，仲啓介予甥陳雲來求文以記。

嗟乎！一茅亭之資地，人孰無之，亦孰不能爲也？然而有莫之爲者矣。顧乃勞筋骨、疲心志於土木文繡之工，而過爲其所甚難與不可必得者，傲然自以爲雄一邑而誇一世，然計其身之所經營，曾不易也，忽焉與榛棘瓦礫同一凋落，卒不能以復振者，往往皆是也。則劉氏茅亭之作，又豈可易而少之哉？矧仲啓，予同姓也，儉而無慕乎其外者也，敦孝友而能樂乎其常者也，余安得不述而記之，俾以告其後之葺斯亭者？

世綵堂記

世綵有堂，萬安百嘉李朝玉氏之所作也。後若干年，其子永道始來求文以爲記，其言曰：「昔我先人之事吾祖母劉也，當有元至正己丑間，吾祖母年九十有五，吾父年七十有三。吾祖母凡三膺高年恩帛之賜，先人築堂以世綵名之，上以侈君之寵，下以榮親之遇焉。不幸吾祖母與吾父相繼逝而堂亦燬。予惟哀斯堂之不得以永存，而痛先人之志不得以白於後也，嘗營故址而復揭之，庶幾吾先人之志哉！先生幸賜文以勗之，吾子孫將永有嘉賴焉。」

余惟自昔高年束帛之賜侈矣，而皆出自上命，非人子之所得私覬而幸致之者也。然有可得而盡吾心者焉，何也？昔老萊子之孝養其親也，年已七十矣，身着五綵斒斕之衣戲於親側，欲親之喜。其意豈不以吾之方孩也，吾親嘗悦而愛之，至爲之衣綵以爲戲。今不惟吾親之既耄，顧吾昔之幼而壯，壯而老，亦繼及之矣。吾親視吾之及於老也，寧有不動其心而傷其懷哉？於是爲之戲綵，爲之匍匐而啼，使吾親忘己之老而爲之悦焉。推是心也，則凡可以致其親之悦者，宜無所不用其情矣。詩曰：「乃生男子，載衣之裳，載弄之璋。」夫親之所以愛其子者，其始固若是其至也，則子之所以事其親者，可不致謹於衣服之間，以著吾悦親之誠哉？禮有之：「父母存，冠衣不純素。」夫純者，緣也。父母存而冠衣之緣或素，是以不祥之服事其親也。以不祥之服事其親，豈悦親之道哉？綵飾之小者猶且不可，而況於身之所衣者乎？知緣之素不可以事其親，則凡衣綵以悦其親者，宜天下人子之心之所同欲者矣。

且李氏之先多壽考長者，其名堂以世綵則朝玉始，朝玉固將以示其後之世也。今由永道而視其子若孫又三世矣，則世綵者，豈非李氏子孫之所當盡其心者乎？使後朝玉而興者，皆知悦親以盡其情焉，則由是引年以上膺自天之寵者，又豈有窮已哉？或曰：世綵名堂，本宋中丞廖剛之所名也，當時諫議陳公與天下賢士歌詠之，朝廷嘉之，何李氏之更蹈而旁襲也？余曰不然。凡孝子之欲世其綵以悦其親者皆然也，亦皆人之親之所願樂而見之者也，豈廖氏得而專美哉？是爲李氏世綵堂記。

泰和縣天一院重修記

邑西南瀕贛江爲龍洲，洲陰爲高漚潭，江水匯焉。宋宣和中有蛟蠥覆舟爲民害，閩僧光定者過而呪禁之。其後蛟徙潭壅，積淤成洲，爰有擇幽據勝爲緇、黄二氏祠居者，若今天一院其一也。

有元皇慶初，僧無盡者募邑人某創基其上，夷土石，薙荒穢，縛茅植竹以爲庵，庵成而無盡死。後若干年，僧號南山者，自萬安洪興院來主之，爰斥規制，鼎創梵宇，摶肖法像，具設筵供，而院之名益著以大矣。歲在甲辰，天兵頓西昌，院則盡燬，獨觀音大士像銖衣寶冠儼然烟埃烈燄間〔一〕，若有護而全之者。邑人驚歎，咸起敬信。其徒勝清，戒律嚴密，持誦精勤，大思募緣爲興復計。其不足也，則勤力耕種，節縮衣食以補助之。乃洪武三年春，鳩工發材，剗高塞窪，審位易向，首建正殿三間以居佛，復起旁屋若干以爲其徒休息之所，而像設經具與凡教之所資，莫不次第修舉，以復舊觀。蓋其經營八逾年而始就，不其難哉？

憶嘗過龍洲，行荒陂斷隴間，鳴禽上下，水木清茂，問往時龍臺、龍門、雲江、萬壽所在，已莽然荆棘，不知其東西矣。獨天一故基隱約叢竹間，蘧廬如匏，僅庇佛頂。而勝清與徒不啻以死守之不去，日持鉢化飯以自給，視其色甚暢，其心甚夷，而其爲辭也達而不滯。視其圃，縱横可十數畝，方種椒數百科，薯數百頭，菘韭千數本，蠟樹數十株，町畽平豁，溝塍修整，課其傭驅兩犍駕犁其中，猝猝然若時將暮而風雨將至者。余竊歎之，以爲世之人爲妻子衣食計者，往往淪没勞苦而不知止，今浮圖氏果誰爲哉？會是年夏五月，余以應詔來京師，遂竊禄于朝，然郡邑山水幽勝之戀若天一者，固日往來于懷而未已也。又明年三月，友有嚴復者以書來告曰：「邇者天一幸遂脩復，而勝清死矣。方臨終時，惓惓囑其徒以記文爲請，且曰文不得則目將不瞑也。」

嗟乎，若余文亦何足爲有無哉！有如陵谷水土，其形勢高下皆一定而不可易者，然去之數百載之後，爲蛟魚之穴，爲鐘鼓之筵，猶倏忽變易如此，而況土木有形之具，或幻而象焉，或烈而燼焉，或決而蕩焉，尤不可以今昔計而耳目定也，況於文辭哉？文之傳不傳不足計，若勝清之節約勤苦以扶樹其宗教，而悠遠之托尤不忘於身後者，則不可以無傳也。夫用志貴專，立事在勤，信於人者必其行之篤，傳諸遠者必其言之文。是道也，固不以小大精粗而有異。予方欲與勝清論之，而勝清不可作，故因其來請，乃述之以告夫嗣勝清者，庶有以繼其志而益勵也。夫異時來歸，尚當過而觀之，以徵予言焉。其徒名某，今嗣其守者，龍門之此宗。道其意而來請文者，復也，復嘗從予遊而知勝清者，故其請尤力云。

【校勘記】

〔一〕「觀音大士」，原作「觀音大土」，據康熙本改。

重興院佛殿記

洪武五年秋九月，今奉訓大夫、都督府斷事官歐陽朝佐，以其鄉重興院僧友順來謁，請記其院之新殿，予以公務未遑諾也。每旦同朝而趨，既暮或聯鑣而返，朝佐必勤勤以爲言，私心竊疑之：今朝廷大更化理，方内營中都，外斥北狄，民奔命供億之不暇，寧能有餘財粟而理佛祠者乎？友順曰：「不然。是皆吾主僧真誠之所自施也。佛之居莫大於殿，然非起其所已廢，則不足以明成壞之因；非捨己所甚愛，則不足以展報酬之願。斯其所以發之果而成之易也。若是而爲記之，不亦可乎？」余不能辭。

按重興院在廬陵縣北三十里，有山曰孚源，翼然鸞停，爛若霞聳，靈祇拱翊，龍象顧臨。粤在唐太和時，開創於金地院之海禪師，至宋咸淳間有毓庵秀公者始重脩之。元至正初，竹磵叢公復更造之，而規制極宏麗矣，既而燬於壬辰之兵。去壬辰又二十有一年矣，天下日趨於治，凡二氏祠宇嘗以兵廢者，亦漸次脩理以復其故。真誠環顧殿址荒落弗治，則慨然以身任而力爲之。故振錫而木浮于江，啓鉢而甓陶于野；畚土伐石，工作並興，摶壞設繪，色相具足；起法筵於瓦礫之地，現青蓮於烈火之餘。夫豈偶然之故哉？蓋真誠，佛之徒也，進無所求於人，退無所慽於己，顧能相時而順動，因廢而爲興，可謂不昧其初者矣。誠使天下人心尊慕報效乎君上者，皆若真誠之所爲，則海宇雖廣，何禮樂之不可興、事功之不可立哉！

余既重歐陽之請，又嘉真誠之能有爲也，乃推吾説以告之，使歸而刻焉。殿之列而爲楹者四，縱而爲架者九，高與深廣各若干尺。肇工於是歲七月某日，將以十二月某日畢工。

真誠字性源，郡之故家劉氏，蚤依某師爲弟子，實勤敏端慤以奉教律。其能使信嚮彙合而興造有成者，宜哉！友順字天然，嘗捐貲建院之法堂，爲人質而喜文，蓋本歐陽氏云。

讀書所記

洪武四年夏，朝廷大徵天下士，凡通治一材一藝者，咸來會京師。於是，許君如珪以應詔起浙之會稽，既試藝而論官也，天子御奉天門，親擢爲兵部員外郎，與予適先後，因得熟君之爲人，蓋勤敏而志於學者也。暇日，爲予言其「先世家上虞，後徙郡城，有別業在富盛山中，山妍而水秀，有林園陂池數十畝，可樵可蔬可漁而稼者也。方髫亂時，竊奮然有志於功名。古者從賢父兄師友講習於是，嘗題『讀書所』大三字於楹間以識之〔一〕。今不自意竊禄于朝，弗克終所事，然於心固未嘗忘也。子幸爲我記之」。

嗟夫，君之志於學也誠篤矣！然豈徒以爲必呻吟其佔畢、卷舒其簡編而後爲讀書耶？抑亦必富盛山中之别業而後謂之所耶？人患志不立，則漫漶放逸而無所於學；志苟立矣，則何所事而非讀書，亦何所事而非其所耶？古之人固有釋耕而談經，行牧而讀史，則耕與牧固讀書之所也。買臣行歌於薪市，夏侯傳經於徒獄，則獄與市亦讀書之所也。使役乎外，則讀書之所在原隰，軍行於郊，則讀書之所在行伍。至於入大廟而問焉，在朝廷而言焉，則宗廟、朝廷皆讀書之所也。人惟不知其所以學也，乃有隨其所而遷者也。是故仕於國或背其家之所修，進於郡或棄於縣之所守，甚者在朝而悖於言，在廟而懵於禮，戒懼不存於軍旅，咨諏不遍於道途。入市而利心奪焉，至獄而慴心怵焉，其於耕也牧也，方孜孜焉計其稼穫之豐凶，較其犧畜之蕃耗之不給，其又何有於學哉？今君出而不忘於處，仕而不變其初，觀其周旋言議之間，隱然猶前日富盛山中時事也。若是者，又焉往而不得哉？昔也由富盛山而爲兵曹，他日由兵曹等而上之。吾見其游焉習焉，將無往而不在也，豈徒噭噭然語人曰「我讀書之所在會稽山水間」而已哉？異時乞身南歸，取故藏之書教鄉人子弟，發而讀之，以廣國家作人之化。予老矣，幸尚有聞焉。

【校勘記】

〔一〕「大三字」，康熙本作「三大字」。

永新重建靈應觀記

洪武二年六月，詔天下郡邑凡文武官吏各修居第以聚處於公署，示民有尊嚴也。然官有常數，室廬宜無所不備；制有常度，公地或有所不充。由是隘者以闢，短者以益，規者以方，缺者以葺，循規奉公，無敢或後。明年冬，吉安府永新縣守禦官俞侯某，新作千户所於縣城之西偏，其東適界於靈應觀之故址，不足以成制，乃并包而營之。又明年，廨宇崇比，軍士攸寧，政通時和，思舉百廢，首念靈應觀之未復也，乃捐俸若干，購民地之曠閒者於公署之東南得若干，贖邑民重屋之欲售者凡若干楹。即日徙構其上，召故觀之道士吴克仁等俾還居之。他日，與其幕屬金汝霖、孫馴等謀曰：「凡吾所以爲道徒之居則可矣，然疏樸簡陋，甚非所以奉神天而昭祈祝也。盍相與增廣而圖大之，可乎？」咸曰：「然。」力以某年月日鳩工庀材，前爲正殿若干楹，高深廣各若干尺，外爲三門，夾以兩廡，與夫官廳、道寮、庖庫、湢匽之屬，莫不畢具。高敞宏麗，有加于前，神天赫奕，如覩舊觀。於是，克仁之師祖江元谷今居南昌妙濟觀者，聞俞侯之能興復以有成也，乃具兹觀創立之始末與興復之歲月來求予文，將勒石以爲記。

按靈應創始於南宋乾道間，有法師包公守乙者初建佑聖閣，以崇真武之祀，後不知燔廢於何時。元至元二十一年，邑人周子與等議起廢，乃禮請希夷道正譚公士寧主其事，歷復安文公、以清尹公、志遠龍公，凡三傳而至震巖陳公。公慨然有志於更創，首捐經資爲之倡，而募緣邑士江廷秀、安老、劉貴和等共力成之。命其徒蕭内觀、劉洞陽、蕭德荇等相其役。由是締搆繪飾，輪囷炳焕，巍然爲一邑鉅觀矣。自至正甲申至壬辰九年之間，工甫畢而東南大亂，已而兵挻于州，觀則盡燬。迨乙巳冬，天兵赫臨，滌蕩兇穢，版圖既入，政化聿新，爰命新安俞侯領兵以藩扞是邦者，於今七年矣。撫循士民，招徠流竄，綜理庶務，罔或不周，而靈應興復之役所以見於公署落成之餘者，蓋内無廢事而外無遺敬者也。此非法修令行、惠溥誠著，其能然乎？惟天無往而不在也，故亦無所往而不可以致吾之敬。

昔旌陽許君既拔宅上昇，不可得而見之矣，鄉人往往即其居近之地而立祠焉，祠之所在，神之所存也，則靈應又焉往而不得也哉？惟名存則實存，實存則凡外物之虧盈消息、往來倏忽者，宜有不足計者矣。矧桑海嘗三變矣，而道固未嘗變也，天地固未嘗易也，人心固未嘗忘也，又何患焉？此俞侯心也，而興復之功爲不可泯矣。余既述以文，乃復系之以詩曰：

玉京崇崇，禾山迤東。赫敞下臨，靈應所宫。厥初虚危，降精攝極。有歸其閤，佑聖是立。由宋迄元，踰二百年。舉廢騫華，翕登真仙。曾不一霜，兵燹告難。顧視靈宇，土焦石爛。竈返于淵，鸞翔于天。有衍者墟，鬱爲荒烟。瑶圖天闡，神聖受命。四海一家，文武奉政。揆時拓地，作我兵衙。爰包絡之，廣斥有加。我楹我堵，我戈我櫓。侯曰噫嘻，神天曷處。乃營閑曠，乃購材植。工師繪史，次第授職。如霞斯蒸，如雲斯興。晃朗屹峨，舊觀是仍。歲時揭虔，水旱來禱。升中祝釐，邦國是保。巽南其峰，乾北斯岡。水秀以環，山靈發祥。玄宫有焯，俞侯所作。匪作伊復，士民是若。幡幢森羅，鍾鼓鏗鏘。歌以鑱之，百世不忘。

愛日堂記

里太原周叔京氏，孝友人也，與余爲陳氏友婿。有先廬在太原山岡之東北，比歲燬於兵。暨亂定，叔京始與弟季中奉母夫人以歸，翳然環堵，蓬藋交户，叔京蓋皇皇焉以爲憂。余他日過而解之，以爲人子之事親，有不係乎居室之完盛與否，惟能使其親無往而不安之，斯其爲能子矣。叔京雖强然予言，察其意，終若不以爲然者。自是余去家游京師，與叔京不相見者數年。去秋，余由兵部職方調北平司臬，叔京以書來告曰：「自子之北也，田里豐恬，時和物熙。兹幸作新堂於故址，以奉吾母。惟是吾母之年今七十有七矣，而吾深懼夫奉之之日之不能以永有也，爰取古人愛日之辭揭而名之。子能爲我記之否乎？」

嗟乎！若叔京者，其於事親也，可謂知所愛也。夫子不云乎：「父母之年，不可不知也。」夫知之則斯愛之矣。人惟不能以知之也，於是視其親之年，忽焉如駒馳電激而莫之省，至有蹈無及之悔而貽莫追之憾者，可勝言哉？蓋嘗即夫一歲一日之近而論之，一日之景既夕矣，則前之爲朝也，已不可得而復追，一歲之候既冬矣，則前之爲春爲夏者，已不可得而復返，而况於歷七十又七年之數者乎？人生百歲爲上壽，世之人未必皆百歲也。姑以百歲成數計之，則七十又七之數已不啻四之三矣，其所餘之一，曾何足以當夫往者之奄忽，況其間或虧或逾之不齊者，又有不可知者耶。故傳曰：「孝子愛日。」夫愛者，惜而不自足之謂也。今叔京下友其弟而上事其親，備甘膄豐腴之奉，極歡欣和悦之情，雖登百歲介千福，而猶不自以爲足，此其愛日之心，豈有窮已哉？余也抱終天之痛，禄不逮養，思復求一日之樂如叔京者，其可得乎？然千里之外與聞家慶，尤不能不爲姻婭間喜幸也。異時南歸，尚當奉觴升堂爲叔京賀之。

挹翠堂記

吾邑之南有地曰雲亭，誇十八都之雄而冠六鄉之首。衍迤平曠，中引大溪，其源有接乎章貢平川之境，走百十里許而入于大江。民生其間，有肥饒之利而無旱熯之艱，故富人鉅族咸累葉而不替焉。而雲亭之最勝者則曰沙溪，而沙溪之右族又以劉氏爲首稱。

劉氏自宋、元間已煒煒有聲，至如圭益彰且大。如圭未弱冠已克植立，恭謹剛毅，事父母孝，事兄長弟，一門長幼，咸得懽心。與諸兄叢處，念生齒之繁而不足以蔽風雨，於是去屋之東百步，得曾之故址而一新之。中建廳事，前夾廊廂，後建寢堂，左右翼以横樓。風晨月夕，翹首四望，北南西東諸山環拱，蒼翠之色葱葱蒨蒨，咸在乎几席之間，可挹而有也，因名其堂曰「挹翠」。予嘗假館其家，諸子姪皆從予遊，往來將廿年，與如圭處最厚，故請記於予。

予謂翠者出乎山，山之有翠，猶其草木蓊懋，土石温潤，故其發見於外也如此。然人皆馳騖於山翠之中，而能得翠之美者，蓋寡矣。今如圭不徒得翠之美，又從挹而有之，則山川之秀若默契焉。苟能廣處游之益，培德業之基，積於中者既厚，發於外者愈弘，粹面盎背，不知其所以然而然，則翠之美不在于山而在於己矣。而人又得仰其德業之盛而挹之，乃與山川相爲悠久，容有既乎？如圭其懋勉焉。

槎翁文集卷之七

記

東竹軒記

竹之産於東南而貴重於天下者，莫荆、揚若也，是以聖人録之。書曰「篠簜」，曰「箘簵楛」，而冀之植無紀焉。其見於詩，則有衛之淇澳曰「猗猗」也，曰「青青」、「如簀」也，既興美之，而猶嗟嘆之，乃三致意於「有斐君子，終不可諼兮」之盛。豈竹之可貴重者尤在於質美，而君子固將比德於是歟？是何竹之多衛産也。若燕也者，則固荆、揚之北而亦衛之東境也，而竹之産無聞焉，何哉？豈土地所生，風氣所宜，固各有所專而不能以相通者歟？將燕地當極北窮邊，地鹵斥而時凍沍，天地生生之氣，至是膠固閉距有不得而施生者乎？何竹産之荒落而鮮聞也。既又疑之，以爲荆、揚之限隔固遠矣，若燕之於衛，則地之相去若此，其未遠也，世變風移，烏知今之不異於古而余固有不得而知之者歟？

洪武六年秋，予來北平。北平，古燕地也。入其境，則莽然平曠，草色盡白，時時驚風吹沙，人馬對面不相見。荒壖敗堞間，蟠松偃柏，往往有之，然率離奇勃窣，有慘悴可憐之色，求其一二清修茂悦彷彿吾南土之常卉，已不可得，而況於竹哉？夫竹中通而節固，理密而氣清，非高明爽塏，有未易致生植之遂者。今乃欲求之於風沙冰海之區，難矣。

一日，過樊子仲郛之寓舍，見所謂東軒者，有美竹焉，問之，則遠致而新植焉者也。余爲之駐觀久之，愛其扶疏玉立，枝葉森布，清風在户，爽氣逼人，欣然如見故人於異鄉，翛然如遇高士仙客於空同之墟、廣漠之野也。抑予前所謂世變風移，烏知今之不異於古者，豈不誠然乎哉？仲郛因請爲之記，余諾之而未果。其明年春，會予有京師之役，比反也，則臬事日嚴，文櫝填委，補弊救過之不給，尚能以文辭名哉？今年夏，仲郛來徵文，且告曰：「吾東軒之筍已再竹矣，昔者之諾得無忘之乎？」余亟謝不敏，則爲之記曰：

竹非燕産尚矣，然士君子所過者，化其於物也，固不矯情而循其所無，亦不易地而變其所志。若仲郢之材美，譬猶篠簜、箘簵之出於荆、揚者，既已拂拭韜籍而登薦于天子之庭矣，則切磋琢磨，求所以脩其身成其文，而思以比美於淇澳之君子者，又可一日忘之哉？宜斯軒之所以名也。抑聞之，鳳凰非梧桐不棲，非竹實不食，而東云者，固和氣之所鍾也，則兹軒也，將非朝陽之地哉？詩不云乎：「鳳凰鳴矣，于彼高岡。梧桐生矣，于彼朝陽。」吾見昔之鳳凰將翽翽來止於斯而和鳴也，尚幸有聞焉。

柳居圖記

圖柳居者何？志初志也。志之者誰？三衢徐叔名也。叔名僉憲北平之明年，示余以柳居圖而申之以言：「吾邑開化東三十里之華川有先廬焉，比歲燬於兵，迨先人既没而葬於青陽也，嘗徙而廬於墓左，如是者既十餘年矣。幸天下清寧，民物咸得以休復，余惟不敢以忘先業也，始復營華川而返息焉。自惟無所庸於世，亦無求聞於人人。以吾土水木清華之可樂也，嘗取柳數十本周庭垣而植之。曾不幾何，而青翠上干，陰翳帟如，行者過之，深不見日。余方息交絶遊，閉户取聖賢書日諷而玩之，時時升高眺遠，望青陽松楸於雲烟杳藹間，慨然有陟岵之遐思焉。或興至神怡，則振衣展席，臨清流，蔭嘉樹，叩琴而歌之，悠然自以爲可以苟遯於兹土，而世亦若可以遂忘於己矣。或者不察，以余之居之也，乃目余爲柳下先生而薦之於春官者。俄而鄉老大夫禮羅在門，敦迫就道，而華川之柳居遂非吾有矣。一貢于鄉而辱與俊造遊，再貢于王庭而進叨御史之命，兹又獲與同事于此，榮幸侈矣。念吾志初不及此，顧夫一日舉以畀之而不少靳者，是寧可以倖有哉？吾旦旦雞鳴而起，從一童單馬出坐府中，方與僚佐平議輕重、參決可否曾未竟，而羣胥抱文牘趨庭下更署紙尾者，已鴈鶩進而縻綆屬矣。少或眩焉，則水火易位，死生利害倒置。故吾日惴惴然以驚且畏，若無所措其身者。反思吾昔者柳下之優游，可復得哉？爰取華川之景合青陽爲之圖，時展而玩之，以無忘其初焉，此吾志也，願有以記之，可乎？」

余惟匹夫而有天下志者，士之謂也。所居有大小，所遇有顯晦，而志則各有存焉。夫豈可以一端裁之哉？惟其始之不以所處爲困者，居之安也；終之不隨所居而變者，志之定也。志之定而居之安，其名稱有不昭昭於時矣乎？彼輞川遊觀之詠，平泉草石之記，沾沾然滯於物者，吾無取焉。今叔名清亮强敏，志得道行，而猶能不忘其初若是，不亦窮達一致而忠孝之兩盡哉？吾見青陽、華川之間，其水石草木，凡經吾叔名之所遊覽而指歷者，將欣欣乎其有榮耀哉！四方賓客與夫鄉人子弟，豈無過其門望其蔭而思挹其聲光者？將必曰：「此御史柳也。」又相與愛護培置於方來，則名之傳也，寧有既哉？余不敏，請書是説于圖之左，以識而俟之。

寸草堂記

番陽汪季清，平居讀書、彈琴、養親以爲樂，嘗作草堂於浮粱山中，或者爲題「寸草」字於楣間爲之名者，蓋取孟東野氏遊子吟詩中語也。季清蚤以文學起家，入太學爲弟子員。未幾，奉旨分教北平之大興。自以去其親之遠且久，而念斯堂之不可得見也，則泫然告語於廬陵劉崧，請爲文記之，將以日誦而自省焉。抑余固抱永感者也，將何以爲言哉？

夫父母之於子，猶天地之於萬物也。天地生萬物不可以數計，而形色之可觀者，莫著於草。草之長短鉅細尤不可以數計，而其類之微且弱者，蓋亦莫甚於草焉。夫草之爲類固微而弱者也，而又謂之寸焉，則其爲微且弱者，不亦甚乎？此凱風「棘心」、「劬勞」之思也，此蓼莪「匪莪匪蔚」之痛也〔一〕，此孝子不自滿足而慊然有感於其中之詞也。由是推之，則所以盡其事親之道、致其敬身之誠者，宜愈至而愈未至，且將兢兢焉閔閔焉，反而自顧，蓋凜乎其有不勝之懼者。故寸草之不足以報三春之暉，猶孝子之不足以報昊天罔極之德也。千載之下，四海之內，有人心者，孰能不慨然於斯語哉？

嗟夫！天地生生之機，其著見於物者，固日進而未已也。其始也纖柔稚弱，不啻若毫髮絲粟，然及其終也，滋茂暢達，有不可以限量計者。夫人之心皆然也，豈惟草惟然哉〔二〕？蓋必有以養之而無害，則庶乎有以全其所賦之本體而無所愧矣。詩不云乎：「我日斯邁，而月斯征。夙興夜寐，無忝爾所生。」是記也，季清其試思之。

【校勘記】

〔一〕「匪莪匪蔚」，當作「匪莪伊蔚」。

〔二〕「惟然」，康熙本作「爲然」。

按察司官朝會題名記

洪武六年秋，余承乏副北平憲。迨九年之閏九月，幸及考，以十一月赴覲。其明年正月至京，則朝廷更制，内外官率九年爲任。又聞有旨召各道按察司官以三月會京師，余以留滯道次，弗知也。乃月之十有一日，余賫所書事蹟赴考功監投進。監在奉天門之西南上，其導之進者，殿廷儀禮司正某也。越三日，吏部尚書王敏於大本堂啓：北平按察司副使劉崧，以考滿至京，未經注代，俾往復任。今宣諭在邇，宜令聽候者。東宫可之。

越二月十八日，僉事閻裕等至自四川。未幾，廣東西道及凡任各道司官者皆次第至。二十七日，北平僉事徐叔銘、經歷王敬脩、知事俞思敬與山西副使楊基、江西副使周凱、山東副使張孟兼等又皆至。又明日，監察御史權河南司官董哲與浙江廉使余奎等又最後至，皆集于京師之會同館。計天下凡十二道官通若干員，時來會者止四十又九人，官固未備也。其始至，則皆齋沐，具朝冠朝服，以次日早引奏如儀，行朝覲禮，至是始齊同焉。前朝儀禮司正戒各道官率所屬入聽宣諭。

乃二十九日，早朝既退，衆各常服俟于闕門之西外，時中書丞相胡惟庸、大都督府官毛某、御史臺左大夫汪廣洋、右大夫陳某皆先入，文武百官從之。既而司正引衆班循闕右西側門以入奉天門，復由門之右掖進奉天殿下，敍列于丹墀之西以俟。俄而中使趣召，知上已升殿矣。司正與序班導衆由殿右歷西階折而東行，遥望見金刺紋團鳳扇夾御座正南面北位，乃循殿庭西南遂班于正南北面。浙江廉使一人立最在前，山東、山西、江西各副使與崧共四人立次後，廣西僉事顔繼先、陝西僉事韓儀可，與凡僉事及經歷等官四十四人作重行立又次後。時奉天殿新成，土木疏樸，未甃飾也。上冠通天冠，御白袍，負山字金漆素木屏風，據金椅，下施箳席焉。天顔清怡，玉音暢亮，宣諭叮嚀，繼以誡敕。特命户部尚書偰斯以官段四表裏賜余奎，賞其前在山東時實封言事之剴切也。宣諭畢，衆惶恐再拜叩首謝而退。

又明日三月朔，司正具戒入辭。衆以詰旦復具朝冠服，隨序班先俟立于奉天殿之前墀。上既升御座，司正以聞，乃就位贊拜。禮畢，趨退出奉天門。未竟，有旨復召入，而前行者已出，赴儀禮司收服矣，後行者聞命將復入，不可，乃亟出易服，仍羣趨以入。時工匠方集殿墀，頗喧雜。上厭之，乃徐步出殿門，降庭陛，以臨于丹墀，將坐，見臣衆且遝至，乃直南趨出奉天門，渡金水橋，又趨午門以出，至御街中甬道而坐。百官衛士環擁後先，而儀仗嚴肅特甚。衆俛伏喘汗，戰慄不知所爲。上始若色怒，久之乃言曰：「若等知朕所以諭之意否乎？今天下太平，有司膺名秩、食俸禄甚厚，而民隱未盡昭恤，使朕之耳目弗究于下者，非若等責歟？惟是新制九年考績，若等其各還司以糾以察，慎乃憲度，大者以聞可也。毋玩民事，毋干天紀，使後此能復見朕，則若等爲奉職矣。」是日聖訓諄復，視前日尤篤切嚴厲，使人服而思之，温然如被春風而煦至和，凛然如聞雷霆而隱餘震也。拜辭禮畢，上將起，復立而申飭者再四。暨返駕，將入午門，忽返顧曰：「若等其偕來。」上既入，乃自東阯以登于觀。上遂入坐南殿，羣臣登自西阯，遂列憩于殿之右掖。陳几席焉，云有旨賜膳。既而光禄寺設饌，酒三行。進膳畢，司正奏按察司官謝賜膳，敕免謝，乃退。詣中書省及府臺，以次辭謝而出。

又明日，賫兵部符驗，出金川門，赴龍江驛，次第起船以歸，寔是月之四日也。舟行凡十有九日，始達北平。

暇日，因追録前所會憲官之爵里、姓字爲一帙，且以識好會也。夫有食其禄乃不思究其職、理其事而負聖訓者，猶負於天也，可不畏哉？是録凡四十九人，其由御史而遷者若干人，由部官而調者若干人，由臺掾及察院書吏而陞者若干人，由府州縣與人材而舉者又若干人。噫！才難尚矣，而况於司憲者乎？惟是十二道之分布天下，其選爲甚嚴，而任爲至重也。然其間除擢後先，陞調遠邇，或同選而異趨，或異出而同事，固有聞名企蹟於十數年之久，而終莫遂一日之覯接者有之。則夫因覲典而爲斯録也，又烏能以已哉？况其間有可監可視傚而可敬畏者，又皆區區之益友者邪！嗟夫！惟天不可欺，惟法不可玩，而吾之心則不可以不盡也。幸相與淬礪濯滌以報稱上意，將必後此而觀考焉，又豈徒若今所録而已哉？

登濟寧太白酒樓記

太白酒樓在故濟州今濟寧府南城門上，壯麗雄偉，四望夷曠，有汶、泗二水經其前，開河、安山、山湖諸水匯其西，鳧、繹、龜蒙、徂徠、岱宗諸山復左顧聯絡于東北，皆紆青浮白以舒斂出没於雲烟縹緲之際，而齊、魯方千百里之勝，可指顧而具矣。其樓之規制，不知重脩何時，其與昔之高卑大小，殆不可辨，意其上下千數百年間，其脩葺而因仍者，殆皆此類耳。階西南上有古石柱，高可丈四五尺，觚植而湧蓋其上，周圍刻小篆記文者，唐沈光之所作也。其左階東南隅有二賢祠記石刻二通，蓋昔州人嘗祀太白與知章賀公于其上者也。祠有二賢何？舊傳開元中以知章爲任城宰而來，其來而止也，嘗飲于此，此樓之所以名也。惟太白負奇氣，好僊遊，其足跡幾半天下，凡江、漢、荆、湘、吴、楚、巴、蜀，與夫秦、晉、齊、魯山水名勝之區，亦何所不登眺，何日不酣暢？而以酒樓名天下有二焉。其在洛陽天津橋南董糟丘所造者，其事尤奇偉卓絶，今其存亡興廢類不可知，獨兹樓以沈光記文遂留傳至今，豈偶然哉？

洪武十年三月十六日，予與本司僉事徐叔銘、經歷王敬修、知事俞思敬自京師聽宣諭還北平，道過濟寧，郡將鳳陽沈仁知余好古也，偕其客曹伯仁、吉水夏侯霽載酒邀余與同行。諸君遊樓上，撫誦唐、宋、金、元以來詩文碑碣凡十數通。於是太白之去世幾七百餘年矣，爲之低佪慨歎久之。既下樓爲舟，二鼓矣。乘月出草樓，行五十餘里，將入開河，舟人大醉，妄行入野湖茭蒲中，不知所向，乃傍柳樹而息。明旦，與叔銘相視大笑，遂書此以紀同遊歲月。

菊所記

吾鄉多竹而鮮菊，非菊之獨鮮也，凡菊之生，柔脆芳潔，所以培植滋息者恒有待於人，然非幽閒静逸之士，則亦不能有以盡其性而使之必遂。非若竹之勁直堅密而根屬萌達，可以歷數世而不悴，雖或漫植，而亦無不長盛者也。自余少小時已喜種菊，然不可卒得，聞人有佳品，輒不憚艱遠，分根裹苗，惟恐其不多且異也。然而朝夕異姿，咫尺異態，培築之未固，而雞犬或爲之侵淩，灌溉之未周，而風日或爲之烜燥，其幾何而不支離委絶於草莽之墟也哉！此無他，亦由心有所繫，而所以養之之功有不繼焉耳。

距余所居南二里許，地濱河流，爲菖蒲田，有康氏世居之，其字體原者，則其郡從中之特然者也。性伉直，能以急義先其鄉人。方少壯時，嘗操千金浮遊江湖間，揮斥散施，若不經意者，晚乃退而休息焉。往年余以倦遊歸，適東南兵亂，里巷蕭條，故老無有存者，獨時時過體原氏，相與憩林竹之秋陰，歎前人之陳迹。而君亦皓乎其將老矣，間邀余坐南軒，見楣間揭「菊所」二大字。問之，君欣然指軒前隙地謂予曰：「是將求佳菊植於斯，燕賓親於斯，以爲他日娱老之圖者。子幸爲文以記之。」余笑曰：「君第植菊，菊成而會賞焉，則記成矣，予文不難也。」自後間相聚，輒匆匆別去，而君之菊卒亦未果如其所言者，予竊怪之。未幾，余以召命去家，與體原不相見者又八年。比來北平，風沙蒼莽中於竹罕見，獨時時於士大夫家見菊本甚夥，因憶嘗諾於君，每對之，未嘗不惘然也。今年春，體原命其婿曾景忠來徵文於京師，且曰：「翁之菊今燦然可畦者已若干本矣，請必得先生之文以復命。」余不敢辭，則記之曰：

昔先正有云：「菊，花之隱逸者也。」使君如前數十年强壯可仕，則必不暇以事此菊；使如前十數年轉徙避地時，則亦不能以有此菊；使君之子若孫無以致其治生力作之勤而奉甘旨焉，則亦不能有以樂此菊。故此菊之與人必適然相遇於蕭散澹泊之鄉，然後二者得以相成而所。若體原者，豈非余前所謂幽閒静逸之士者歟？將見吾鄉菊産之盛迨有過於竹者，其必自君始矣，豈不快哉？抑余之生後君若干年，曩不自意竊禄于朝，遂不能以成其初志，獨憂患之餘，容髮之變，乃有甚於君而不自知者，豈不益重余之所感哉？兹聞「菊所」之盛也，徒爲之踴躍以喜而不可即，姑爲之記以復於君，俟予他日南還，幸載酒而一過焉。

瞿預齋記

前成都府綿竹縣丞陳亨衢若澍甫嘗題其燕息之齋曰「瞿預」，既去蜀而調管庫於吴府也，適余由北平臬司來覲，與之相見於京城之寓舍，因以告而請記焉。其言曰：「自幼而知學，已聞瞿塘灔預爲天下之至險矣。及叨薦出仕于蜀，始歷其地而信焉。今過而去之久矣，然猶心存目注，未嘗不爲之寢驚而夢悸也。因摘『瞿預』二字以名吾齋，庶幾日戒而不忘焉。」

余曰：嗟乎，子豈以瞿塘灔預爲至險哉？世固有乘之而安濟者矣，彼非濤非石，觸之而遄敗、嬰之而必壞者，豈皆由夫瞿塘灔預者乎？昔若澍之入蜀也，既已沿溯巴峽，出入瞿塘，而上下乎灔預之堆矣。其激而爲湍沫，旋而爲渦洑，湧而爲象爲馬，其迅不可磯，廣不可畔，而深不可極也。彼遊士行旅卒然遇之，有不心戰膽掉於空冥不測之中者乎？當是時，金帛有所不顧也，珍羞有所不嗜也，四體有所不暇逸也。其心方凝然一爲舟師之是聽，而舟師爲之操篙引柂，回翔容與於其間，而自無不得焉。故雖波流漂漫，風雨冥晦，而舟航之不傾不覆以底于安流者，故自若也。不幸摧檝敗艫而人皆俱殞者有矣，然固不盡爾也。及其險出危脱，氣平體舒，駸駸乎入于山川之清美，而即乎城邑之富麗。於是馳騁也，而愛移於車馬遊宴也，而愛鍾於聲妓田獵也，而愛逐於禽獸貪黷也，而愛溺於貨賄。於是向之可畏可懼者，已忽焉如飄風過雨而遂忘之矣。然不知馳騁有墜軼之傷，遊燕有淫泆之毒，田獵有從獸之荒，貪黷有亡軀之慘。而所謂傷、毒、荒、慘者，舉伏於適快安恬之中，使人不知所以戒備而必蹈焉者，蓋未有不至於傾覆者也，豈非尤天下之至險哉？蓋險之可見，若巉山捍水之可驚駭者，人固知所以畏而備之。其有甚險而不可見，若車馬、聲伎、禽獸、貨賄之可娱可欲，其能知所畏而備之者，幾何人哉？

吾聞若澍之丞綿竹也，單居一室，嗜欲泊然。有征伐，則揭片紙於百里外，如呼吸然。蠻夷之民，扣首率服。其去也，至有垂泣者，此豈偶然致之哉？今既去西蜀而從吴府，出險阻而既安逸矣，迺猶名齋以向之所畏戒者，此其心蓋將無往不爲瞿預見也，豈非安而不忘危、夷而不遺於險也哉？或曰：瞿有動而疾顧之貌，預有思患預防之義。是又一説也。然皆君子之道，諒亦吾若澍之所樂聞者，故敢爲併言之焉。余先世辱與君爲婣家，故與若澍有友道，則記之作，既以爲告，亦因以自警焉。

予隱堂記

東昌王起予，嘗築堂於所居西偏，以爲燕息之所，余友王君子啓過而樂之，名之曰「予隱」。子啓出而仕矣，而予隱未有記之者。他日，以余退休山中也，始命其子某來請記。余謂子啓命名之意雖不可知，若予隱之説，則余能言之矣。何也？余二人者，蓋嘗欲隱而莫之遂者也，而起予獨能以無所事而安於隱，余烏得不喜而爲之記哉？

古今天下之隱者衆矣，惟無所係累於名迹者，能充其隱之至。彼其游於江湖以爲漁，服於田野以爲農，藏於市肆以爲卜、爲屠販者，皆隱也，皆閔閔焉混混焉，不啻將以塗眩天下一時之耳目，然而卒猶不得免焉者，亦以其徒知假名迹以隱於人，而不知所以自隱焉耳。若起予之隱也〔二〕，無所待於人而安乎己焉，非善於隱者，其能然乎？且通津要路，衆人之所必趨，而豐禄茂績，亦志士之所欲得而願致之者也。生斯世也，爲世用也，亦何憚而樂乎隱哉？惟時之會遇既難，而士之致尚亦異，於是乃有逃榮即汙，寧措身於無聞之區，泯其用於不試之地，以苟全適安而已者，其視古君子之忘己以志於天下者，固所不逮，而清風偉度，亦庶幾有愧夫望塵逐影之爲者矣。

吾聞起予以康强之年，際隆盛之治，享甘旨之奉，而游泳乎堯民淳和之天，是寧復有一毫之私心也哉！故其居於是也，八窗靚虚，一塵不生，市喧既遥，山色逾静。時其春草幽芳，夏陰岑寂，盼浮雲之斂舒，耳鳴禽之上下。良朋萃止，則命觴投壺以樂之；清風徐來，則薦琴詠詩以娱之。凡世之憂樂、毁譽、得喪，曾不足攖其中而自無不得焉。若是而專之而謂之予隱，果孰得而争之哉？噫！是固天之所以遂成之者也，宜子啓之有取於是名矣。抑余與子啓不幸蚤厠名於文字，一旦謬嬰所知，據非其任，卒蹈顛蹟，以重愧悔。乃今聞起予之風而慕予隱之勝，始超然若發蒙矣，寧不爲之低佪三歎而踴躍以喜哉？某歸，其以余言復而家居，退而書於堂之壁間，俟子啓歸而諗之，庶斯言之有徵也。

【校勘記】

〔一〕「起予」，原作「啓予」，據上文及本集卷十八王秀才墓誌銘改。下同。

重脩青松觀記

廬陵東南多名山，距城六十里而近爲小水，有道觀曰松青，介于匡山、洞巖二境之間，世或罕知之者。洪武十二年春，予道匡山之陰，將遊香城，乃過而憩焉。重岡周延，平疇沓布，泉流縈注，草木叢茂，而玄宇中宅，憑高據勝，若夷而深，若拱而合，若掩而密，蓋行者雖過之而不可見也。故其幽敻足以遠俗，饒沃足以給耕，而風氣完固，境象舒曠，又足以道和宣滯，事清貞而納虛玄也，豈偶然哉？觀之道士曾恭禮者，余鄉人也。揖予升自西階，謁其謂新殿者，則告之曰：「余之爲是也，已十四易寒暑矣，而歲月之記隱若有所待者。公能愛於一言乎？」余諾而去之。既夏五月，恭禮遣其徒某請記，則爲歎曰：自喪亂來，未幾三十年，凡神仙窟宅之在江右，其勢崇力鉅，當四方形勝之會，足以憑籍扶樹者，今其廢興何如也。有數畝之宮如松青者，乃汲汲於修復，而尤不忘於記述如此，欲不書，得乎？則書之曰：

觀創始於南宋之嘉定四年，道士劉智可者實修建之，其名義無所考。或傳其始在今山中，不知何時遭兵亂乃徙今地。其可知者，當元貞、大德間，觀之祖師梁沖虛始化其里大姓鄒氏，倡而修之，將六十年，而燬於至正丙申之變。後有胡居敬者謀修之，未果而卒。今繼而成之者，恭禮也。中立正殿三間，通爲一室，以居天神。傍設僚舍，以栖其徒。外爲正門，翼以兩廡。經始於丙午之十一月，落成於吴元年丁未之十月。材良制宏，工力齊裕，無廢於前，有開於後。故其層棟邃宇，寥廓而承輝；嘉林秀阜，焕絢而改色。高真昭赫，麾仗森嚴，遠近來觀，歎未曾有。嗟夫！事無大小，成功爲美，願無後先，因時爲上。使非恭禮之端静有守而修教精虔，則安能與其衆服勞苦，出患難，以成其興復之功如此哉？是可記也。於是其徒某聞言讚歎，踴躍歡喜，請勒諸石，以告來者。

武山義塾記

塾者何？所以教於家者也。塾而謂之義者何？將推其教於家者，以教其鄉人之子弟也。義塾而名以武山者何？所以著其鄉之望也。自學校廢而師道無所統於上，乃有往教以瀆其分者矣；贄信廢而弟子之職無所修於下，乃有棄禮而隳其業者矣。夫一畝之宫，十脡之修，若甚微且薄也，而其廢舉存亡之機，有關於人心世教甚大且重者如此，可不謹哉？國家稽古崇文，内建監學以教京師，外設學校於郡縣以教天下。其鄉社之遠而不能自達於郡縣之學者，又爲之度地量數，俾各社合師生以廣其教焉，法可謂至備矣。然而遠近異勢，公私異宜，三尺童子卒然起草野間，耳目眩愕，曾東西之莫辨，而有司急於奉承，不擇可否，一概驅而納之防範彀率之中；又從而束縛之，馳驟之。民乃有抑子弟焚筆硯，易業爲工技，爲商賈，遑遑然望學舍畏而去之者矣。朝廷知其然，乃即凡社師之遠而在鄉者悉罷之，而聽民之自便。夫謂之自便，則其學與否一聽其自爲，而不復以官府律之也，德至渥也。或者不察其意，遂使深山長谷，雖人烟輻輳而雞犬聲聞者〔一〕，亦罷止之。迄十百里，目不覩青衿之飾，耳不聞弦誦之聲，豈理也哉？

前國子學録蕭君子所，才敏而志逸，自少時已遊學四方，嘗讀書於武山。入天朝，以洪武四年用詩經登上第，首擢大學官，俾分教公侯卿大夫士子弟之俊而秀者。既三年，而其親且老矣，君慨然力丐歸侍。諸公貴人憐之，凡三四上，乃得請。及歸也，其鄉人子弟嘗習君之學之素，而尤慕君昔之教大學有成也，乃相率具贄信修弟子禮，日于于然以闖其門。君拒之不可，則相與謀結茅以從，而風雨寒暑卒未有爲之備者。明日，里之士蕭君鵬舉聞之，欣然曰：「是義舉也，我不可無以倡之者。」乃即君之居近，相地之可宅與田之可耕，適得若干畝於汶溪，亟書諸券而歸之，俾有以爲教養之地。又明日，廬陵王伯衢兄弟聞而韙之，又爲之助山木穀粟若干，俾相其役。越明年，庀工告成，其徒某等相與落成之。君即以前在監學時得今翰林承旨宋公所爲書扁，刻而揭之，而具狀介其友鍾舉善來請記〔二〕。

余謂古之教者家有塾，恒在國學之下與黨庠術序之外，蓋地勢陿而民數少者之所爲也。説者謂塾在里門之側，古之仕而老者歸而教焉。夫既以孝、悌、忠、信與夫六藝之文淑其子弟矣，又朝夕莅察其出入而程其勤怠，其爲教也，蓋亦有義行乎其間者。今君之教於是也，謂之老而歸，則有所未可，謂之教鄉人子弟，則庶幾成周設教之意，與夫聖朝自便之旨，蓋亦可以義而起之者也。夫上有樂教之誠，而下有願從之志，將見禮達於公私而無拘抑之嫌，教孚於遠邇而無扞格之患，藹然而義聲著，沛然而仁風行矣。抑君之所以教與弟子之所以學者，其説具諸方册可見已，惟師道立而後教道行，尚相與持守而激勵之。異時學明業成，將皆毅然有立，必不爲不義以辱君之教。其有裨於國家，卓然爲時之端人正士者，未必不由此出也。余老矣，無能役，尚幸聞里中興學之盛而思見人才之有成焉，故因其請記，舉所聞以告之。凡余前之所云，庶勿蹈其失而益勉於所務哉！

書塾在武山之西十里，即所謂汶溪者。山明水秀，負艮而面坤。爲屋凡若干，高深廣各若干。中爲正堂，朔望率弟子員行鄉飲禮、讀法講肄之所，其旁以栖來學。又前爲正門，門外爲横道，道東西牓以攀桂，凡槐、柏、桂、竹、榆、柳之屬，皆羅植而周列之。其始終相成之者，則蕭學文也。

【校勘記】

〔一〕「輻輳」，原作「輻睦」，據康熙本改。

〔二〕「友」，原作「有」，據康熙本改。

臨清堂記

安成王子植，構臨清堂於所居洧盤之近，而移書廬陵伯殊趙君來請記。伯殊之言曰：「吾友王子植，世爲安成望族，近時有字行中者，其先君子也。質實而好義，以忠厚教於家而氣概重於鄉。其居洧磐也，磐之中爲大泉焉，廣可數十畝，浸淫淵渟，蕩風蓄雲，若旋若蒸，乃溢而旁注，有巨石四五錯出泉面，如蛟伏鼉擲，背負而首戴，不可方測。蓋嘗擇勝而築堂其上，故承旨歐陽文公既特書『臨清』二大字揭而名之矣。堂成未幾而兵燬作，獨公之墨蹟所以寶而藏之者，故無恙也。今子植不忍其先君之舊，闢故基之左以爲堂，而鑿池其南，引洧磐之水注之，而復臨清焉。先生幸述而記之，俾以遺其後人。斯子植之志也，某敢以爲請。」始余聞洧磐有王氏舊矣，又伯殊佳士〔一〕，其言宜信，故不暇以疏遠辭，乃爲之言曰：

天地間峙而爲山、流而爲川者，夫孰非扶輿清淑之氣之所爲哉？若洧磐者，其亦天地清氣之凝而融者乎！故洧言水，磐言石，水源於洧而出於石，其激而爲層波，縈而爲微瀾，舒而爲清流，以達于斯池者幾矣。其有不回旋容與於斯堂之下，以發人臨觀之興者乎？夫臨莽蒼之野者，其心曠以遐；臨嶄絶之山者，其心悚而栗；臨浩瀚之海者，其心恟而洞。則君之登斯堂而爲斯泉之臨也，其心有不湛然而自存、瑩然而自昭、泠然而自適者乎？昔川上之在，聖人所歎，滄浪之濯，孺子攸歌。子植以勝時暇日懽聚於一堂之上，以思古人於山水之間，尚慎其所謂自取而日强焉。斯爲無負昔人命名之意，而於承先貽厥之道，豈不亦猶其泉之冽而不污、出而不窮、遠而益達哉？若余者，竊有慕乎其勝而未之覩也。他日幸約趙君泛禾川，過洧磐，一登斯堂，以覽公之遺翰而挹王氏之高風，則陶潛氏所謂「臨清流而賦詩」者。僕雖老，尚能從諸君後焉。

伯殊遽起而謝曰：「是足以記矣，請書而歸之，俾刻諸堂上。」

【校勘記】

〔一〕「伯殊」，原作「殊伯」，據上下文乙正。

杏林後隱記

古奇逸之士晦其迹以隱於毉者有之矣，然出處之道係焉，固未有隱而不彰者也。是故壺公隱於壺而長房闞之，韓康隱於市而女子識之。是皆欲自隱以掩人之知，而不知其終不可掩也。若董仙之於廬山則有不然者，何也？仙之意固將以大愈夫斯人之疾而未嘗隱者也。其所種杏，又皆由夫人懷惠銜感者之所種，而非其自爲也。以種杏皆由於懷惠銜感者之所致，則其心迹固彰彰然有不容以自晦者可知矣。夫豈若世之變幻出没，以自蔽於一隅之所爲哉？

廬陵清水劉思恭，毉師之良者也。自其先世以療眼之術鳴四方，至思恭而業益精，效益神，趨而叩之者日益衆。他日以舉州山水之勝徙居之，而種杏於其間，且曰：「予將隱於是矣。」爰揭而名之曰「杏林後隱」，因余友蕭鵬舉來請記。余曰：

余固睹子之杏材也，又烏知子之所以爲隱哉？然吾聞之，醫之道近於仁。仁者，以生物爲心，其視人之有疾不啻在己。故凡耳目之所及，必亟起而救之，惟恐後焉。若是者，宜不必隱也。隱者不能若是也，使隱而晦之，則吾生全之心始遏而不得施矣，而況於自閟以自異者乎？夫惟知董仙之種杏有以廣其及人之功，則知君所以托杏以爲隱者，又豈容有一物之不得其所，而一氣之不得其平者哉？故曰：托於自隱者，名也；推其道以自致焉，實也。名實之相孚，隱顯之一致。吾見子之杏粲然而華者纍然而就實，蔚然而株者翳然而成林矣。則凡四方之嬰盲抱眚者之聞君之名也〔一〕，有不質質然攜扶擿埴、望舉州之杏而來請者乎？君雖欲引以自晦，不可得矣。矧今賢明相逢，治具畢舉，凡一行之白、一藝之精，未有不自幽遠而登顯庸者。則由是以所施於一鄉一方者，推而達之天下之幽隱，俾有生無眩瞀眯蝕之患，朗朗然不啻若抉雲霧、揭日月焉。是不爲天下凡有目者之大幸哉？

於是鵬舉德思恭之嘗愈其疾，而尤喜余之言不蔽於一隅，而有合於君子出處之道也，得因以自附昔人種杏之意，請述而歸之，以爲記。

【校勘記】

〔一〕「嬰盲抱告」，原作「嬰盲抱青」，據文意改。

遠山樓記

吾南鄉有劉君芳遠者，謹厚好静人也。異時往來萬安，過枕塘，樂其風土淳厚，山水清勝，一旦攜妻子去而居之，以耕稼乎其中，將二十餘年矣。今年始築樓於所居之北，曰「遠山」，將以娱老貽燕於是。以余相知素也，而亟來請記焉。其言曰：「余平生嗜好無他，惟山居之是樂。自行四方以來，若是山者，蓋無往而不與之相值而周旋也。然往往倏而過之，忽而去之，不能以終日。今幸居於斯，以有此山也。顧年老且倦遊，視吾子之子若丈夫子者又八人矣。每晨，長幼上堂候起居罷，各力所務惟謹。吾退居一樓之上，時起而四望焉，則山之纍纍然者，無不若躍而來，若趨而止，若環而拱，以會于斯樓之下者，終日而不厭也。若是者，庶幾余之志哉！子幸爲文以述之，且將以示後之人焉。」則記之曰：

夫山之附於地而爲高下遠近者，勢也，勢豈有定在哉？惟審所處者始有以當其勝，亦必居之高而後有以盡乎遠，故高不極則遠不可盡矣，遠不盡則勝不可當矣，而況於山乎？且是山之環枕塘以相先後左右者，今猶昔也。何昔之隱而今之顯，昔之遠而今之邇也。則所以聚精會神而效奇獻秀於斯樓者，豈不存乎其人哉？故有其人則有是山，有是山而後蒸然蔚然，所以啓植生聚以資益吾之用者，自源源而不竭矣。若其地之井列而畒分，泉之溝達而畒注，有以致豐腴而供伏臘者，固兹山之美利也。小之植蔬果、蕃薪蒸、育禽魚，大之出雲雨而行四時、運寒暑者，又孰非兹山之嘉産與惠澤也哉！勝時上日，嘉賓故人，及耕斂之餘閑，敍登臨之樂事，或焚香静坐，或舉酒言笑。披八窗之清風，納四達之弘觀。遥見微雲卷舒於焦原廬龍之嶺，時雨澄霽於茂團南州之外。斯時也，纖塵不飛，萬景咸萃，雖几席俯仰之頃，已超然有平挹壙埌、凌厲宇宙之意而不可窮矣。則君之名斯樓也，豈不徵之遠而益信哉？雖然，由十里、百里、千里而遠者勢也，由一世、十世、百世而遠者時也。勢之遠而可邇者，吾固述而論之矣，則凡君之子孫居族於是，所以繼先世廣先業由邇而遠者，寧不在兹乎？

鳳岡精舍記

鳳岡精舍舊在永和之西，春秋釋菜所也。前元延祐之庚申，里之士廣州推官陳孝祥、應昌州判楊應星相謀協義，迺基迺構，爰祀先聖先師，以倡起斯文。故一時誦詩讀書者，皆有以濯磨自勵，要非可一二記也。中更喪亂，殿廟傾壓，畦蔬瓦礫，教習空虛。

洪武六年，税課使錢塘魏秀周覽感慨，竊謀之學士大夫，將遂修葺，以培教基。時邑令王泰聞之，慨然曰：「此泰職也！」爰度鎮之東得古廢祠，慨念古者先成民而後致力於神，作新起廢，庶其在兹。乃捐俸三月，爲諸生倡。經始於七年之五月，落成於九月。中創寢殿三間，前廡七間，左右兩廡暨後講堂如寢殿之數，繚以周垣，翼以宫牆。是雖曰魏使秀謀以起其機，然要亦邑令奮力興崇，故能臻兹成績，以昭示無窮。

余縻職數千里外，不獲親講論之，益以爲歉。而余弟埜來，經永和，具承諸君子記文之託，又安敢以膚淺爲辭而不喜談樂道之耶？洪武乙卯春中記。

（以上一篇據光緒二年刻本吉安府志卷十九補）

槎翁文集卷之八

序

送劉學正序

今年春二月，永豐劉君允恭以西昌學官秩滿受代將歸，州人士以君能於其職，既惜其去，復謀爲之餞。有咨嗟歎息言於庭曰：「州之學官，凡代而去者相望也，其文行樸茂，復有如吾劉君者乎？凡我耄耆之賓養於斯，我弟子之游歌於斯，復有如吾劉君之能禮而能教者乎？名卿顯官、離人騷客之往復留寓於斯，復有如劉君之善於歌咏紀述以道其行者乎？甲兵錢穀之屬於有司者，吾何取以咨度？文墨論議之出於民士者，吾何取以折衷乎？」言之若有不懌然者。

余因解之曰：「劉君誠賢者也，亦誠有如前之所陳、後之所慮者，而未之盡也。君科第人也，學春秋之學而有天下之志者也，請以所聞爲諸君誦之。」則舉酒屬而告之曰：「昔在宋時，吾州有鄉先生謚清節姓蕭氏者，以講學行義聞四方。四方來學者多至數十百人，皆能濯磨樹立，以發明先生之學。時則有若胡忠簡公，以其學掇高科，歸拜床下，即戒之曰：『毋禍吾春秋！』他日，忠簡公正色立朝，不阿權佞，至斬檜之疏一上，而三綱倫理賴以不墜。忠簡蔚爲一代名臣者，春秋之教也。今君兩以春秋貢於鄉，雖不幸不獲大其用於當世，猶幸而懷材抱器，獲斂其華，以厚施其教於先生之鄉，幸非茲歟？惟吾州近先生之居，服先生之化，雖荒山窮谷之巔涯，百世之下猶有不泯焉者。故其士慷慨而尚義，其民質實而知禮，承平文物之盛不論，由兵興以來，寧死傷困乏不悔，而必不爲不義以自污。是雖先生之流風遺澤所以感化於人心民彝之素者有在，而君職教之功，亦豈可少哉？視昔時四方文雅鉅麗者，宮庭鞠爲茂草，衣冠化爲囚奴，其慘有不可勝言者矣。顧瞻我宮，翼翼將將，耄倪來觀，禮器完飭。君從容俎豆其間，四時奠祀，無缺儀廢禮，謂非本春秋之教，其能然乎？君去此而受顯擢於上也，有日矣。由是益推明春秋之學於天下，使知君臣之義、父子之親，以庶幾乎撥亂反正之機，而患難有所不計，則天下之大、方來之遠，又豈無慕劉君之風而興起者乎？異時州人思君教，將必曰：偉哉劉君！是能無辱於先生之鄉，而無愧於科第、無負於春秋之學者。請以是爲君期之，而爲諸君言之。若前之所陳者，則固有常職矣，而又何慮焉？」衆曰「諾」。於是酒且半，歡益洽，乃分題賦詩，各道其志，而俾余序之。至正十八年戊戌，南平劉楚書。

萬德深滄江稿序

滄江稿者，豫章萬砅其所賦之詩集也。砅字德深，爲吾故人德躬父之弟。德躬父負奇氣，爲歌詩，名聞天下。德深以英年茂學翼其家聲，早受春秋經於西山熊氏，屢試不售。遭世亂，浮遊江上，諸公貴人争爲之傾屣前席不倦。君培高蓄深，克自振厲，至掞詞摛章，光彩横發，傾其座人。如春花間柳，風日争姸，如寒泉觸石，霜月孤照，麗而不流於媚，淡而不極於苦，駸駸乎作者之矩度矣〔一〕。故見德深如見其兄，見其詩益信其爲德躬之令弟也。嗟夫，此昔人所謂難爲弟者，將誠然歟！然則繼今而有作者，將又不止於滄江之録而已，等而躋之洛下之二陸、江左之二謝，不難矣。德深其思所以企而齊之哉！

余辱於德躬父善，不能無望於君者，故誦其詩而輒爲言。

【校勘記】

〔一〕「作者」，原作「昨者」，據康熙本改。

送劉侯赴廣東憲副序

至正十七年八月，前翰林廬陵劉侯楚奇以廷臣奏薦，由江、瑞二郡守擢拜廣東憲副。時江、淮寇盜尚充斥，將命者南遵海道，六閲月而始達。越明年三月，侯者至，侯乃治行。今大司徒平章公道童、行樞密使滎國公火你赤，俱以中朝重臣祗奉明詔，總鎮江西，凡料兵輯民、署官調職便宜之務，罔不修舉。議以侯方治九江有勞績，若惜其垂成而遽去者，既而又幸侯之賢明，其往莅於廣憲宜也，則以有所屬望。於是大司徒公與滎國公合屬官大張樂設燕于江閣以餞之，其光華禮秩，可謂遠而有耀者矣。

時余竊聞而喜之，因自料侯前爲郡時嘗以廉平稱，亦嘗以廉平望於人人者。矧今上承聖天子之寵命，下服賢公相之教戒，則其得以有爲於是職也審矣。又自嘗以受知於侯，故因侯之行，願效一言，則再拜而進曰：

今天下之致盜而生亂者，非貪且暴乎？夫惟浚削割剥以致其肥，排擊糜灼以肆其毒，而民莫之亢也，且猶曰不足焉。故民不勝其怨且憤，羣起而環視之，而法始有不勝其治者矣。及其所以治之者，又往往昧戾膠蔽，忽遠略而急近利。於是以貪濟貪，以暴益暴，日曠歲愒，民愈困而盜愈不可息。是猶益薪以止沸，淈泥以求清也，欲天下之治，得乎？惟侯固窮士之節而有天下之憂者也，其廉之著恒不足裕於其身，仁之施恒不忍於犬馬，識遠而慮深，才周而學博，則所以弭盜而止亂者，將不在今之茲行乎哉？人心之窮極而思治者，莫甚於此時，而庶官之得行其道者，亦莫尊於是職。由是可以厲旅司而濯磨羣弊，可以植立風紀而收繫人心。凡平日之所欲爲而不得者，將力爲之，平日之所欲言而不得者，將悉言之，則法之所持，位之所守，事之所立，有不正大如天地、鏗鍧如雷霆、明焯如日月者乎？是宜爲近臣之所舉、遠臣之所屬，而聖天子之所倚注於萬里之外者也。若夫昧公天下之大計，而爭一日之私能，以自暴於禍戾若或者之爲，則天下國家何望焉？厥今東南之職貢賦上計奏于京師者，悉由海道，不閱月而遂達。於是遐遠之濱，不啻若畿甸之邇而周衢之徑也。其自今使方伯有同和之美，天子無南顧之憂，政紀清明，民物豐溢〔一〕，嶺海所際，飛聲渢渢，將必有聞於上而揚於外者。則儒臣進用之妙，將不自劉侯益振而大之矣乎？

【校勘記】

〔一〕「豐溢」，原作「豐謚」，據文意改。

王斯和遺稿序

劉子讀贛王斯和詩，慨然而歎曰：異哉，詩之能感人也！其詞雅，其爲人正而有則者歟；其音和，其爲人温而不戾者歟；其趣高，其思遠，其爲今之逸士而有古之遺風者歟！何其能言也，言之宜其必傳也。傳不傳於斯和何與？而君之能言則有可感者矣。古今人人能言，言亦人人殊，其傳者亦何少也，豈非言之有精有不精，而發之有至有不至者乎？言之精而發之至，而猶或不傳焉，吾未之見矣。不傳於今，有不傳於後者乎？於是斯和氏殁且二十餘年矣，誦其言而思其人，益信乎余前之所陳也。吾獨惜斯和年不及中壽〔一〕，足迹不出千里，交游不偏一方，徒呻吟乎溪山寂寞之濱，而所就已錚錚然如此，使加年博交，遠涉深覽，則其可觀者又豈止此哉？

斯和之令子炤，嘗以春秋之學就試鄉闈，蓋與余同志者也。又嘗修王氏族譜，一家文獻，粲然可徵。嗚呼，王氏若斯和君，庶爲不死者！論故家遺澤，君子尚其有考焉。

【校勘記】

〔一〕「年」，原作「言」，據康熙本改。

舒伯源抒悶集後序

右抒悶集雜體詩四十七首，舒君伯源甫傷亂之所作也。今觀其首篇至述痛等作，如：「氛祲從南起，偏翳斗牛墟。豐蔀見星沫，睽孤張鬼車。虐燄肆焚灼，妖訛扇兇愚。安得古神劍，一出爲掃驅。」皆本其忠誠慨憤之辭。述痛終篇有曰：「殘喘如幸存，承家自兹始。」示旭子詩有曰：「百年文獻俱灰燼，賴爾成人早有知。」示昶兒詩有曰：「教育或有成，庶幾紹前往。」其屬望之遠又如此。至「婦女甘勤儉，兒童解憂慮」等語，極其奔走流離之感。至悼亡、憶諸叔兄弟、憶諸友、憶昔等作，尤悲切懇至，語絶復連。至獲狐行、望官軍黄雲殺賊歌，尤哽哽欲哭。至老牧歌，殆將忘世長往而不可得，其辭雖平，其志益可悲，而君亦絶筆於是矣。

君名慶遠，世爲靖安人。至正元年以易領鄉薦，明年下第歸，行省擢爲贛州路儒學正，再調濂溪長，未赴。壬辰春，紅巾渡江，州縣望風解散，首陷建昌、寧州，進攻靖安。君曰：「是草野烏合耳。」即奉監縣潮海，集衆拒之，爲父老子弟陳順逆禍福，諭以死守。凡繕城儲糧，檄忠義，募勇敢，厚賞格，嚴軍政，皆所條畫。時大府受功方急，援不至，民惶惑不知所向。久之，得諜報，言郡圍已解，而朝廷亦止刑首亂者，餘悉從宥。使者奉詔由海道至會府，而路梗不得旁達屬邑。君即遣人趨間道迎之，且請兵來援。省府得書大喜，即爲檄加獎厲，且署攝今職，君辭焉。使者至，君爲設位再拜，然後讀詔。民老弱來聽，有感泣者。遠民始知大府無恙，咸感厲自效，由是寇至輒敗之。九月，寇悉衆岔至，攻圍甚急，民猶血戰不去。會糧盡力匱，潮海被執，不屈遇害。寇訊知君倡首，焚其居，大購索君，獲之，榜掠幾不勝，然利其資藏，故緩其死。君一夕賄守者得脱，即易服竄於騰空，匿重穴間自保爲後計，不苟死也。既閲月而寇益衆，義士又多戰死，省府消息益不得聞，君乃憤不食以卒。

此詩皆其先時往來作於上洞者也。嗟夫！君修學砥行者也，生長承平，席蔭華顯，而被服文雅，策名上科，一旦變起倉卒，非有旁近强勇、米粟城郭可得憑籍，其所倡導，又非素有芻牧也。顧獨以父母墳墓所在，義不苟辱，乃奮然推義，以五鄉十六都之疲民，而捍數十萬方滋之暴寇，蓋亦難矣。及家亡身執，猶能脱虎口以圖後功，而事與志違，卒以憤終，豈非天哉？今潮海死封疆之節較然明甚，而君之倡義不辱，以至于死，不惟不及録，而其家人亦未嘗以爲言，獨其鄉之共事者恒稱惜之。嗟乎！此固君之志也，而上之人所籍以爲人心世道計者，果安在哉？

君有子二，即旭與昶。其仲弟慶餘字伯章。伯章有子二，曰昭，曰昞。昭、昞、旭嘗從予遊。至是，昞以昶來見，而旭卒矣。昞爲予具言其伯父勤事始終，泫然以悲，且出斯帙，願有以識之。余讀而悲之。他日，質所聞於君之妻弟李君克正，知其言尤信。於是感伯源甫昔者之知己，而痛世道人才之不偶也如此，又將以慰後人之思也，故爲忍悲而識其集之後云。

送周士廉序

西昌距廬陵不百里，凡山川之英氣、人物之風節，蓋有蔚然相望而炳焉以相輝者矣。則夫懷材好遊之士之往來於斯也，其能悠然興感於百世之上者，豈不係乎其人其世之所存哉？

廬陵周君士廉，故宋丞相益國忠文公六世孫也。質美而多智，氣直而義昌，父事其兄，而孝友行於家，非道不苟爲，而忠信聞於鄉閭。和以盡常，敏以通變，而才能聞於諸侯，然招之不可使附也，進之不可使狎也。此其所積而養於中者，不亦深且厚哉！

今年夏，賁然白駒不遠其馳，訪友於南溪之上，余得與之言處者幾匝月。薰其芬而挹其光，信爲相門之佳公子也。一日將治歸，其友郭君與恭與數君者攜酒殽登武姥之岡，望贛江之流以餞樂之，其感慨之懷，蓋浩然而莫禦也。徘徊俯仰，南望三顧，思清節之高風而不可見也。思欲訪先丞相讀書精舍於清溪之上，以求陸先生之遺迹，而時移事異，徒見荒烟野草、鳴禽斷壠，莽然城東之墟而不識也。意其盛時佳興，凡山顛水涯，先公流風之遺，而草木石泉有至今被其榮耀者。則士廉之爲斯遊也，豈不遠而有光乎？抑登高能賦，可以爲大夫，君子之事也。矧登山臨水，諸君能無慨然於送歸之感者乎？乃各分題賦詩以贈於君。而予竊忝通家子也，故序其端而不辭。

送王伯初序

天下之術衆矣，非見理明而用志專者不可以寄生死。夫天地之生斯人也，甚不易矣。古聖人所以爲之毉藥以濟夭病者，其説固甚明且盡也。奈何巧者汩之，昧者蔽之，貪鄙者惑之，乃有首鼠兩端以倖覬其術之中者，而不知其爲斯人之禍慘矣，況嬰孩乎？古人以嬰孩之疾爲無辜，斯言也，尤君子之所當慎也。不然，杞梓之木，不朽於連抱而嘗殞於萌蘖者，其責宜有所歸矣。

友人周士廉，忠信質直人也。間語予曰：「吾鄰有王伯初者，毉三世矣。其爲人謹厚不伐，言若不出諸口，至臨病辨證治，則皎然如燭照，數計而不爽。赴人之急，早夜不倦，而必不志於苟得。吾廬陵不啻數萬家，其始生之孩，待伯初以安於襁乳而遂其成立者皆是也。若吾子之瀕於死而獲更生，則尤難者矣。始吾子生甫八歲，一日疾作，衆或難之。君獨曰：『此疹也，毒閉於陰而不得發耳，必進剛劑乃可。』既而洞下，衆環視眙愕，若將咎君者。君笑曰：『此直寒盛未復耳。』趣進藥如初，且約曰：『若下不止，當更灼艾以助之。』既而灼不三四燋，而氣復體舒，則皮膚間隱隱如粟聚錦注。又頃之，已鼾然睡息矣。君又曰：『今疹已盡出，則藥當止，惟和飲食以調之，即復常矣。』已而疾果愈，衆始大服。吾他日爲貺以報之，君固却而不受，於吾心嘗慊然而未能釋也。子幸爲書其事以揚著之，可乎？」

余以爲君伐病如漢淮陰之握正，雖詭以危辭，而有所不動；及其急義，則又如魯仲連之排難解紛，雖奉以千金，而有所不顧。異哉，用術之慎而行義之卓也！前所謂見理明而用志專而可以寄生死者，非斯人歟？推其心也，雖使天下四海之大，舉不罹乎夭閼焉可也，豈直一鄉一國而已哉？余樂道人之善者也，輒因士廉之請，爲廣其説以美之，且以自附於古太史公傳越人之意云。

贈蕭一誠赴召序

夫息丘園而懷天下憂者，此天下之士也。天下至廣也，士亦豈無所事哉？農服耒耜以出粟米，工執技藝以供器用，商通貨利，凡穀粟、絲麻、力役之奉無不備，宫室、舟車、冠舄、鼎釜、音樂、器械之制無不修，而遠近、彼此、有無之通亦無不致，斯固天下之人爲之也。豈惟人哉？惟物亦然。出珠玉金錫以效其貴重，出毛羽齒革以效其堅利華美，舉天下之物且不能遺之也，而況於人乎？況於天下之士乎？

余友某才美而學充，器周而識敏，蓋息丘園而懷天下憂者也，豈非所謂天下之士者歟？其論議可以折衝俎豆之間，其文章可以羽儀朝著之上，其志操可以激厲百世之下，豈徒若川陸之出珠玉金錫、鳥獸之出羽毛齒革而已，又豈徒若農工商賈各規規焉執其能以自獻而已哉？兹其應辟而起也，必有以效天下之用而係斯人之望者矣。夫委道之璧常發輝於堂帷，躡雲之驥必成功於險絶，而覽德之鳳將亦必輕千仞之遠而來下矣，而況蔚然止於郊藪之近者乎？

嗟乎，蕭君其去此而升乎高明者煒煒矣！則凡卑卑焉無所負恃而甘伏寂寞以自絶於斯時者，得不慨然而長吁、憮焉而自失矣乎？

王以直文序

余往時遊學四方，歸必過王氏，從以直君論文字。客有稱或人爲文者，以直俛首不應曰：「文難言也，世豈有決裂牽綴、氣卑辭蔓而可以爲文哉？古人不若是也。」因與論世之隆污、人之得失，皆極其所致所能與其所遇，其辭雖不皆本於古人之成言，而亦無不脗合於人心者。自是余握筆臨文，未嘗不爲君憮然於坐談時也。退而見故翰林待制楊公，公間爲余言：以直氣鋭而才贍，後輩罕見其比。公之子清江簿君某又爲余言：少與以直同學，以直讀書下目輒數十行，落筆動數千百言，其明達敏鋭出夷等上。嘗戲語我曰：「觀市兒讀書，終日吃吃不能吐一辭，由吾與公等視之，彼將不直謂我輩爲天人乎？」吾見其文，信其言矣。要其才，人固未易及也。余後沉没羈旅，文字日疏，方懼有愧於君，而君已慨然薄江湖，厭塵囂，退爲西林隱居以自適。他日予過西林，讀其文而悲之。會江、淮亂作，衣冠散處，逃難山中，而君亦抱病不起矣。思昔過從，升堂觴酒，扼腕振袂論文字時，何可得也？

一日，得君遺文若干篇於其子澤，余復而讀之，益愴然以悲，而深有感於昔者相從之言。何也？君之文固能自成其一家言者也。其體渾浩磅礴而無決裂牽綴之弊，其氣完以正而非卑也，其辭明以昌而非蔓也，此其自謂得之於天者，豈偶然哉？蓋君之所爲文僅見於是，而其時之所致、人之所能與其所遇，亦蓋可因是而推之。夫屯於前而顯於後者，命也。使老其才，底其成，以大其所施，則其光輝條理，豈不鏘然金石之間，灼乎星辰之上，又豈徒伏光隱、遺聲響而止於山林哉？今待制公不可見矣，而清江君方毅然有志於斯文之興起，亦既悼往者之不可作矣，則余於君之文也，又烏能已於其言之述哉？

送隆師之青原序

慈恩隆師將往謁雲林定公于青原山，以予於定公雅有篇翰之好，故來相別，且徵言焉。余時方濯纓於文溪之上，退休於珠林之下，寥寥清風，獨唱寡和，每悵然爲塵外石泉之想，則於隆師之往也，烏得無言哉？

夫青原，祖庭也，定公，尊宿也。謁祖庭以依尊宿，上人之爲斯行也，宜不可以已矣。矧定公業白而行精，氣温而言暢，發爲文辭，卓越清麗。其弟子之從遊者衆矣，寧有能窺其藩而躋其堂者乎？隆師機神穎拔，洞觀獨詣，爲詩律往往有清致，蓋亦聞風而興者。茲又得山水奇絶之觀，相與湔濯而振發之，吾知其往而有合者審矣。昔靈徹從越客嚴維學詩，抵吴興之柯山，又與晝公遊，而詩名聞於當世。評者至謂其人入作者閫域，非獨雄於詩僧間而已。今定公雖不欲以皎然自處，而澄源之律度，師得不勉而企之哉？是行也，詩道其有昌乎！吾將以二子之會遇自慶也。於是酌觀山之寒泉，招子瑶之白雲，咏快閣之清風，以爲之餞。若夫宗門之玄旨，祖庭之勝義，余方之内者，故無得而援焉。

贈段復初序

吾弟之子觶者，疏朗敏達，頗知勤於學，余甚愛之。自其三歲時得瘍病，瘍附耳陰，治之不盡。其方瘍已，而漏作，每食飲，頤頷動摇，輒滲漉沾漬，緣浹衣領，如是者既十年矣。余懼其血肉潰敗，將流澌以日瘁也〔一〕，甚憂之。間舉以告人，或憐而授以方劑者有之，然卒未有能已之者。今年始得段君復初爲治之，不數日遂愈。

余初甚怪之，詢之，則其灌注攻達，疏壅而實空，如理河決，如導川匯，始終翕張，具有倫紀。

嗟乎，若復初者，將不得爲醫師之良者乎？其言曰：「血氣流通於一身，所以消息吐納者，其竅有九，九不可以一廢，而亦不可以一益也。矪別附於耳陰而發於頤項之交者乎？又凡竅之消息吐納，未嘗不有其節，少或過焉，或爽焉，病矣。矪茲毒液流注之涓涓焉，而日不合者乎？夫水順其性，則分派布脉，萬有不同而同歸於海。或衝決奔溢，始爲沱、爲汜、爲氿泉、爲洑流而不可救矣。今皪之是疾也，其猶水之決溢而爲沱、爲汜、爲氿泉、爲洑流者乎？而必引之俾循於故道，使各有所歸，然後固防墳，堅堰築，以捍殺其決齧奔潰之勢焉，斯水之性無往而不順矣。嗟夫，復初之治法良矣！世寧有聞其説而信其功者乎？」

余喜皪之幸復完其體膚，而君之言爲有合於道也。故述其説授之皪，俾覽之將因吾文而有證焉。

【校勘記】

〔一〕「瘁」，原作「倅」，據康熙本改。

梅邊初稿序

豫章張君自其幼時從廬陵蕭敬修先生遊，先生教之學詩，輒應口成詠，無艱棘留難之意，蓋其天性朗悟然也。會時貴器之，推擇爲州郡吏，遂不得卒業，然其心嘗惓惓然不能以廢也。前年秋，奉省命以司幕來西昌，因得其平昔所以學於先生者盡覽之，蓋賢而有志於古者也。觀其迹之所至，心之所懷，一草一木，某山某水，與凡民物休戚榮瘁之狀，無不謹書而備賦之。至其思親懷友之情，尤極依依懇懇不能自已，而時異事殊，公府徵給之煩，道路行役之勤，且拂亂而汩渾之矣。夫感於物而有言者，情也。即其言而究其意之所在焉，斯可以觀世變矣。

予始識君時，頎然佳公子，不知其能詩也。一日絶江而東，載酒過余珠林之下，因誦余往時與諸同年遊三德院題壁詩，欣然慕之。乃却佐吏，出寺門數十步，據案坐古槐陰下，捉筆呻吟，疾書而歷和之，乃與詠歎而罷。使當時樵豎野叟過而怪之，相與睢盱咨嗟，至于今不置。是雖其嗜好之篤，而清風雅致，亦豈尋常簿書筐篋之所有哉？

自後嘗過君，見几席間無他文書，惟經史及古今名士詩集在焉，此其志固非以是而遂畫焉者也。於是君之仕吾州者且再期，而詩之作，視昔時又增而益豐矣，來者其可量乎？雖然，人之心源猶井也，才猶劍器也，井之渾者必浚而始清，器之鈍者必砥而後利。尚力其浚而毋怠於砥礪焉，則心源之發有不沛然以達，而才器之利有不肆然而遂成者乎？昔蕭先生之所以告子者，必有其道矣。其試以余言復思之，其亦有合乎否也。

君别號梅臞，余因題其詩曰梅邊初稿，而併爲之序。

送張萬中赴咸寧序

歲八月，余留郡城，友人張萬中以赴咸寧司征來别，且請曰：「庸幸嘗從先師鄧子益氏遊，識先生於館下，於今十有五年矣。兹將有行也，願先生無忘先師之好，賜一言以勗之。」余曰：

嗟乎！子從宦者也，而倦倦師友之厚道如此，其猶懼有不達於政者乎？子早從名師，績學樹志，已爽邁不羣。及嬰變故，又能卓然自拔，不憚使勤。將命之際，所以交邦國、治軍旅、和人民者，既無所辱命，而亦無不達矣。兹其往司征也，亦豈有殊道哉？夫足國之道在財，而財之所阜在商旅。自喪亂來，凡貨財之源於四方者，亦既決裂潰爛而不可復振矣。今其懷千金，賫重貨，涉風濤，踰邊徼，冒虎狼，犯不測之憂，以僥倖什一之利者，亦凜然其不易矣。君之往也，若之何惠之使源源交通而不至於壅滯哉？持之以公，毋苛察以爲明也；行之以寬，毋求羡以爲能也。所以盡子之職者，如是而已。吾見江漢之旅，皆出於咸寧之途，而子爲征商有道矣。抑又有告焉者，昔子之師嘗語余曰：「宋末鄉先達有主一張先生諱日躋者，以詩爲咸淳六年貢士，實子之大父也。」又曰：「我先侍郎嘗言，其爲人篤厚該博而不獲展於用，子孫必有大者，其將在子乎？」

萬中志於學而善用者也，又能篤於師友之道。余故復述前所聞於子益氏者以告焉，子必有以自奮而不負前之所期待矣。語曰「仕而優則學」，無往而非學也，司征云乎哉？

鄒氏春雨亭讌集詩序

龍灣與中河之水合流而下也，其陽爲西郭之堧。鄒君子賢有亭翼然臨于二水之會，凡來訪鄒君咸憩而樂焉。乃二月八日，君邀余與蕭氏子素兄弟讌集亭上，時從余遊者王澤及君之二子瑄、環咸侍焉。既雨，而余弟埜亦至，相與合席而飲，獻酬揖讓，有主賓之儀，有少長之序焉。層簷敞虚，横楹逼水，風南來，雨涔涔不可止。前蒼爲龍洲，春作方興，町疃交布。遥見紺閣琳宇、茅舍竹屋出没遠近，草樹掀簸，與風勢回薄，若乘舟而低昂也。洲之外爲大江，江陰爲南岸諸峰，若三顧、天柱常歸然吾前者，皆微茫不可辨。但覺山光雲氣行太空中，如遊龍陣馬，超然與意氣相雄長，浩然與談笑相傾接。而飛花驚燕，時近尊俎，亦一時之奇觀也哉！酒半，雨稍休。君舉酒屬余曰：「夫清明之景，得之者衆矣，自余有此亭以來，昉有今日風雨之集。諸君其自謂情景之奇勝何如也？幸爲我賦之。」

余惟春雨有澤物之功，而君恒有活人之德，可以媲美，而斯亭之集，亦不可以無述也。俾分韻賦之，且以春雨名之，而余爲之序。

送歐陽孔述還鄉序

安成義栗里有賢君子曰歐陽孔述，當至正壬辰之變，獨攜其季弟與妻子去其鄉而南也，凡三徙而達西昌。復渡江而南，以達雲亭之下徑，蓋又三徙焉。其徙也，皆非有所擇，率衝風雨，跋水草，歷晨越宵，孑孑然背其難以馳，凡輿馬僕從之所相、囊橐糗糒舉無有也。其爲人又恬質簡約，樸外而茂中，與人言恒若不出諸口。

然卒能潔其身以行，行而無所不達，達亦無往不安之。夫豈持口舌、憑勢力、挾才智以自張者，是其中必有過人者矣。於是君之去其鄉者幾七年然後歸，其歸而來別於余也，反若有不懌然者。余因告之曰：

古之人以去其鄉爲不幸，而子之所處則有難言者矣。昔也幸去其鄉，兹又幸而獲返焉。其去就進退，不亦類有道者乎？吾聞義栗，義里也，歐陽，世族也，而君又里之族之賢者，其可久於外而忘歸乎？吾不知前之播遷流落道路能如君者幾何人，今其得歸鄉里，見親戚，省墳墓如君者復幾何人。君歸而問焉，昔鄉人父母子弟之未嘗去者，今其猶有存者乎？里巷之桑梓，墟墓之松楸，今其猶有未嘗剪伐、翳然而益茂者乎？望其居而思族處之不遺，觀其溪山而思釣遊之所在，然後見老者之在堂上，進少者於庭下，握手歡聚，舉酒更勞，而告以昔之所以去與今之所以還者焉，其必爲之慨然而長歎，恍焉而自失，忻焉而交慶者矣。由今以往，使鄉人相交勸而服行仁義爲不辱，而長子老孫，耕田鑿井，相與休養生息，以不去其鄉爲歐陽君之勸，不其韙歟！

余從弟勉，於君有同寓之雅，而伯兄子中又辱有彌路之好者也，故能從知君之賢。則於其歸也，敢愛其言而不述之以告其鄉人乎？

秋日宴中和堂詩後序

左旂使君既宴客之三日，以余嘗期而不至也，復爲禮命客，仍宴中和堂，前大司徒掾曠伯逵而次，凡十二人。堂下有佐尊者，有歌者，有彈箏者，有橫吹者。有嗚洞簫座中者，則宜春易君鈞鰲。有將赴瑞昌薄、與余同坐因邀賦短歌爲别者，則劉君士隱，吉文人也。酒一再行，歌奏迭陳，談笑諧浹，衆客大樂。酒半，使君命王某執爵請于衆曰：「昔者之會，嘗賦詩矣，今日不可無以爲樂。請分韻各爲今樂府一章，可乎？」衆曰：「唯唯。」於是劉季道取紙書七言古詩一句，字斷之，挼以爲丸，雜置槃中。座者各探以爲韻，示無擇也。槃行，或探或否，探者争啓丸先視。有喜者，有訝其難者，有先審其音調者。其否者，以不能通是音律。若余不才者，君亦不之强焉。既而辭者半，韻餘其一，衆復以歸之子堅，子堅不辭也。

使君樂府最先成，其辭清麗和婉，至章末獨屬意於余，若勉余當醉飲者。余欣然酌酒謝使君，使君釂焉。衆賦畢，作者各度其聲，命歌者歌以觴客。其音調有不諧習者，使君自與子堅倚和之。余辱右諸客，屢首得歌而杯行無筭，一不自知，醉矣。余惟陽春、白雪不啻誦其成曲，而和者已寡，今黄鍾大吕各奏厥聲，而志亦無不達，將非古燕飲之樂哉？惟使君以干戈之寄而不忘於文字，以軍旅之殷而不廢於朋友，況其樂足以導和，歌足以述情，威儀足以合禮，而言議足以成德，庶乎好賢樂善之風，非忘其事而繼以淫者，是以君子有取焉。客十二人，視前日蓋互見之。子堅名鎖柱，北庭人，善文詞，與余爲同年，而余則南平劉楚也。

劉尚賓東溪詞稿後序

余友陳子泰、蕭子儀數過余，稱東溪劉尚賓之賢，因出其所賦詞稿一帙，凡數十闋。余亟請誦之，則其閑曠清適如空山道者，其風流疏俊如金陵子弟，其閑情幽怨如放臣棄婦，色慘意莊，其述懷撫事如故京老人，感今道舊，語咽欲泣，亦何能言哉！昔稼軒送春一詞，沉痛忠憤，悲動千古，至今讀之，使人毛髮寒豎，淚落胸臆，真悲歌慷慨之雄士哉！尚賓芳年雅志，亹亹傾竭，庶幾聞風而興者。惜余不習音律，不能爲尚賓商歌之，然憂患之餘，亦不忍聞矣。

余友有蕭翀者，雅好古，善洞簫。他日尚賓能過余武山北巖下，風清月白之夕，當與數子者命洞簫爲子和品令之章，而尚賓自歌之，其亦有足樂於余志者乎？二友歸，其爲尚賓言之。

楊氏族譜後序

友人楊獻，自少讀書，刻意科名，而屢不得志於有司，嘗慨然曰：「豈有廬陵楊氏之後而寂寂者乎？」余因詰之曰：「若爲忠襄公之諸孫乎？」曰：「非也。」「將謂文節公之諸孫乎？」曰：「非也。」「然則奚自？」則泫然曰：「吾中奉公後也。忠襄爲中奉之從姪孫，源遠流分，亦既莫得詳矣。獨吾中奉而下之系可考徵者，此獻之所以感憤而興起也。」他日，獻自桐江來，手其族譜一帙示余，敬請觀之。則楮墨鮮澤，支派炳列，蓋前代故物也。

首載唐宰相楊氏系表，下及於文節公所撰脩族譜後序。譜自受姓命氏之始，由漢而唐而宋，爲弘農，爲錢塘，爲廬陵。其系廬陵者有四，而獨詳於獻以上之祖。上下千數百年間，勛業科名之懿，遷徙離合之故，子孫流衍之自，亦何盛哉！余因究所謂四系者，則皆仕南唐而始居廬陵諱輅之曾孫。其曰延安、曰延規者，則別而爲楊家莊之祖。曰延宗、曰延邦者，則別而爲湴塘之祖。其略於延安、延規、延宗三系而獨詳於延邦者，意當時四系子孫族大人衆，不勝並載，故各詳其所係。而是譜爲延邦之後，則獻之祖父故特書而備存之者也。然後知忠襄祖延規，文節祖延宗，而中奉則祖於延邦也，有以矣。

中奉公諱存，字某，爲延邦六世孫，登神宗元豐八年第，終中奉大夫、洪州通判。五子皆顯仕，獨季子諱王訓者不仕，則獻之九世祖也。王訓歷五世爲遇極，咸淳甲戌以鄉貢陞國子上舍。迄元興又將百年，而楊氏之詩書文物能不與時以俱廢，不亦難哉？中奉公秉剛守正，不附京相，其正氣偉節，可呵叱雷霆，增光日月。雖沉浮郡州以終，要其所立，亦豈在忠襄、文節下哉？異時二公抗節相望而起，謂非中奉公有以倡之，不可也。

今中奉之子孫不啻數十百人，其才且賢如獻者，信不多見矣，而又能感激奮勵於千載之下，求以不辱其先如獻者，則天之所以報於中奉公而未著、振於上舍公而未大者，將不在兹已乎？吾將見子之亢美于前人矣，豈徒歆羨咨嗟於一第已哉？請書譜末以爲序。

送薛伯謙序

士君子用世之具不亦難致矣哉？患其無具而不患無用之者，君子也。知其有具而不能用之，用之而不能盡其具者，非君子之所患也。用之矣，用之而復盡其具矣。而有是具者，或不能以自盡焉，則亦烏在其爲君子哉？況未嘗有其具而欲輕於自試者哉？

汝寧薛君伯謙，嘗抱用世之具而能不患於無用之日者也，其爲人疏髯修幹，慷慨激烈，有古燕、趙豪俠風。工劍術，善讀書，尤邃於史學，而旁通捷出於兵法雜家，故嫉惡若仇，赴義如鶩，其決機制勝，有沉鷙果敢之勇，有變化闔闢之奇。蓋屹然而不可犯，浩然淵然而不可知其所止極。行於世將四十年，然未嘗售其用於人，而人亦無有冀於用之者，而不知伯謙之具日完以大矣〔一〕。方妖民倡亂，火烈水決，江、淮之間，風草披靡。小有才識者，或不能不眩於所持，以自附於恍惚茫昧之天，不則魚肉溝壑耳。君乃奮然負其親，引妻子，去汝潁，出漢沔，涉湘潭，走江西之廬陵而止焉。計其間觸狼虎，履蛇虺，犯風濤者，歷三時幾四千餘里，而卒能全其生，完其家，以保其親，非有明決之見、奇變之才者，其能之乎？抑其所以審向背、決去就，以愛重其具而不輕於一試者，亦豈無所待而然哉？

於是東固之寇將窺我東鄙，今永新州判官劉君某、清江主簿楊君某以寓邦賢達，奉郡侯之命出鎮于匡山之下，而匡山之義士蕭某者，實先後給助之，艱危方殷，同濟是力。一旦聞薛君之義，以檄命來辟，君雖欲掩其具而晦之，不可得矣。夫東固地不大於一縣，人不衆於十旅也，其山澤之險密，皆禽獸之岑蔚也。故愚民之扇亂畏罪者，咸趨而負之，揭竿而鬭，握粟而食，驅老弱以當鋒鏑，假妖妄以固判涣。其爲惡固甚烈，而其計其狀亦窮矣。昔皆吾民也，民不皆忍於爲盜也。危妻子，暴骨肉，棄田疇，燔室屋以爲盜，彼亦豈樂乎此哉？歲月持久，勞費繁滋，陰慘陽舒，以時其行。君之所以濟此者，宜必有其具矣。之數君者，又皆灼義理、達時變而能不愧於天下之士者也。今不遠之招，亦既知君之所有而將用之矣。不徒用之，又將盡君之所有而用之，君猶有不樂於自致者乎？

伯謙行矣，毋抱其具而不見於用也，亦無用之而不盡其具也。使抱其具而不見於用，猶虛具矣，致之具而不盡其具，猶不用矣。古之人有言曰：「日中必熭，操刀必割。」亦顧其所操者何如耳。且今天下之民泯泯棼棼者，蓋不直東固一隅而已也。若楚者，素無其具而不敢輕於自試者，安得不重慨夫天下之大而深致意於吾子之斯行哉？

於是伯謙抗劍而别，予爲之歌曰：擊劍兮鳴轂，馬騑騑兮空谷。挾浮雲兮東馳，送清秋之黄鵠。黄鵠舉兮雲中，横四海兮激長風。噫嗟若人兮，丈夫之雄〔二〕。

【校勘記】

〔一〕「具」，原作「其」，據康熙本改。

〔二〕「雄」，原作「椎」，據康熙本改。

贈鄭生序

余年十九客豫章，羈栖貧薄，勢援單寡，居無以爲資，出則倀倀然不知所之，又不能識當時之賢士大夫，以故賢者之言無從而聞焉。退而屏居讀書，以求吾志，孜孜勉勉，歷寒暑，忍飢渴，懲躁忿，如是者久之，而猶未有所得也。乃愈自振厲，不敢厭倦，日求夫當世之賢且才者，以增益其所未至者焉。

嘗於羣衆中聞有言新昌校官鄭君同夫之賢者，曰：「君漢康成之後，嘗從遊於清江范太史之門，其行義文雅，萃于一家，湖山衣冠之族，蓋未能或之先也。」余竊識之而不忘於心。今年春，予轉客寧都，適同夫爲州校官，始獲親即友益，扣發言議，上下古今世變之殊，與聖賢言行出處之詳，以至覽山川草木之勝，發吟咏情性之奇。於是余之所得於同夫者，厚而有徵矣。無何，同夫且代去，其仲子曰之純者，不遠數百里，道豐城，泝臨盱〔一〕，度廣昌，來迎其父。余於是又見之純者復能無愧於其父兄，而余之所以獲交於鄭氏者，亦何幸哉！乃九月之十日，同夫行，之純請辭，且徵言焉。

噫！余嘗以兄事爾父，爾父亦以弟視余，而不知余之不才也，吾何以爲子告哉？吾子承祖父之成訓，不出户而得賢師友，内無飢寒困頓之累，外有資訓切磋之益，其猶有不肆力於學者乎？宜其氣温而恭，志遠而篤，浩乎若江海之方決而未可以量測者，固非若余之憂患勞苦無所依薄而後爲之者也。子今年二十有四，視余昔者當子之年之所爲，固有愧於子矣。而況今年二十有九，長於子者五年，而所爲所志曾不能有一日之長之異也。則於子之行也，不曰有所愧矣，其能恝然無所感於既往之茫茫者乎？往者不可追矣，而學未成，志未就，猶以飢寒奔走道路，使垂白之親顧望於内而迄無以慰其思者，此其爲情宜何如耶？

今子迎侍以歸，父父子子，兄兄弟弟，其樂類有全於天者，安得不因子之行而重有感乎？若余言者，誠知不足以爲子告矣，而猶懼子之安於順適者，或不能以信夫困而學之者之不易也，故敢告焉。異時子之弟之紀自邵武歸，幸亦以是語之，無徒使余爲文學君之辱友，則庶乎其可也，豈徒曰徼利達之榮、懷睽離之思而已哉？

【校勘記】

〔一〕「泝」，原作「沂」，據文意改。

送康履謙序

吾鄉多故家，有康氏居古株山者，族尤盛而遠。余聞長老言，自其先世以儒雅忠厚表著一鄉，人有忿争，望其廬，或愧悟而返。當是時，康氏固未有顯仕也，至履謙而家益大。履謙嘗從先君子遊，才敏而多智，蚤孤，能奉其母，撫弱弟，以振樹家聲。及兵革四興，又能奉州長命，出粟食其鄉人之壯者，使執干戈以防範不軌而保完其鄉土，激之以義，結之以惠，率身先之。省府方議署以官，會世變作矣，君閉門却謝，順遁田里，而聲名日起，薦者交至，若有不能舍於君，君亦豈容以自蔽者。

夫天下之才，必爲天下之用。玉藴於山，而瑚璉之飾登薦於宗廟；珠生於海，而照乘之彩炫燭於都市。夫豈自獻也哉？玉藴於山，而草木爲之潤，求玉者必不自棄於險絶之谷矣；珠生於海，而波瀾爲之光，則採珠者必不自絶於千仞之淵矣。而況時之所遭，慶之所積，有不期而自達者乎？

憶嘗侍先人，聞令先君之言曰：「我，黄陂府君之外諸孫也。府君遊江、淮，以勇義立功，授秉義郎，知黄陂縣，晚年歸休，嘗教子孫讀書以嗣世科，萬無蹈我故步也。」今兩家子孫能有感於其言者乎？余時從傍識之，孰知去之一十年遂有今日哉！抑先人去府君纔三世耳，故康於吾劉氏有中表之好，履謙於余兄弟尤厚而不疏。兹其將應辟而起也，得無言哉？言不及乎他，而必敘先世之美者，所以見康氏之顯仕者，自履謙始，而履謙之所以顯仕者，又自其先世忠厚始也。

送焦廷璋序

兵亂七八年，環東南郡邑凋喪十九。往時號爲世宦貴游者，咸習恬長逸，不能負斗粟、操尺薪以自給，至凍餒其父母、妻子，乃貿貿然號於人，喪其所守。噫，盛時豢養之禍亦可感哉！夫爵禄既不能常有矣，使得數畝之地，日荷錢鎛驅牛犢耕耨其間，豈不猶足自存者。然士無定居，業無恒産，而其所有事又非其所素習也，其亦何以自免於今之世哉？

余友焦瑜廷璋，世爲晉之清城人。延祐中，其祖大中公由某官來知泰和，因家焉。迨君且四世矣，凡州民之老者，見之則曰：「此吾故侯之孫，吾嘗逮事其祖若父也。」其少者則曰：「此吾故侯之子孫也，昔吾祖若父皆其民也。」則相與道其賢，憫其貧，而私怪其不仕者。其在士君子，則固已知而敬之矣。方承平時，君超然棄七品階蔭不求敍，杜門藝圃，攻苦食淡，與儒生居游。凡聲技裘馬薰心灼目者，一不以動其中。遭世亂，寧飢窘頓踣不悔，而必不爲苟得以辱其世，其自守固已介然矣。他日，以所居當戎馬之衝，又能奉其祖母入萬安山中，即閑曠爲安養計，其幾於處變，又豈不加於人數等哉？抑吾聞盛衰迭運者，天之時，得失相乘者，人之事。前乎此，東南諸邑若萬安淪陷之禍，其慘烈亦甚矣。然其民細而勤，其士質而好文，其土衍沃而多利，有蔬果茶筍之美，有禽魚秔稻之饒，有園池花木之麗。余嘗遊而樂之。君之往也，先之以芟刈啓闢之功，益之以樹藝營締之利，歲改月化，又烏知自今不可以復乎昔之盛哉？

昔瑜之先君提舉伯奇方少時，以大中公之命從先祖府君講學于石岡之下。大中公既二守湖州，猶屬卒業焉，故余於君有再世兄弟之契，又竊同有志思效于前人者，今奈何舍我而他適也？余以親戚墳墓坐困于此，不能違之而偕作矣，獨嘉君之安貧賤、習勤苦，能不辱其先，爲孝子，爲順孫，非若世之饕富貴、習驕惰，遂至於淪落而貽悲誚者，故樂爲之言以相之。

送張經歷序

夫懷天下之利器者，必工於剸裁；抱天下之奇寶者，必重於登薦。然惟賢者能不急於用，能不極其能，而士君子於進退卷舒之間有可觀考者矣。若真定張君鵬舉，則其人也。自君少時，侍其親宦遊江南，已穎異卓絶。始試吏吉水，繼調龍興、廬陵兩郡。當至正辛卯、壬辰間，兵革四興，君不憚勞勩，以佐監守。凡調度徵發，營繕攻守，秩然若素所經畫者，故廬陵監郡丁侯尤嘉之，舉爲江西憲掾，未試而丁侯有廣西憲使之命，乃併移廣西。會亂作，留廣東未行。而江西守相道童公嘉君前掾廬陵時有勞績，復以陞廣東帥掾之檄來下，時帥侯忽速剌沙大喜。久之，南海三山官窑有警，君奉命往諭其酋，招徠之，得三千餘户。繼而湖南變作，復推擇君往視，旋復桂、連二州以歸。時軍役大興，儲峙告乏。君以邊防兼領鹽課，規措有方，不閱月，得錢粟數萬，廪庫充溢。二司嘉賴之，上其功於朝廷，即擢爲帥府都事，俾究其用。秩滿，陞本府經歷。未幾，三山之禍作，而君乃飄然以侍親去矣。

嗟夫！君忠孝也，其出處進退，豈不卓然出夷等上哉？夫其剸裁之不頓者，器之利也；登薦之不凡者，寶之奇也。然皆際變故於適然之會，而各有以建奇偉不常之功，又能不急於用，不竭其能，一斂而藏之於無所施之地，可不謂之賢且智乎？憶在甲午冬，楚嘗以公事一見君於郡幕，孰知去之嶺海，九年來歸，所建立又表表如此。而間關道路，憂患荐加，鬢髮之蒼蒼者，亦曰可感矣。方將相與上下古今以究觀世道，而君志已浩然山中，雖欲挽而留之，有不可得者。因爲敍其所以而推美之，俾觀風者或有考焉，亦世變人才之一驗也。

芳上人詩序

余嘗與芳上人論詩於清平之跨牛庵，其性静而質，其氣和以平，其爲言也直而近於雅。方之外，能言者率多，然大抵纏汩於偈頌口耳之習，而於詩之道遠矣。他日，出其所作一帙以示余。反覆玩誦之，爽然皆奇語也。

上人方盛年，遊名山大川如東西家。凡江風淮月、吴山楚水之清麗雄鉅，可愕可愕，所以涵養其性靈、恢宏其盛觀者，宜有異於人人矣。抑聞之，詩本情性，而發於天才，成於學問。其蟠空拔地，出無入有，不可窮測者，此天才也。至於循律度範，驅馳從容，優柔以造於成家之域，又豈不有在於問學之助乎？君學禪者也，其試以學禪之功而進於詩焉，其必有所悟矣。